COLLECTION JULES VERNE
BAND 85

Reisestipendien

Band 2

Pawlak Taschenbuch Verlag, Berlin, Herrsching

Nachdruck mit freundlicher Genehmigung des
Verlages A. Hartleben, Inh. Dr. Walter Rob, Wien I.
Die Vorlagen für die Umschlagillustrationen der
Collection Jules Verne sind Jules Verne Bänden,
erschienen im A. Hartleben's Verlag, Wien, entnommen.
Umschlaggestaltung: Bine Cordes, Weyarn
Die Orthographie wurde der heutigen Schreibweise angeglichen.

Gesamtherstellung: Elsnerdruck GmbH, Berlin
Printed in Germany
ISBN: 3-8224-1085-3

Inhalt

Zweiter Teil

Erstes Kapitel

Antigoa

Eine Besitzveränderung wie die bezüglich Sankt Barthelemys zugunsten Frankreichs, mit der Schweden seine einzige Kolonie im Antillenmeere aufgab, ist bezüglich Antigoas zum Nachteil des Vereinigten Königreichs gewiß niemals zu befürchten. Hatte Magnus Anders seine Heimat nicht mehr unter skandinavischer Oberhoheit wiedergefunden, so fand Hubert Perkins die seinige jedenfalls unverändert als Kolonialbesitz Großbritanniens wieder.

England entäußert sich nicht gerne dessen, was es einmal sein nannte: Es hat lange Zähne und zeigt, ebenso aus Instinkt wie aus sehr greifbarem Interesse, weit eher Neigung, sich anzueignen, was andere Mächte sich an Inseln oder Festlandsgebieten erworben haben. England besaß auch und besitzt noch heute den größten Teil der westindischen Inselwelt, und wer weiß, ob in Zukunft nicht noch über mehr dieser Inseln als heute der Unionsjack flattern wird.

Antigoa gehörte übrigens nicht immer dem habgierigen Albion. In früherer Zeit und bis zum Anfange des 17. Jahrhunderts von Kariben bewohnt, fiel es später in die Hände der Franzosen.

Dieselbe Ursache aber, die jene Eingebornen schließlich zum Weggange von der Insel bestimmt hatte, veranlaßte nur wenige Monate später auch die Franzosen, nach der Insel Sankt Christoph, woher sie gekommen waren, zurückzukehren. Auf Antigoa fehlt es nämlich gänzlich an Flüssen; kaum trifft man auf einige Rios, die immer nur für kurze Zeit von Regenniederschlägen gespeist werden. Zur Dekkung des Bedarfs der Kolonie wäre es also notwendig gewesen, große Becken zur Ansammlung des Wassers zu erbauen.

Das begriffen auch die Engländer und führten es, kurz entschlossen, aus, als sie sich 1632 auf Antigoa eingerichtet hatten. Die Sammelbecken wurden dabei in zweckmäßigster Weise angelegt, um das Land umher reichlich bewässern zu können. Da sich der Erdboden im übrigen vortrefflich zum Anbau von Tabak eignete, widmeten sich die Pflanzer mit Vorliebe dieser Kultur, die jener Zeit wesentlich zum Aufblühen der Kolonie beitrug.

Im Jahre 1668 kam es dann zum Kriege zwischen Frankreich und England. Eine in Martinique ausgerüstete Expedition segelte nach Antigoa. Die mitgeführten Truppen zerstörten die Anpflanzungen und entführten die Negerarbeiter ... Darauf lag die Insel ein ganzes Jahr so verödet, als ob sie noch niemals auch nur einen Bewohner gehabt hätte.

Ein reicher Grundbesitzer von Barbados, der Kolonel Codington, konnte sich aber nicht dabei beruhigen, daß die auf Antigoa ausgeführten Arbeiten gänzlich verloren sein sollten. Er siedelte mit einer großen Arbeiterschar dahin über, zog auch bald noch andere Kolonisten heran, und dadurch, daß er mit dem Anbau des Tabaks noch den des Zuckerrohrs verband, hob er die Insel bald wieder zu ihrem früheren Wohlstand.

Der Kolonel Codington wurde später zum Generalgouverneur aller der England untertänigen Inseln Unter dem Winde ernannt. Ein energischer Verwalter, wußte er den Anbau des Bodens außerordentlich zu heben und auch den Handel so tüchtig zu fördern, daß dieser auch später seine Lebhaftigkeit nicht wieder einbüßte.

Als Hubert Perkins an Bord des »Alert« hier eintraf, sollte er also Antigoa ebenso blühend wiederfinden, wie er es, um seine weitere Ausbildung in Europa zu erhalten, fünf Jahre vorher verlassen hatte.

Die Entfernung zwischen Sankt Barthelemy und Antigoa beträgt nicht mehr als siebzig bis achtzig Seemeilen. Auf offener See geriet der »Alert« aber zuerst in eine völlige Windstille, und dieser folgte dann eine ganz schwache Brise, so daß er nur sehr langsam vorwärts kam. Dabei passierte er Sankt Christoph, jene von den Engländern, Franzosen und Spaniern umstrittene Insel, die 1713 durch den Frieden von Utrecht in den dauernden Besitz Englands überging. Den Namen Christoph führt sie übrigens nach Kolumbus, der diese Insel nach Desirade, Dominique, Guadeloupe und Antigoa entdeckte. Sie bildet also gewissermaßen die Signatur des großen genuesischen Seefahrers auf dem prächtigen Blatte Westindiens.

Sankt Christoph, seiner Gestaltung nach etwa einer Gitarre ähnelnd und von den Ureinwohnern die »fruchtbare Insel« genannt, galt den Franzosen und den Entländern als »die Mutter der Antillen«. Die jungen Passagiere bewunderten auch aufrichtig deren natürliche Reize, als sie, kaum eine Viertelmeile von ihrem Ufer entfernt, daran vorübersegelten. Sankt Kitts, ihre Hauptstadt, liegt am Fuße des Affenbergs und eingebettet zwischen Gärten und Palmenhainen, an einer Bucht der westlichen Küste. Ein Vulkan, dessen Name »Misery« (Elend) nach der Emanzipation der Neger gegen »Liberty« (Freiheit) vertauscht wurde, steigt bis fünfzehnhundert Meter empor, und aus seinen Abhängen dampfen unausgesetzt Fumarolen von schwefeligen Gasen. Im Grunde zweier erloschener Krater sammelt sich das Regenwasser, das der Insel ihre Fruchtbarkeit sichert. Sankt Christoph hat, bei einer Bodenfläche von hundertsechsundsiebzig Quadratkilometern, eine Bevölkerung von etwa dreißigtausend Seelen, und man betreibt hier hauptsächlich den Anbau von Zuckerrohr, das einen ganz vorzüglichen Zucker liefert.

Gewiß wäre es recht erwünscht gewesen, auf Sankt Christoph vielleicht vierundzwanzig Stunden zu verweilen und hier die Weideplätze und die Zukkerrohrkulturen zu besuchen. Doch abgesehen davon, daß das Harry Markel gar nicht paßte, durfte man auch nicht von dem Reiseplane abweichen, und außerdem stammte ja auch keiner der Pensionäre der Antilian-School von dieser Insel her.

Am Morgen des 12. August wurde der »Alert« von den Semaphoren Antigoas gemeldet, das Christoph Kolumbus nach einer der Kirchen von Balladolid auf diesen Namen getauft hatte. Aus größerer Entfernung war die Insel nicht zu sehen gewesen, denn sie ist ziemlich niedrig und reicht nirgends über zweihundertsiebzig Meter hinauf. Dagegen ist der Umfang Antigoas, verglichen mit dem der andern Antillen, ziemlich beträchtlich: er beläuft sich nämlich auf zweihundertneunundsiebzig Quadrat-(See-)Meilen.

Als die britische Flagge am Hafeneingang sichtbar wurde, begrüßte sie Hubert Perkins mit einem herzhaften Hurra, in das auch seine Kameraden mit einstimmten.

Der »Alert« lief von Norden her, wo der Hafen

und die Stadt liegen, nach Antigoa ein.

Harry Markel war mit dem hiesigen Fahrwasser hinreichend bekannt, so daß er sich keines Lotsen zu bedienen brauchte. Trotz aller Schwierigkeiten der Zugänge zur Bucht steuerte er ohne Zögern hinein, ließ dabei das Fort James zur Linken, die Lobloty-spitze zur Rechten und ging an einer Stelle vor Anker, wo alle nicht über vier bis fünf Meter eintauchenden Schiffe einen vorzüglichen Lageplatz finden.

Im Hintergrunde dieser Bucht erhebt sich die Hauptstadt Sankt John, die gegen sechzehntausend Einwohner zählt. Die mit ihren sich rechtwinklig schneidenden Straßen an ein Schachbrett erinnernde Stadt bietet einen hübschen Anblick im Schmucke des üppigen Grün, das sich zwischen ihr in voller Tropenpracht entfaltet.

Kaum war der »Alert« in der Einfahrt zur Bucht erschienen, als schon ein von vier Rudern getriebenes Boot vom Kai des Hafens abstieß und auf den Dreimaster zusteuerte.

Natürlich erregte das bei Harry Markel und seinen Gefährten eine erneute und im Grunde nicht ungerechtfertigte Beunruhigung. Lag doch die Möglichkeit vor, daß die englische Polizei Kenntnis bekommen hätte von dem Drama, dessen Schauplatz der »Alert« in der Farmarbucht gewesen war; es konnten ja noch andere Leichen, vielleicht sogar die des Kapitäns Paxton, gefunden worden sein. Wer war dann der Mann, der dessen Stellung jetzt an Bord des »Alert« einnahm?

Bald sollte jedoch alle Unruhe schwinden: Das Boot brachte nämlich die Familie des jungen Passagiers. Sein Vater, seine Mutter und seine beiden kleinen Schwestern hatte nicht Geduld genug gehabt, ihn an der Landungsbrücke zu erwarten. Seit mehreren Stunden harrten sie schon der Ankunft des Schiffes, stiegen dann an Bord, ehe der »Alert« noch festgelegt war, und Hubert Perkins fiel seinen Eltern jubelnd in die Arme.

Die Insel Antigoa ist in administrativer Hinsicht der Hauptplatz einer sogenannten »Residenz«, zu der die Nachbarinseln Barbuda und Redonda gehören. Gleichzeitig trägt sie die Hauptstadt jener Gruppe der englischen Antillen, die man unter dem Namen Leeward-Islands, d. h. die Inseln Unter dem Winde – die von den Jungferninseln bis Dominique – zusammenfaßt.

Auf Antigoa haben ihren Sitz der Gouverneur und die Präsidenten der Exekutivbehörden und der gesetzgebenden Versammlung, deren Mitglieder zur Hälfte von der Krone ernannt und zur Hälfte von den Steuerpflichtigen erwählt werden. Hierzu verdient wohl bemerkt zu werden, daß es auf der Insel mehr Beamte als freie Wahlberechtigte gibt, ein Verhältnis, das also nicht bloß eine Eigentümlichkeit der französischen Kolonien ist.

Herr Perkins, ein Mitglied der Exekutivbehörde, stammte von den alten Kolonisten ab, die einst mit dem Kolonel Codington hierher gekommen waren, und seine Familie hatte die Insel niemals verlassen. Nachdem er seinen Sohn nach Europa begleitet hatte, war er nach seinem Besitztum auf Antigoa zurückgekehrt.

Als Hubert Perkins seinen Vater, seine Mutter und seine kleinen Schwestern umarmt hatte, folgten die üblichen Vorstellungen. Zuerst von allen empfing Horatio Patterson einen warmen Händedruck von Herrn Perkins, und dann kamen auch die jungen Reisegenossen an die Reihe. Das größte Lob erntete der Mentor aber von Frau Perkins wegen des blühenden Gesundheitszustandes aller Passagiere des »Alert« ... ein Lob, von dem Patterson einen großen Teil dem Kapitän Paxton zusprechen zu müssen glaubte.

Harry Markel nahm dieses übrigens mit der gewohnten Kälte entgegen, und nach einem flüchtigen Gruße begab er sich nach dem Vorderteil, um die Festlegung des Schiffes zu überwachen.

Perkins fragte zunächst Patterson, wie lange der Aufenthalt in Antigoa dauern werde.

»Vier Tage, Herr Perkins«, lautete die Antwort. »Unsere Tage sind gezählt, wie man's vom menschlichen Leben zu sagen pflegt, und wir sind an ein Programm gebunden, von dem wir nicht abweichen dürfen.«

»Das ist freilich eine recht kurze Zeit«, bemerkte Frau Perkins.

»Ja ... leider, meine Liebe«, antwortete ihr Gatte, doch die Reisedauer ist von vornherein festgestellt, und in dieser sollen noch mehrere Antillen besucht werden.«

»Ars longa, vita brevis«, zitierte Patterson, der hier ein lateinisches Sprichwort für angebracht hielt.

»Wie dem auch sei«, sagte Herr Perkins, »Herr Patterson und die Kameraden meines Sohnes werden, solange sie hier weilen, unsere Gäste sein.«

»Herr Perkins«, ließ sich da Roger Hinsdale vernehmen, »wir sind unser zehn an Bord ...«

»Ja, ja«, antwortete Perkins, »meine Wohnung wäre freilich nicht geräumig genug, euch, liebe junge Freunde, alle zu beherbergen. Wir werden schon noch einige Hotelzimmer in Anspruch nehmen müssen, zu Tische aber sollen alle bei uns sein.«

»In diesem Falle, geehrter Herr Perkins«, meinte Louis Clodion, »wäre es doch vielleicht richtiger, wir blieben – natürlich außer Hubert – alle auf dem ›Alert‹. Tagsüber gehörten wir dagegen Ihnen vom Aufgang bis zum Untergang der Sonne.«

Dieser entschieden richtige Vorschlag fand auch die Zustimmung des Herrn Perkins, während Harry Markel es lieber gesehen hätte, wenn seine Passagiere sich auf dem Lande einquartiert hätten. Das Schiff blieb in diesem Falle gewiß mehr von Besuchern verschont, deren Anwesenheit er nun einmal fürchtete.

Der Kapitän wurde noch obendrein ebenfalls zur Familientafel im Perkinsschen Hause eingeladen, er schlug das jedoch wie immer ab, und Hubert verständigte seinen Vater dahin, daß er auf seinem Wunsche nicht weiter bestehen sollte.

Nach der Abfahrt des Bootes mit Hubert beschäftigten sich dessen Kameraden mit der Ordnung ihrer Angelegenheiten und damit, einige Briefe zu schreiben, die noch denselben Abend mit dem Postdampfer nach Europa abgehen sollten. Besondere Erwähnung verdient darunter die enthusiastische Schilderung Horatio Pattersons, die der Frau Patterson voraussichtlich nach zwanzig Tagen in die Hände kam. Ein ganz ähnlicher Bericht war an den Direktor der Antilian-School, 314, Oxfordstreet, London (Großbritannien), gerichtet, ein Bericht, aus dem Herr Julian Ardagh ebenso zuverlässige wie lehrreiche Mitteilungen über die Preisträger der Mistreß Kathlen Seymour entnehmen konnte.

Inzwischen beendigte Harry Markel seine Manöver, wie immer mit der Vorsorge, das Schiff möglichst in der Mitte des Hafens zu verankern. Die Mannschaften, die die Passagiere ans Land zu setzen hatten, durften dieses auf keinen Fall selbst betreten. Auch der Kapitän gedachte sich niemals dahin zu begeben, außer am Ankunfts- und am Abfahrtstage, wo er das zur Erfüllung gewisser Formalitäten im Seeamte nicht umgehen konnte.

Gegen elf Uhr wurde das große Boot klargemacht. Zwei Matrosen an den Riemen und Corty am Ruder beförderten die Gäste des Herrn und der Frau Perkins nach dem Kai.

Eine Viertelstunde später waren die jungen Leute in einer schönen Wohnung der obern Stadt eingetroffen und nahmen an einer reichbesetzten Tafel Platz, wo sehr bald ein lebhaftes Gespräch über die Vorfälle während der Fahrt in Gange kam.

Der fünfundvierzigjährige Herr Perkins, dessen Haar und Bart schon mit etwas Grau vermischt waren, hatte eine würdige Haltung, ein einnehmendes Auftreten und recht freundlich blickende Augen ... lauter Eigenschaften, die sich später bei seinem Sohne voraussichtlich wiederfanden. In der Kolonie stand er im höchsten Ansehen, schon um der Dienste willen, die er dieser als Mitglied der Exekutivbehörde leistete. Gleichzeitig ein Mann von gutem Geschmack und wohlunterrichtet in allem, was die Geschichte Westindiens betraf, konnte er Horatio Patterson mancherlei recht wertvolle und zuverlässige Auskünfte liefern. Selbstverständlich verfehlte der Mentor nicht, sich das zunutze zu machen und dadurch sein Reisetagebuch zu bereichern, das er mit derselben peinlichen Ordnung wie daheim seine Kassenbücher führte.

Frau Perkins, von Geburt eine Kreolin, war nahezu vierzig Jahre alt. Die liebenswürdige, aufmerksame und mildtätige Dame widmete sich vollständig der Erziehung ihrer beiden kleinen Töchter Berta und Mary, die jetzt zehn und zwölf Jahre zählten. Leicht kann man sich wohl auch die Freude der vortrefflichen Mutter vorstellen, ihren Sohn wiederzusehen und ihn nach vierjähriger Abwesenheit einmal wieder ans Herz zu drücken.

Beim Frühstück wurde auch erwähnt, daß sich nun der Zeitpunkt näherte, wo Hubert endgültig nach Antigoa zurückkehren würde, das seine Angehörigen niemals zu verlassen gedachten. Schon nach einem Jahre sollte sein Aufenthalt in der Antilian-School zu Ende sein.

»Wir werden ihn schmerzlich vermissen«, erklärte John Howard, der noch zwei Jahre in der Anstalt der Oxfordstreet zuzubringen hatte, »denn Hubert war immer ein so guter Kamerad . . .«

»An den wir uns stets mit Freuden erinnern werden«, fiel Clodion ein.

»Nun, wer weiß denn, ob Sie nicht später Gelegenheit haben werden, einander wieder zu begegnen?« bemerkte Herr Perkins. »Vielleicht kehren doch von Ihnen, meine jungen Freunde, noch einige nach den Antillen zurück. Wenn dann Hubert in das Handelshaus von Antigoa eingetreten ist, soll er sich eine Frau wählen . . .«

»Und zwar so bald wie möglich«, setzte Frau Perkins hinzu.

»He . . . Hubert verheiratet!« rief Tony Renault. »Oh, das möcht' ich gern sehen!«

»Und warum solltest du bei mir nicht Trauungszeuge sein?« antwortete Hubert lachend.

»Scherzen wir nicht darüber, ihr jungen Leute«, ließ sich Patterson salbungsvoll vernehmen. Als Grundlage der menschlichen Gesellschaft ist die Ehe die wichtigste und achtungswerteste Einrichtung auf Erden!«

Wurde dieser Gesprächsgegenstand hiermit auch verlassen, so veranlaßte er doch Frau Perkins, sich nach Frau Patterson zu erkundigen, von der sie etwas Näheres zu hören wünschte. Der Mentor ließ sich darum nicht lange bitten. Er gestand, daß er sich danach sehnte, einen Brief von seiner Gattin zu erhalten, und daß er hoffte, einen solchen in Barbados noch vor Antritt der Rückreise vorzufinden. Dann zog er aus der Tasche eine Photographie, die er stets bei sich trug, und zeigte sie nicht ohne einigen Stolz der Dame des Hauses.

»Oh, das ist das Bild einer guten, liebenswürdigen Frau«, meinte Frau Perkins.

»Der würdigen Gattin des Herrn Horatio Patterson«, setzte Herr Perkins hinzu.

»Ja, sie ist meine Lebensgefährtin«, antwortete Patterson mit leichter Rührung, »und das einzige, was ich vom Himmel erflehe, ist, sie bei meiner Heimkehr ebenso wiederzufinden, so wie sie war, hinc et nunc!«

Was Patterson unter den letzten Worten verstand, hätte freilich niemand sagen können. Er hatte sie mit gedämpfter Stimme gesprochen, und so blieben sie ziemlich unbeachtet.

Nach dem Frühstück kam noch die Rede auf einen Besuch von Sankt John und auf einen Spaziergang in dessen Umgebung. Zunächst gewährte man sich jedoch ein Stündchen zum Ausruhen in dem schönen Garten unter den großen Bäumen der Villa. Herr Perkins gab Patterson manche interessante Auskunft über die Aufhebung der Sklaverei in Antigoa. Im Jahre 1824 war es gewesen, wo England die Emanzipationsakte verkündete, und zwar, abweichend von dem Verfahren in anderen Kolonien, ohne Übergangsbestimmungen, ohne daß sich die

Neger also langsam an die neue Lebensführung hätten gewöhnen können. Die Akte enthielt eigentlich gewisse einschränkende Bestimmungen, die einen Rückschlag verhindern sollten. Hier fanden diese auf die Neger aber keine Anwendung, und diesen wurden unvermittelt alle Vorteile und alle Nachteile einer unbeschränkten Freiheit zuteil.

Erleichtert wurde der schroffe Wechsel hier allerdings durch das gewohnte Verhältnis zwischen den Herren und den Sklaven, die förmliche Familien bildeten. Und obwohl die Abolitionsakte plötzlich vierunddreißigtausend Neger befreite, während die Kolonie nur zweitausend Weiße zählte, kam es doch zu keinem Exzeß und war keine rohe Gewalttat zu beklagen. Beide Parteien kamen bald zu einem vollständigen Einvernehmen, und die Befreiten verlangten nichts anderes, als auf den Pflanzungen als Diener oder als Lohnarbeiter zu bleiben. Die Kolonisten hatten übrigens von jeher für das Wohlergehen ihrer alten Sklaven gewissenhaft gesorgt. Sie sicherten deren Lebensunterhalt durch regelmäßige und lohnende Arbeit und bauten für sie bessere Wohnstätten als die früheren Hütten. Die auch besser gekleideten Schwarzen, die sich früher fast ausschließlich von Knollenfrüchten und eingesalzenen Fischen genährt hatten, gewöhnten sich allmählich an frisches Fleisch, und überhaupt erfuhr ihre Ernährung eine wesentliche Besserung.

Waren das glückliche Folgen für die Farbigen, so waren sie auch nicht minder von Vorteil für die Kolonie, die dabei in erwünschtester Weise aufblühte. Die öffentlichen Einnahmen wuchsen dabei ununterbrochen und die Verwaltungskosten verminderten sich nach allen Seiten.

Bei ihren Ausflügen durch die Insel sahen Patterson und seine jungen Begleiter mit Erstaunen die sorgsam angebauten Felder, die trotz des kalkhaltigen Untergrundes eine reiche Fruchtbarkeit zeigten. Überall traf man auf gut unterhaltene Farmen, und überall hatte man sich die neuesten Fortschritte der Landwirtschaft zueigen gemacht.

Wie schon erwähnt, war die natürliche Bewässerung Antigoas unzureichend gewesen, und man hatte große Bassins zur Ansammlung des Regenwassers herstellen müssen. Hierbei bemerkte Herr Perkins, daß der Name Yacama, d. h. die Sprudelnde oder etwa Bachreiche, den die Eingebornen der Insel gegeben hatten, natürlich nur ironisch zu nehmen sei. Die sehr zweckmäßig durchgeführte Verteilung des Wassers genügte jetzt allen Ansprüchen. Abgesehen von der Erhöhung des Gesundheitszustandes Antigoas sichert die Bewässerungsanlage die Insel auch gegen Wassernotjahre, wie solche zweimal, 1779 und 1784, hier recht schweres Unglück angerichtet hatten. Die Kolonisten waren damals in der Lage von Passagieren, die alle Qualen des Durstes erlitten, und damals gingen Tausende von Tieren und auch nicht wenige Menschen aus Mangel an Wasser elend zugrunde.

Das berichtete Herr Perkins, während er seinen Gästen, nicht ohne gerechtfertigte Befriedigung, die zweiundheinhalb Millionen Kubikmeter fassenden Zisternen zeigte, die Sankt John eine durchschnittlich größere Wassermenge zuführen, als sie die größeren europäischen Städte erhalten.

Die unter Führung des Herrn Perkins unternommenen Ausflüge beschränkten sich nicht auf die nächste Umgebung der Hauptstadt, sie wurden aber immer so eingerichtet, daß die Passagiere sich jeden Abend auf den »Alert« begeben konnten.

Dabei besuchten die Touristen unter anderem den andern Hafen Antigoas, Englisch-Harbour, der an der Südküste der Insel liegt. Dieser besser als der von Sankt John geschützte Hafen war schon früher mit Militäretablissements, mit Kasernen und Arsenalen zur Verteidigung Antigoas ausgerüstet worden. Eigentlich besteht er aus einer Gruppe von Kratern, die sich allmählich soweit gesenkt haben, daß das Wasser des Meeres in sie eingedrungen ist.

Mit den Ausflügen, wie bei den Mahlzeiten und Ruhestunden in der Villa Perkins, gingen die für den hiesigen Aufenthalt bestimmten vier Tage schnell dahin. Am folgenden Morgen sollte die Reise weitergehen, und obgleich die Hitze in der jetzigen Jahreszeit recht stark war, hatten die jungen Leute doch nicht zu arg davon zu leiden. Während Hubert Perkins bei seiner Familie blieb, erholten sich dann seine Kameraden von den gehabten Anstrengungen in ihren Kabinen. Tony Renault behauptete da gelegentlich, wenn Hubert nicht so wie sie zurückkehrte, müsse »etwas vorliegen«, z. B. seine spätere Vermählung mit einer jungen Kreolin auf Barbados, so daß wenigstens seine Verlobung noch vor der Rückkehr nach Europa gefeiert werden würde.

Alle lachten über diese Phantasien, doch sorgte der wackere Patterson dafür, daß sie nicht zu ernst genommen würden.

Am Tage vor der Abfahrt, am 15. August, sollte Harry Markel noch einmal eine unerwartete Beunruhigung erfahren.

Am Nachmittage legte an dem Schiffe ein Boot an, das von einer englischen Brigg, der von Liverpool eingetroffenen »Flag«, abgestoßen war. Einer der Matrosen der Brigg bestieg das Deck und verlangte den Kapitän zu sprechen.

Es wäre doch kaum angegangen, ihm zu antworten, daß der Kapitän augenblicklich nicht an Bord sei, da Harry Markel, seitdem der »Alert« vor Anker lag, ja niemals ans Land gegangen war.

Harry Markel sah sich den Mann erst durch das Fenster seiner Kabine näher an. Er hörte auch dessen Worte, hütete sich aber, von jenem gesehen zu werden. Übrigens kannte er den Matrosen nicht und wahrscheinlich war er selbst diesem ebenso unbekannt. Immerhin war es möglich, daß der Mann früher mit dem Kapitän Paxton, dem Befehlshaber des »Alert«, gefahren war und diesem nun einen Besuch abstatten wollte.

Darin lag die Gefahr – hier wie bei jedem Hafenaufenthalte –, eine Gefahr, die nur ein Ende an dem Tage nahm, wo der »Alert« nach der Abfahrt von Barbados keine weitern Antillen mehr anzulaufen hatte.

Corty empfing den Matrosen, sobald dieser das Deck betreten hatte.

»Ihr wollt den Kapitän Paxton sprechen?« fragte er.

»Ja, Kamerad«, antwortete der Matrose, »wenn er der ist, der den »Alert« von Liverpool befehligt.«

»Kennt ihr ihn denn?«

»Nein, doch ich habe einen Freund, der zu seiner Mannschaft gehören muß.«

»Ah so ... und der heißt ...?«

»Forster ... John Forster.«

Ebenso beruhigt wie Corty selbst, trat Harry Markel nach diesen Worten heraus.

»Ich bin der Kapitän Paxton«, begann er.

»Herr Kapitän ...« sagte der Matrose, indem er höflich die Hand an die Wollmütze legte.

»Nun, was wünscht ihr?«

»Einem Kameraden die Hand zu drücken.«

»Und dessen Name . . ,?«

»John Forster.«

Harry Markel wollte anfänglich antworten, daß John Forster in der Bai von Cork ertrunken wäre; er erinnerte sich aber noch, daß er den Unglücklichen, dessen Leiche an die Küste getrieben worden war, schon Bob genannt hatte. Daß vor der Abfahrt gar zwei Matrosen in derselben Weise umgekommen wären, hätte bei den Passagieren des »Alert« doch recht schlimmen Verdacht erwecken müssen.

Hary Markel begnügte sich deshalb zu agen:

»John Forster befindet sich nicht an Bord.«

»Nicht hier?« rief der Matrose verwundert. »Ich glaubte bestimmt, ihn auf dem ›Alert‹ zu finden.«

»Er ist aber nicht hier, sag' ich euch, oder vielmehr nicht mehr hier.«

»Ist ihm etwa ein Unfall zugestoßen?«

»Er war erkrankt, als wir auslaufen wollten, und hat sich deshalb ausschiffen müssen.«

Corty bewunderte nicht wenig die Geistesgegenwart seines Chefs. Hätte der Matrose von der »Flag« aber den Kapitän Paxton persönlich gekannt, so wäre der Zwischenfall für Harry Markel und seine Spießgesellen gewiß schlimmer abgelaufen. Jetzt sagte der fremde Matrose dagegen weiter nichts als: »Ich danke bestens, Herr Kapitän!« und damit begab er sich, offenbar betrübt, seinen Kameraden nicht getroffen zu haben, in das unten wartende Boot zurück.

Als der Mann weit genug weg war, rief Corty:

»Sapperment, wir treiben aber doch ein allzu gewagtes Spiel!«

»Ja . . . vielleicht . . . es ist aber jedenfalls der Mühe wert!«

»Gleichviel . . .! Doch, alle Teufel, Harry, mich verlangt es dringend, bald draußen auf dem Ozean zu sein, da ist man wenigstens keinen neugierigen Fragern ausgesetzt.«

»Das wird alles kommen, Corty. Morgen sticht der ›Alert‹ wieder in See.«

»Nach . . .?«

»Nach Guadeloupe, und alles in allem ist eine französische Kolonie für uns weniger gefährlich als eine englische!«

Zweites Kapitel

Guadeloupe

Die Meeresstrecke, die Antigoa von Guadeloupe oder richtiger: von der unter diesem Namen zusammengefaßten Inselgruppe trennt, beträgt nicht mehr als hundert bis hundertzwanzig Seemeilen.

Unter gewöhnlichen Verhältnissen konnte der »Alert« – der am Morgen des 16. August beim Auslaufen aus dem Hafen von Sankt John vom Passatwinde getrieben wurde – binnen vierundzwanzig Stunden recht gut an seinem Bestimmungsorte eintreffen.

Louis Clodion hoffte auch, daß sich morgen bei Tagesanbruch die ersten Höhen der französischen Antille am Horizonte zeigen würden.

Es sollte aber anders kommen. Eine Windstille oder richtiger die große Schwäche der Brise verlangsamte den Lauf des Schiffes, obwohl dieses sein gesamtes Segelwerk trug. Außerdem rollten ihm trotz des kaum zu spürenden Windes kurze, ziemlich hohe Wellen entgegen. Das kam daher, daß dieser Teil des Meeres, ungedeckt von Inseln, nach der Seeseite weit offen lag. Verschiedene Gegenströmungen erzeugen hier eine Art Brandung, ehe die Dünung sich an den Riffen von Montserrat bricht. Selbst wenn der »Alert« vor einer frischen Brise gelaufen wäre, würde er auf dieser Wegstrecke tüchtig geschüttelt worden sein. Horatio Patterson sprach auch bald einigen Zweifel an der Wirksamkeit der Kirschkerne als Schutzmittel gegen die Seekrankheit aus.

Harry Markel hätte ja nötigenfalls hinter Montserrat hinwegsegeln können, wo der Seegang weniger stark war. Damit hätte er sich aber der Gefahr ausgesetzt, zu vielen Schiffen zu begegnen, und das wollte er doch möglichst vermeiden. Dieser Weg wäre überdies etwa um dreißig Meilen länger gewesen. Er mußte dann bis zur äußersten Südspitze von Guadeloupe hinunter gehen und nach deren Umschiffung vielleich bei Gegenwind erst wieder nordostwärt nach Pointe-à-Pitre steuern.

Guadeloupe besteht aus zwei großen Inseln.

Die westliche Insel ist das eigentlich sogenannte Guadeloupe, das die Kariben einst Curucuera nannten. Offiziell mit dem Namen Basse-Terre (Niederland) bezeichnet, obwohl es von den beiden Inseln am höchsten aufsteigt, erhielt es diesen Namen wegen seiner Lage in bezug auf die Passate.

Die auf den Karten mehr östlich verzeichnete Insel heißt dagegen Grande-Terre (Groß- oder Oberland), obgleich ihre Bodenfläche keiner ist als die der andern. Der Gesamtumfang beider Inseln beträgt sechzehnhundertdrei Quadratkilometer und ihre Bevölkerung beläuft sich auf hundertsechsunddreißigtausend Seelen.

Basse-Terre und Grande-Terre sind durch einen Salzwasser führenden Fluß getrennt, dessen Breite zwischen fünfundzwanzig und dreißig Metern schwankt und den Fahrzeuge bis mit sieben Fuß Tiefgang benützen können. Der »Alert« hätte in diese Wasserstraße, die den kürzesten Weg für ihn gebildet hätte, gar nicht oder doch nur zur Zeit der höchsten Flut einfahren können, und auch dann hätte jeder vorsichtige Kapitän lieber davon abgesehen. Auch Harry Markel hielt sich auf dem offenen Meere im Osten der Gruppe. Die Fahrt beanspruchte damit vierzig Stunden statt vierundzwanzig, und erst am Morgen des 18. August erschien der Dreimaster am Eingange der Bucht, in die der erwähnte Fluß ausmündet und in deren Hintergrunde Pointe-à-Pitre liegt.

Zuerst war hier noch ein Kranz von Holmen zu passieren, die, das Wasserbecken umschließend, den eigentlichen Hafen bilden, nach dem nur schmale und ziemlich gewundene Kanäle führen.

Fünf Jahre waren verflossen, seitdem die Familie Louis Clodions die Antillen verlassen hatte, während nur ein Bruder seiner Mutter in Pointe-à-Pitre zurückgeblieben war. Seine Eltern waren mit den andern Kindern nach Frankreich, nach Nantes, übergesiedelt, wo Herr Clodion ein großes Schiffsequipierungsgeschäft leitete. Louis Clodion hatte sich übrigens eine recht treue Erinnerung an die Insel seiner Geburt bewahrt, von der er ja erst im Alter von fünfzehn Jahren weggekommen war, und er hoffte, seinen Kameraden hier alles zeigen und erklären zu können.

Von Osten her heransegelnd, bekam der »Alert« zuerst den Landvorsprung der Grande-Vigie auf Grande-Terre, der nördlichen Gruppe, dann die

Spitze der Groß-Caps, hierauf die der Anseaux Loups und die Bucht Saint Marquerite, und endlich, am Südwestausläufer von Grande-Terre das Vorgebirge des Châteaux in Sicht.

Louis Clodion konnte an der Ostküste zunächst auf die Stadt du Moule hinweisen, die mit ihren zehntausend Einwohnern die drittwichtigste der Kolonie ist. Hier liegen die mit Zucker beladenen Schiffe und warten einen zum Auslaufen günstigen Wind ab, geschützt gegen stürmische Witterung und gegen die oft gewaltigen Gezeitenströmungen, die in dieser Gegen häufig schweres Unglück anrichten.

Vor der Umschiffung der Südostspitze von Grande-Terre sahen die Passagiere noch La Désirade, eine andere französische Antille, die den von Europa eintreffenden Schiffen zuerst in Sicht kommt, und von der ein zweihundertachtundsiebzig Meter hoher Berg schon aus großer Entfernung wahrnehmbar ist.

La Désirade an Backbord liegenlassend, steuerte der »Alert« am Vorgebirge des Châteax vorüber, und von hier aus konnte man im Süden kurze Zeit Petite-Terre, eine weitere Insel, erblicken, die ebenfalls zu der Gruppe von Guadeloupe gehört.

Um einen Überblick über die ganze Inselgruppe zu bieten, hätte das Schiff noch weiter südlich gehen müssen, und zwar bis Marie-Galante, das bei einer Bevölkerung von vierzehntausend Seelen einen Umfang von hundertdreiundsechzig Quadratkilometern hat, und hier wären die bedeutendsten Städte der Insel, Gros-Bourg, Saint Louis und Vieux-Fort, zu besuchen gewesen. Mit einem Kurse nach Westen und ziemlich in derselben geographischen Breite, wäre man dagegen auf den kleinen Archipel der Saintes gestoßen, der gegen zweitausend Einwohner und eine Bodenfläche von vierzehn Quadratkilometern hat. Aus sieben Inseln oder Eilanden bestehend und von dem dreihundertsechzehn Meter hohen Chameau überragt, gilt die Gruppe für das beste Sanatorium der Antillen.

Administrativ ist Guadeloupe in drei Arrondissements verteilt. Dazu gehören der Teil von Sankt Martin, der nicht im Besitz Hollands ist, die Insel Sankt Barthelemy, die Schweden an Frankreich abgetreten hatte, und die Saintes, die zusammen das Arrondissement Basse-Terre bilden, ferner La Désirade mit der gleichnamigen Hauptstadt, zum Arrondissement Pointe-à-Pitre gehörig, und endlich Marie-Galante, der Hauptort des dritten Arrondissements.

Dieses Kolonialgebiet wird in seinem Generalrat durch sechsunddreißig Räte und im Parlament durch einen Senator und zwei Abgeordnete vertreten. Sein Handelsumsatz erreicht in der Ausfuhr fünfzig, in der Einfuhr siebenunddreißig Millionen Francs, zum größten Teile im Verkehr mit Frankreich.

Die örtlichen Bedürfnisse im Betrage von fünf Millionen Francs werden durch einen Ausfuhrzoll auf Kolonialwaren und einen Einfuhrzoll auf Spirituosen u. dgl. gedeckt.

Der Onkel Louis Clodions, der Bruder seiner Mutter, ein Herr Henry Barrand, war einer der vermögendsten und einflußreichsten Pflanzer von Guadeloupe. Er wohnte in Pointe-à-Pitre und hatte ausgedehnte Besitzungen in der Umgebung der Stadt. Sein Vermögen, seine Lebenserfahrung, neben einem offenherzigen Charakter, einnehmenden Wesen und einem nie versiegenden Humor gewannen ihm alle zu Freunden, mit denen er in Berührung kam. Sechsundvierzig Jahre alt, ein eifriger Jäger und warmer Freund jedes Sports, ritt er lustig durch seine weiten Pflanzungen, liebte gutes Essen und Trinken wie ein echter Landedelmann, wenn man einen Kolonisten der Antillen so nennen darf, und obendrein unverheiratet, war er ein richtiger amerikanischer Erbonkel, auf den seine Nichten und Neffen zählen konnten.

Man kann sich wohl leicht vorstellen, mit welch freudiger Rührung er Louis Clodion bei der Ankunft des »Alert« in die Arme schloß.

»Willkommen ... willkommen, mein liebster Louis!« rief er. »Welches Glück, dich nach fünfjähriger Trennung wiederzusehen! Wenn ich mich nicht ebensoviel wie du verändert habe, bin ich noch nicht zum alten Manne geworden, während du zum jungen Manne herangewachsen bist!«

»Mein lieber Onkel«, antwortete Clodion, »du bist ja noch immer derselbe!«

»Nun, desto besser!« erwiderte Herr Barrand, der sich nun an die auf dem Deck versammelten Passagiere wendete. Seien auch Sie mir willkommen, Sie jungen Genossen meines Neffen, und halten Sie sich überzeugt, daß die Kolonie die Pensionäre der Antilian-School mit freudiger Befriedigung empfängt!«

Dann drückte der prächtige Mann alle ihm entgegengestreckten Hände und wendete sich hierauf wieder an Louis.

»Und wie befinden sich Vater, Mutter, Kinder ... kurz, alle da unten ... in Nantes?«

»Gott sei Dank, alle befinden sich recht wohl, lieber Onkel. Über sie kann ich ja aber wohl etwas mehr durch dich erfahren ...«

»Gewiß, ich habe erst vorgestern einen Brief von meiner Schwester erhalten. Die ganze Familie ist wohlauf. Die zärtliche Schwester legt mir ans Herz, dich gut aufzunehmen ... als ob das nötig gewesen wäre! Na, nächsten Winter werd' ich sie einmal besuchen, sie und die ganze Verwandtschaft ...«

»Ach, das ist ja herrlich, Onkel, denn zu der Zeit werde ich die Schule absolviert haben und jedenfalls auch in Nantes sein.«

»Wenn du nicht hier bist, lieber Neffe. Ich habe darüber so meine eigenen Gedanken ... doch das wird sich später finden.«

Eben näherte sich Patterson mit einer gemessenen Verbeugung vor Herrn Barrand und sagte:

»Sie erlauben mir wohl, geehrter Herr, Ihnen meine lieben Pensionäre vorzustellen.«

»Ah«, rief der Pflanzer, das ist doch ... daß muß ja Herr Patterson sein. Na, wie geht's Ihnen denn, Herr Patterson?«

»Oh, so gut, wie es nach einer Seereise mit tüchtigem Stampfen und Schlingern möglich ist ...«

»Jaja, ich kenne Sie schon«, unterbrach ihn Barrand, »ebenso wie alle Zöglinge der Antilian-School, deren Großalmosenier und Geistlicher Sie sind ...«

»Entschuldigen Sie, Herr Barrand ... Verwalter ...«

»Verwalter oder Almosenier, das kommt zuletzt auf eins hinaus«, erwiderte der Pflanzer herzhaft auflachend, »der eine hat es mit den irdischen, der andere mehr mit den himmlischen Rechnungen zu tun. Wenn zuletzt nur der Abschluß stimmt, dann ist es ja gut.«

Während er so sprach, ging Herr Barrand schon von dem einen Preisträger zum andern, und zuletzt drückte er Horatio Patterson die Hände so kräftig, daß dieser, wenn er Almosenier gewesen wäre, den

Pensionären der Antilian-School unmöglich hätte seinen Segen erteilen können.

»Machen Sie sich bereit, ans Land zu gehen, meine Freunde«, fuhr der aufgeräumnte Pflanzer fort. Sie wohnen natürlich alle bei mir! Mein Haus ist groß genug, und wenn sie hundertmal so viele wären, Sie äßen doch nicht auf, was meine Felder liefern! Sie, Herr Patterson, begleiten selbstverständlich die jungen Leute, und Sie, Kapitän Paxton, wenn es Ihnen genehm ist, ebenfalls.«

Diese Einladung wurde natürlich wie immer abgelehnt, und Herr Barrand, der keine langen Worte zu machen liebte, bestand auch darauf nicht weiter.

»Aber, verehrter Herr Barrand«, bemerkte da der Mentor, »wenn ich Ihnen herzlich danke für die Gastfreundschaft, die Sie uns anbieten . . . anbieten mit soviel . . . wie soll ich sagen . . .«

»Sagen Sie lieber nichts, Herr Patterson, das ist jedenfalls besser.«

»Doch wenn wir Sie irgendwie belästigen . . . nur im geringsten genieren . . .«

»Mich genieren . . . mich . . .? Seh' ich denn aus wie einer, den man genieren kann oder der sich selbst geniert . . .? Nichts da, ich will es nun einmal!«

Einem so bestimmten Verlangen gegenüber mußte man wohl oder übel gehorchen.

Als Patterson dann seine Passagiere noch förmlich vorstellen wollte, rief der Pflanzer freundlich abwehrend:

»Ach was, ich kenne ja die jungen Leute, alle ihre Namen haben in den Zeitungen gestanden, und ich wette, daß ich weiß, wer die einzelnen sind. Hier zum Beispiele die Engländer: Roger Hinsdale, John Howard und Hubert Perkins . . . ich bin ja schon mit deren Familien in Santa Lucia, auf Dominique und auf Antigoa zusammengetroffen.«

Die drei Engländer fühlten sich durch diese Erklärung nicht wenig geschmeichelt.

»Dann, der große Blonde hier ... das ist natürlich Albertus Leuwen aus Sankt Martin.«

»Wie Sie sagen, Herr Barrand«, erwiderte der junge Holländer grüßend.

»Und die beiden hübschen Leutchen, die sich so bescheiden im Hintergrunde halten, das sind der eine Niels Harboe aus Sankt Thomas, und der andere Axel Wickborn aus Sankta Croix. Sie sehen, ich täusche mich mit keinem einzigen. Und du da drüben, der Kleine mit den lebhaften Augen, der nicht einen Moment stille stehen kann, der Kuckuck soll mich holen, wenn du nicht französisches Blut in den Adern hast.«

»Bis zum letzten Tropfen«, bestätigte Tony Renault, »doch ich bin auf Martinique geboren.«

»Na, das ist aber unrecht!«

»Wieso ... unrecht?«

»Jawohl; wenn man als Franzose auf den Antillen geboren wird, so darf das nur auf Guadeloupe, doch nirgends anderswo sein, denn Guadeloupe ... nun ja, das ist und bleibt einmal Guadeloupe.«

»Man kommt eben zur Welt, wo einem das möglich ist«, rief Tony Renault laut auflachend.

»Hast recht, mein Sohn«, erwiderte Herr Barrand, »ich werde dir wegen jenes Fehltritts auch nicht weiter böse sein.«

»Unserm Tony kann überhaupt niemand böse sein«, mischte sich Louis Clodion ein, das ist einfach unmöglich.«

»Oh, es soll niemand argwöhnen«, setzte der Pflanzer hinzu, daß ich etwa Martinique, Désirade oder andere französische Inseln geringer schätzte! Doch ich stamme nun einmal von Guadeloupe, das sagt alles. Der lange Secco dort ... der mit dem hellblonden Haar ... das muß Magnus Anders sein ...«

»Ganz recht, lieber Onkel«, antwortete Louis Clodion, »er ist es, der in Sankt Barthelemy seine Heimatinsel nicht wiedergefunden hat, weil sie aufgehört hat, schwedischer Besitz zu sein.«

»Ja, richtig«, meinte Herr Barrand, »das haben wir durch die Zeitungen erfahren. Schweden hat seine Kolonie an uns abgetreten. Nun, nun, Anders, deshalb brauchen sie nicht so bekümmert zu sein ...! Wir nehmen Sie als Bruder auf, und Sie werden bald erkennen, daß Schweden keinen bessern Freund als Frankreich hat.«

Das war also Herr Henry Barrand, der Onkel Louis Clodions. Gleich nach der ersten Begegnung kannten sie ihn, als ob sie seit ihrer Geburt auf seinen Pflanzungen gelebt hätten.

Ehe er fortging, sagte Herr Barrand noch:

»Um elf Uhr steht das Frühstück bereit ... ein ordentliches Frühstück für alle. Verstanden, Herr Patterson? Ich dulde keine zehn Minuten Verspätung.«

»Rechnen Sie auf meine chronometrische Pünktlichkeit!« versicherte Patterson.

Herr Barrand nahm seinen Neffen gleich in dem Boote mit, das ihn beim Einlaufen des »Alert« nach diesem gebracht hatte.

Basse-Terre macht vielleicht einen hübschern Eindruck als Pointe-à-Pitre. Durch seine Lage an der Mündung des Flusses Aux Herbes und nahe der äußersten Spitze der Insel, erregt es mehr die Aufmerksamkeit der Besucher ebenso durch seine amphitheatralisch einander überragenden Häuser, wie durch die schönen Hügel, die die Stadt einrahmen.

Henry Barrand hätte dem vielleicht nicht völlig zugestimmt, denn so wie er Guadeloupe für die erste der französischen Antillen hielt, so erklärte er auch Pointe-à-Pitre für die erste Stadt Guadeloupes. Er erinnerte sich nur nicht gern daran, daß Guadeloupe 1759 vor den Engländern kapitulierte, daß es 1794 und noch einmal 1810 unter englische Oberhoheit kam und Frankreich endgültig erst durch den Friedensvertrag vom 30. Mai 1814 zurückgegeben wurde.

Pointe-à-Pitre verdiente jedoch ebenfalls den Besuch der jungen Reisenden, und Herr Barrand würde es gewiß nicht an Eifer fehlen lassen, dessen Schönheiten in eindringlichster Weise hervorzuheben. Das blieb einem spätern Spaziergange vorbehalten. Jetzt fuhren die Gäste des Kolonisten nur in mehreren, ihnen zur Verfügung gestellten Wagen quer durch die Stadt, und in einer Viertelstunde hatten sie den Landsitz Rose-Croix erreicht, wo Louis Clodion und sein Onkel sie erwarteten.

In dem großen Speisezimmer der prächtigen Villa stand für sie ein vortreffliches, mehr nahrhaftes als gewähltes Frühstück bereit. Die hungrigen jungen Leute taten ihm natürlich alle Ehre an und verzehrten mit Vergnügen das saftige, frische Fleisch neben Fischen, Wildbret, Gemüsen aus der Pflanzung, Früchten aus den Baumgärten, ferner den Kaffee erster Güte, der, da man sich auf Guadeloupe befand, sogar für noch besser erklärt wurde als der von Martinique, vorzüglich weil er noch obendrein aus den Kaffeeplantagen von Rose-Croix herstammte. Dabei regnete es Lobsprüche auf Guadeloupe, vor allem auf Pointe-à-Pitre, und eine Menge Toaste, die der darin unerschöpfliche Amphitryo ausbrachte.

Jedenfalls hat die Natur übrigens für Basse-Terre

mehr getan als für Grande-Terre. Hier zeigt sich eine bergerfüllte Gegend, der plutonische Kräfte ein malerisches Relief verliehen haben; hier steigt der Grosse-Montagne siebenhundert Meter hoch hinauf und erheben sich die drei Manilles, die ihn noch um fünfzig Meter überragen, ebenso wie der fast gleich hohe Caribe; ferner, mehr in der Mitte der Insel, die berühmte Soufrière, deren höchster Gipfel fast fünfzehnhundert Meter über dem Meere liegen soll.

Wie könnte sich wohl, außer in der lebhaften Phantasie des Herrn Barrand, Grande-Terre mit dieser an Schönheiten so reichen Gegend, dieser kleinen antillianischen Schweiz vergleichen wollen! Grand-Terre ist fast ein Flachland mit niedrigen, mehr ebenen Erhöhungen, die sich bis über Sehweite hinaus hinziehen. An Ergiebigkeit des Landbaues steht es seiner Nachbarinsel dagegen nicht nach.

Horatio Patterson machte auch die recht treffende Bemerkung:

»Was ich nicht begreife, Herr Barrand, ist, daß der furchtbare Schmied Vulkan gerade nur Basse-Terre auf seinem mythologischen Amboß mit solcher Vorliebe bearbeitet hat . . . wenn diese Metapher zulässig ist.«

»Bei einem Glase Wein ist alles zulässig, Herr Patterson!« antwortete der Pflanzer sein Glas erhebend.

»Mich verwunderte es«, fuhr der Mentor fort, »daß dabei jenes Basse-Terre von Erschütterungen durch Erdbeben verschont geblieben ist, während Grande-Terre, das einst doch mehr aus den freundlichen Händen des Gottes Neptun hervorging, solchen Naturerscheinungen besonders ausgesetzt ist.«

»Eine richtige Bemerkung, Herr Verwalter«, erklärte Herr Barrand. »Basse-Terre müßte eigentlich von solchen Zuckungen der Mutter Erde weit mehr heimgesucht werden als Grande-Terre, denn das erste sitzt wie ein Kochtopf über dem Feuerherde. Dennoch hat von den beiden Inseln die unsrige stets am meisten zu leiden gehabt. Ja... was meinen Sie...? die Natur begeht auch zuweilig Fehlgriffe, und da der Mensch dagegen ohnmächtig ist, muß man sich mit diesen wohl oder übel abfinden. Ich wiederhole also... und bitte Sie, in einen letzten Toast einzustimmen: Auf das Wohlergehen von Grande-Terre, auf das fröhliche Gedeihen unserer Stadt Pointe-á-Pitre!«

»Und ein Hoch zu Ehren unseres gastfreien Wirtes!« fügte Patterson hinzu.

Die guten Wünsche waren übrigens schon erfüllt. Pointe-à-Pitre ist seit seiner Gründung stets ein blühender Ort gewesen, trotz der Angriffe und Überfälle, wodurch die Insel wiederholt arg verwüstet wurde, trotz der Feuersbrünste, die sie mehrfach heimsuchten, und trotz des schrecklichen Erdbebens von 1843, das binnen siebzig Sekunden fünftausend Opfer forderte. Damals blieb von der Stadt nichts übrig als einige Mauerreste und die Vorderwand einer Kirche, deren Uhr bei zehn Uhr fünfunddreißig Minuten vormittags stehengeblieben war. Die Katastrophe erstreckte sich noch bis zur Stadt Moule und nach den Ortschaften Saint François, Sainte Anne, Port Louis, Sainte Rose sowie über die Bertrandbucht und nach Joinville, sie erschütterte sogar noch Basse-Terre, wo sie jedoch nicht mehr so heftig auftrat wie in Pointe-à-Pitre. Sehr bald nachher waren die Häuser, doch alle nur niedrig und voneinander getrennt, wieder aufgebaut. Jetzt verlaufen von der Hauptstadt aus mehrere Schienenstränge, die die Zuckermühlen und andere industrielle Anlagen in der Umgebung verbinden. An allen Seiten sind außerdem Eukalyptuswälder aufgewachsen, die durch das Aufsaugen der Bodenfeuchtigkeit den Gesundheitszustand sehr günstig beeinflussen.

Durch den Besuch seiner vortrefflich gepflegten Besitzungen machten die Gäste ihrem Wirte eine besondere Freude. Dank einer höchst zweckmäßigen Bewässerungsanlage versprachen die ausgedehnten Zuckerrohrfelder eine überreiche Ernte. Die Kaffeeplantagen, die auf den zwischen zwei- und sechshundert Meter hohen Hügeln der Insel ausgezeichnet gediehen, lieferten – nach Herrn Barrands Versicherung – einen weit besseren Kaffee als Martinique. Weiter durchstreifte die Gesellschaft die Felder in der nächsten Umgebung der Wohnstätte, die Weideplätze, die infolge guter Bewässerung im frischesten Grün prangten; man bewunderte die üppigen Karata-Aloes, die Baumwollpflanzungen, die zwar noch wenig ausgedehnt waren, doch einen guten Ertrag versprachen, ferner die Kulturen von Tabak, der nur für den eigenen Verbrauch angebaut wurde, aber nach dem Urteil des tätigen Pflanzers sich mit jedem anderen von den Antillen messen konnte, und endlich die Felder mit Maniok, Ignamen, Bataten und den Baumgärten mit hochedlen Obstsorten.

Selbstverständlich beschäftigte Herr Barrand ein zahlreiches, freies, ihm treu ergebenes Personal, das eher alle Vergünstigungen der Emanzipation geopfert, als es die Besitzung Rose-Croix verlassen hätte.

So selbstwillig der Onkel Louis Clodions aber auch war, wollte er die Passagiere des »Alert« doch nicht des Vergnügens berauben, einige besonders interessante Punkte des westlich gelegenen, eigentlichen Guadeloupe kennenzulernen. Am zweiten Tage nach deren Ankunft, am 20. August, brachte sie ein eigens gemietetes kleines Dampfboot, das ihrer im Hafen von Pointe-à-Pitre wartete, nach der Südküste von Basse-Terre.

Die Stadt Basse-Terre, obwohl politisch der Hauptort der Gruppe, nimmt unter den Städten der Kolonie doch nur die dritte Stelle ein. Trotzdem kann sich, wenn Barrand das auch nicht zugeben wollte, keine andere mit ihr vergleichen. Erbaut an der Mündung des Aux-Herbes-Flusses, liegen ihre zwischen prächtigen Bäumen hervorschimmernden Häuser amphitheatralisch über einen Hügel zerstreut, und außen herum noch zahlreiche hübsche Villen, die sich unausgesetzt der heilsamen, erquikkenden Seewinde erfreuen. Hatte ihr Wirt die jungen Leute bei diesem Ausfluge nicht begleitet, so trat für ihn doch Louis Clodion, der Basse-Terre gründlich kannte, als trefflicher Cicerone ein. So wurde denn auch weder der auf allen Antillen berühmte Botanische Garten noch das, ebenso wie das von des Saintes, besonders heilsame Sanatorium Jacob übergangen.

In dieser Weise verliefen die vier Aufenthaltstage mit Spaziergängen und belehrenden Ausflügen, bei denen keine Stunde unausgefüllt blieb. Die mehr als reichlichen Mahlzeiten eröffneten Horatio Patterson freilich die Aussicht auf viele Magenkatarrhe oder Magenerweiterungen, wenn der Aufenthalt hier noch einige Tage länger gedauert hätte ...! Die Zeit der Abfahrt war jedoch herangekommen. Die so umfassende, so herzliche, kurz echt französische Gastfreundlichkeit sollten die Passagiere des »Alert« zwar in Martinique jedenfalls wiederfinden, das war aber kein Grund, nicht eine überaus angenehme Erinnerung an Guadeloupe und eine aufrichtige Dankbarkeit für die Aufnahme seitens des Herrn Barrand zu bewahren.

Nur dessen starke Eifersucht durfte man nicht dadurch reizen, daß man vor ihm von Martinique sprach, und noch am Abend vor der Abreise sagte er zu Patterson:

»Es bringt mich ordentlich in die Wolle, zu sehen, daß die französische Regierung für unsere Rivalin immer eine gewisse Vorliebe zeigt.«

»Und worin äußert sich denn diese Bevorzugung?« fragte Patterson.

»Nun«, erklärte Barrand, ohne seinen Mißmut zu bemänteln, »hat sie nicht Fort-de-France zum Anlaufhafen ihrer transatlantischen Packetboote gewählt? Erscheint denn Pointe-à-Pitre dazu nicht weit geeigneter?«

»Gewiß«, gab Patterson zu; »ich meine, die Bewohner von Guadeloupe sollten gegen jene Anordnung doch Einspruch erheben können.«

»Einspruch erheben ...« rief der Pflanzer, »wer sollte denn das in die Hand und wer sich dessen annehmen?«

»Haben Sie denn keine Vertreter im französischen Parlamente?«

»O doch, einen Senator und zwei Abgeordnete«, antwortete Barrand, »sie tun auch, was in ihren Kräften steht, die Interessen der Kolonie zu wahren.«

»Das ist ja ihre Pflicht«, meinte der Mentor.

Am Abend des 21. August begleitete Herr Barrand seine Gäste an Bord des »Alert«, und nachdem er seinen Neffen zum letztenmal umarmt hatte, drückte er allen seinen Kameraden die Hand.

»Würdet ihr, statt nach Martinique zu gehen«,

sagte er, »nicht wirklich besser tun, noch acht Tage länger auf Guadeloupe zu bleiben?«

»So ...? Und was würde es dann mit meiner Insel?« rief Tony Renault.

»Deine Insel, mein Sohn, oh, die schwömme auch nicht davon; du würdest sie bei einer späteren Reise schon noch wiederfinden.«

»Ihr Anerbieten, Herr Barrand«, warf da Patterson ein, »berührt uns aufs angenehmste und wir sind Ihnen dafür herzlich dankbar. Wir müssen uns aber an das Reiseprogramm der Mistreß Kathlen Seymour halten ...«

»Ja freilich; so geht denn nach Martinique, meine jungen Freunde«, lenkte Herr Barrand ein, »doch nehmt euch dort vor den Schlangen in acht, die die Engländer vor der Überlassung der Insel an Frankreich heimlich dahingebracht haben sollen.«

»Wäre das möglich?« antwortete der Mentor. »Nein, ich werde meinen Landsleuten eine solche heimtückische Bosheit niemals zutrauen.«

»Es ist aber geschichtlich, Herr Patterson«, erwiderte der Pflanzer, »geschichtlich nachgewiesen. Und wenn Sie sich da unten beißen lassen, wird das wenigstens von einer britischen Schlange gewesen sein.«

»Britisch oder nicht, lieber Onkel«, fiel Louis Clodion ein, »wir werden uns schon davor zu hüten wissen.«

»Was ich noch fragen wollte«, sagte Barrand, schon im Begriff, das Schiff zu verlassen, »habt ihr denn einen guten Kapitän?«

»So gut es einen solchen geben kann«, versicherte Patterson, »wir haben alle Ursache, mit ihm vollkommen zufrieden zu sein. Mistreß Kathlen Seymour hätte keine bessere Wahl treffen können.«

»Desto schlimmer«, antwortete Barrand ernsthaft und mit den Achseln zuckend.

»Desto schlimmer...? Ich bitte Sie, inwiefern denn?«

»Weil der ›Alert‹, wenn ihn ein schlechterer Kapitän befehligte, beim Verlassen des Hafens vielleicht an der Küste aufgelaufen wäre, und ich hätte damit die schönste Aussicht gehabt, euch alle noch ein paar Wochen in Rose-Croix zu behalten!«

Drittes Kapitel

Dominica

Als der Dreimaster über die Bai von Pointe-à-Pitre hinausgekommen war, erhob sich eine östliche Brise, die seiner Fahrt nach der hundert Seemeilen südlicher gelegenen Insel Dominica (Dominique) trefflich zustatten kam. Mit allen Segeln schwebte der »Alert« einer Möwe gleich über die glitzernde Meeresfläche dahin. Hielt der Wind gut aus, so konnte das Schiff jene Strecke in vierundzwanzig Stunden zurücklegen. Der Barometer stieg aber nur langsam, was auf zu erwartende Windstille und also auf eine Verlängerung der Überfahrt hindeutete.

Der »Alert« war ja ein vorzügliches Schiff, obendrein, wie hier wiederholt sei, geführt von einem Kapitän, der seine Sache gründlich verstand und der über eine Mannschaft verfügte, die nicht erst noch Proben ihrer Tüchtigkeit abzulegen brauchte. Für die Erfüllung der Wünsche des Herrn Henry Barrand war also keine Aussicht vorhanden. Selbst beim schlechtesten Wetter wäre Harry Markel ausgelaufen, ohne zu fürchten, daß er an die Klippen der Bucht geworfen werden könnte. Die Passagiere mußten infolgedessen auf das gastfreundliche Anerbieten des Pflanzers von Rose-Croix von vornherein verzichten.

Sollte die Fahrt bei den eben herrschenden atmosphärischen Verhältnissen auch etwas länder dauern, so begann sie wenigstens unter den glücklichsten Umständen.

Von Pointe-à-Pitre glitt das nach Süden steuernde Schiff an der Gruppe des Saintes vorüber, die von einem dreihundert Meter hohen Hügel überragt wird. Deutlich erkannte man die dessen Gipfel krönende Befestigung, über der die französische Flagge wehte. Les Saintes sind dauernd in Verteidigungszustand; sie bilden gleichsam eine vorgeschobene Zitadelle, die auf dieser Seite die Zufahrtstraßen nach Guadeloupe beschützt.

Tony Renault und Magnus Anders beteiligten sich nach wie vor eifrig an allen Schiffsmanövern. Sie bezogen sogar wie alte Matrosen die Wachen, selbst die Nachtwache, was auch der wegen der Tollkühnheit der jungen Leute beunruhigte Mentor dagegen einwenden mochte.

»Ich empfehle sie Ihrer besondern Obhut, Kapitän Paxton«, sagte er wiederholt zu Harry Markel. Bedenken Sie nur, wenn ihnen ein Unfall zustieße. Wenn ich sie so auf die Masten klettern sehe, fürchte ich immer, sie könnten jeden Augenblick . . .«

»Aus den Rahen geworfen . . .«

»Jaja, beim Stampfen oder Schlingern des Schiffes heruntergeworfen und ins Meer geschleudert werden. Bedenken Sie meine Verantwortlichkeit, Herr Kapitän!«

Und wenn Harry Markel dann versicherte, er

werde die jungen Leute keine Unbesonnenheit begehen lassen, seine Verantwortlichkeit als Kapitän sei ja mindestens ebensogroß wie die des Herrn Patterson, dann dankte ihm dieser in den wärmsten Ausdrücken, die freilich das Eis des falschen Kapitäns Paxton auch nicht zum Auftauen brachten.

Daneben richtete der ängstliche Verwalter die ernstesten Ermahnungen an den jungen Schweden und den jungen Franzosen.

»Oh, keine Sorge, Herr Patterson!« erwiderten diese. »Wir halten uns schon ordentlich fest.«

»Wenn euch die Hände aber einmal erlahmten, wenn ihr herunterstürztet . . .«

»De brancha in brancham fiel er hinab atque facit Puff! wie Virgil sagt«, deklamierte Tony Renault.

»Herr des Himmels«, rief Patterson, die Arme erhebend, »einen solchen Hexameter – wenn es einer sein soll – hat der Schwan von Mantua denn doch nicht verbrochen!«

»Das hätte er aber tun sollen«, antwortete der zungenfertige Tony Renault, »denn die Endversfüße atque facit Puff! sind doch vortrefflich!«

Die beiden Kameraden lachten dazu aus vollem Herzen.

Jedenfalls konnte der würdige Mentor sich beruhigen: waren Tony Renault und Magnus Anders auch kühn wie Schiffsjungen, so waren sie doch auch gewandt wie Affen. Übrigens behielt sie John Carpenter fleißig im Auge, schon aus Sorge, mit ihrem Verschwinden auch den ihnen winkenden Preis verlorengehen zu sehen. Außerdem kam es doch darauf an, daß der »Alert« nicht im Fall eines Unglücks an einer der Antillen ungebührlich lange aufgehalten würde; erlitt aber einer oder der andere der beiden jungen Leute einen Knochenbruch, so mußte ja die weitere Reise dadurch verzögert werden.

Anderseits kam die Mannschaft mit den Passagieren nur sehr wenig in Berührung. Diese mußten wohl bemerken, daß die Leute sich meist beiseite hielten und keinen nähern Verkehr suchten, was alle Matrosen sonst doch so gern tun. Nur Wagah und Corty standen gelegentlich Rede und Antwort, die andern beachteten streng die ihnen von Harry Paxton empfohlene Zurückhaltung. Wunderten sich Roger Hinsdale und Louis Clodion zuweilen über diese Haltung, und bemerkten sie auch wiederholt, daß die Leute vom Schiffe bei ihrer Annäherung stets plötzlich verstummten, so genügte das doch noch nicht, einen besonderen Verdacht zu erwekken.

Patterson selbst wäre es nie in den Sinn gekommen, darüber eine Bemerkung zu äußern. Er fand nur, daß die Reise unter den angenehmsten Umständen verlief – was ja auch Tatsache war –, und er schätzte sich glücklich, über das Deck jetzt ohne sich überall anzuklammern – pede maritimo – dahinstolzieren zu können.

Da das stille Wetter angehalten hatte, kam der von einer leichten Nordwestbrise getriebene »Alert« erst am Morgen des 24. August in Sicht der Insel Dominica.

Die Hauptstadt der Kolonie, Ville-des-Roseaux (Rohr-, d. h. Schilfrohrstadt), zählt ungefähr fünftausend Einwohner. Sie liegt an der Ostseite der Insel, deren Anhöhen sie gegen den hier oft recht stürmischen Passatwind schützen. Der Hafen ist gegen den Wogengang von außen her leider nicht genügend gesichert, und die Fahrzeuge treiben darin, vorzüglich zur Zeit der Springflut, häufig vor Anker, so daß die Schiffsbesatzungen stets bereit sein müssen, beim ersten Anzeichen schlechten Wetters ihre Stellung zu wechseln.

Obwohl der »Alert« mehrere Tage bei Dominica liegen bleiben sollte, zog es Harry Markel doch, und zwar mit Recht, vor, nicht an der Ville-des-Roseaux vor Anker zu gehen. Nach der gleichen Himmelsrichtung liegend, gibt es nahe dem Nordende der Insel eine vortreffliche Reede, die Reede von Portsmouth, wo die Schiffe nichts von den Orkanen und Zyklonen zu fürchten haben, die diese Gegenden so häufig verwüsten.

In letztgenannter Stadt war John Howard, der vierte Preisträger im Wettbewerb, vor achtzehn Jahren geboren, heute fand er hier ein aufblühendes Gemeinwesen, das sich in Zukunft noch zu einem wichtigen Handelszentrum ausgestalten wird.

Die Passagiere betraten den Boden von Dominica an einem Sonntage; wäre das am 3. November geschehen, so wäre es am Jahrestag seiner Entdeckung durch Christoph Kolumbus im Jahre 1493 gewesen.

Der berühmte Seefahrer hatte die Insel zu Ehren des an Bord seiner Caravellen gefeierten Sonntags (des Dies dominicus) mit diesem Namen bezeichnet.

Dominica bildet eine wichtige englische Kolonie, die eine Bodenfläche von siebenhundertfünfzig Quadratkilometern hat. Gegenwärtig ist sie von dreißigtausend Menschen bevölkert, die die zur Zeit der Besitznahme karibische Bevölkerung verdrängt haben. Anfänglich wollten sich die Spanier hier gar nicht festsetzen, trotz der Fruchtbarkeit der Täler, der schönen Wasserläufe und trotz der an Nutzholz reichen Waldungen.

Wie seine westindischen Schwestern ist Dominica nach und nach in den Besitz verschiedener europäischen Mächte gekommen. Zu Anfang des 17. Jahrhunderts war es französisch. Die ersten Kolonisten führten hier den Anbau von Kaffee und Baumwolle ein, und 1622 betrug ihre Anzahl dreihundertneunundvierzig, wozu noch dreihundertachtundvierzig Sklaven aus Afrika kamen.

Anfänglich lebten die Franzosen in gutem Einvernehmen mit den Kariben, deren Zahl sich etwa auf tausend Seelen belief. Diese Eingebornen stammten von einer kräftigen, arbeitsamen Rasse ab, nicht von der der Rothäute, sondern eher von den Indianern, die Guyana und die nördlichen Gebiete Südamerikas bevölkerten.

Im gesamten antilianischen Archipel ist merkwürdigerweise die Sprache der Frauen eine etwas andre als die der Männer. Hier herrschen zweierlei Idiome, das eine, das der Frauen, ein aronakischer, das andre, das der Männer, ein galibischer Dialekt. Die grausamen und ungastlichen Eingebornen standen, obwohl ihnen religiöse Begriffe nicht fremd waren, mit Recht im Rufe der Menschenfresserei, und allem Anscheine nach ist der Name Karibe ein Synonym für diese empörende Sitte. Das würde aber immer noch nicht die Grausamkeiten entschuldigen, die die spanischen Eroberer seinerzeit gegen die Eingebornen verübten.

Da die Kariben aber unausgesetzt feindliche Einfälle in alle Inseln des Archipels unternahmen, wobei sie sich großer, mit der Axt aus Baumstämmen zugehauener Piroguen bedienten, und da sie die indianischen Urbewohner erbarmungslos abschlachteten, mußten diese blutdürstigen Wilden ausgerottet werden. Seit der Entdeckung der Antillen sind sie dann auch nach und nach verschwunden, und von der, den mehr nördlich siedelnden Eingebornen überlegenen Rasse gibt es nur noch wenige Vertreter auf Martinique und auf Sankt Vincenta. Auf Dominica, wo sie nicht so schonungslos verfolgt worden waren, leben heute etwa noch dreißig karibische Familien.

Hatten sich die Europäer aber auch verschworen, die Karaiben zu vernichten, so verschmähten sie es doch nicht, sich ihrer in ihren gegenseitigen Streitigkeiten zu bedienen. Wiederholt benutzten die Engländer und die Franzosen sie als furchtbare Hilfstruppen, wozu ihre Kampflust sie besonders geeignet machte, obwohl die Europäer entschlossen waren, die Rasse später zu vertilgen.

Seit den ersten Zeiten der Besitznahme, hatte Dominica aber genügende koloniale Wichtigkeit, die Eifersucht der Mächte zu erregen und auch Flibustier anzulocken.

Nach den Franzosen, die hier die ersten Ansiedlungen gegründet hatten, kam die Insel erst in die Gewalt der Engländer und dann in die der Holländer. Es war also recht wohl möglich, daß Roger Hinsdale, John Howard, Hubert Perkins, Louis Clodion, Tony Renault und Albertus Leuwen alle hier Vorfahren gehabt hätten, die vor zwei oder drei Jahrhunderten vielleicht . . . einander getötet hatten.

Infolge des 1745 zwischen England und Frankreich ausgebrochenen Krieges ging Dominica in die Hände Englands über. Vergeblich protestierte die französische Regierung dagegen mit aller Energie und verlangte die Rückgabe dieser Kolonie, für die schon so viele Menschenleben und Kosten geopfert worden waren. Die Regierung erlangte das auch nicht bei dem Friedensschlusse in Paris im Jahre 1763 . . . Dominica blieb zunächst unter der britischen Flagge.

Frankreich konnte das aber nicht hinnehmen,

ohne eine Revanche wenigstens zu versuchen. Im Jahre 1778 zog der Marquis de Bouillè, der Statthalter von Martinique, mit einem Geschwader kleinerer Schiffe zur Wiedereroberung der Kolonie aus. Er bemächtigte sich bald der Ville-des-Roseaux und behielt diese auch bis 1783 in seiner Gewalt. Dann erschienen aber die Engländer mit großer Übermacht auf dem Plane, und Dominica kam aufs neue und endgültig unter die Oberhoheit Britanniens.

Natürlich dachten die jungen englischen, holländischen und französischen Preisträger vom »Alert« nicht im entferntesten daran, die alten Streitigkeiten zu erneuern und jeder für sein Vaterland den Sitz der Insel zu beanspruchen. Horatio Patterson, ein Mann mit hoher Achtung für erworbene Rechte, brauchte also nicht als Vermittler in einer Frage dieser Art aufzutreten, einer Frage, die ja sogar das europäische Gleichgewicht zu erschüttern gedroht hätte.

Schon seit sechs Jahren wohnte jetzt die Familie John Howards nach ihrem Wegzuge aus Portsmouth (auf Dominica) in Manchester, in der Grafschaft Lancastre.

Der junge Mann erinnerte sich seiner Heimatinsel aber noch ziemlich deutlich, war er doch schon zwölf Jahre alt gewesen, als seine Eltern aus der Kolonie auswanderten, ohne ein einziges Familienmitglied da zurückzulassen. John Howard fand hier also keinen Bruder wieder wie Niels Harboe auf Sankt Thomas, noch einen Onkel wie Louis Clodion auf Guadeloupe. Vielleicht begegnete er aber doch einem Freunde seiner Familie, der sich ein Vergnügen daraus machte, den Zöglingen der Antilian-School einen freundlichen Empfang zu bereiten.

Fand John Howard jedoch einen solchen nicht

und auch keine Personen, die mit seinem Vater in Geschäftsverbindung gestanden hatten, so hatte er sich beim Eintreffen in Portsmouth doch vorgenommen, wenigstens einen Besuch abzustatten, der ihm sehr am Herzen lag, wenn es sich dabei auch nicht um eine so herzliche Aufnahme wie die bei Christian Harboe auf Sankt Thomas oder um eine so schrankenlose Gastfreundlichkeit handeln konnte, wie die, die die jungen Reisenden bei Harry Barrand auf Guadeloupe gefunden hatten. John Howard und seine Kameraden würden voraussichtlich aber doch von so manchen braven Leuten gut aufgenommen werden.

Mit ihrem Ehemann lebte hier in Portsmouth nämlich noch eine alte Negerin, die früher im Dienste der Familie Howard gestanden hatte und deren bescheidene Existenz durch die Freigebigkeit ihrer einstigen Herrschaft gesichert war.

Wie erfreut, ja mehr als erfreut, wie tief gerührt würde diese sein, wenn sie jetzt den schmucken Jüngling wiedersah, den sie vor langen Jahren als Kind auf den Armen getragen hatte! Ja, das war bei Kate Grindah vorauszusehen. Weder sie noch ihr Mann erwarteten einen solchen Besuch. Beide wußten ja nichts davon, daß der »Alert« bei Dominica ankern werde, und noch viel weniger, daß sich »der kleine John« an Bord dieses Schiffes befände und sich beeilen werde, das bejahrte Ehepaar aufzusuchen.

Gleich nachdem der »Alert« festgelegt war, begaben sich die jungen Passagiere an Land. Während des achtundvierzigstündigen Aufenthaltes auf Dominica sollten sie jeden Abend an Bord zurückkehren und sich also auf Ausflüge in der nächsten Umgebung der Stadt beschränken. Am Abend erwartete sie dann ein Boot, um sie wieder nach dem Schiffe zu bringen.

Harry Markel hatte es so gewünscht, da es ihm ja darauf ankam, jeden Verkehr mit den Bewohnern von Portsmouth möglichst zu vermeiden. Die gewöhnlichen Formalitäten beim Ein- und Auslaufen der Schiffe hatte er natürlich zu erfüllen. In jedem englischen Hafen war für ihn aber mehr als in anderen Häfen die Begegnung von Personen zu fürchten, die den Kapitän Paxton oder doch den und jenen von der Mannschaft gekannt hatten. Er ließ den »Alert« deshalb in einiger Entfernung vom Kai vor Anker legen und untersagte den Mannschaften, ans Land zu gehen. Einer umfänglicheren Erneuerung des Proviants bedurfte es hier nicht, nur Mehl und frisches Fleisch war einzukaufen, und er sorgte dafür, daß das mit kluger Vorsicht geschah.

John Howard, der sich an Portsmouth besonders gut erinnerte, konnte seinen Kameraden als Führer dienen. Diese kannten übrigens seine Absicht, zuerst nach dem Häuschen Grindahs zu gehen und die alte Wärterin zu begrüßen. Von der Ausschiffungsstelle aus durchwanderten also alle die Stadt und begaben sich nach der Vorstadt, wo die letzten Häuser schon halb auf dem Lande verstreut lagen.

Der Weg war nicht lang. Nach kaum einer Viertelstunde standen die Leute vor einer bescheidenen, recht sauberen Hütte, die von einem Garten mit Obstbäumen umgeben war, neben dem noch ein Wirtschaftshof mit vielem Geflügel lag.

Der Alte arbeitete eben im Garten, seine Frau befand sich im Hause, trat aber gerade in dem Augenblicke heraus, wo John Howard die Tür der Umzäumung öffnete.

Da entfuhr Kate ein lauter Freudenschrei, als sie

»das Kind« erkannte, das sie seit sechs Jahren nicht gesehen hatte. Und wären es ihrer zwanzig gewesen, sie hätte ihn auf den ersten Blick herausgefunden, den ältesten Sprößling der Familie. Das ist nicht eine Sache der Augen, sondern vor allem eine des Herzens.

»Du ... du ... John!« rief sie wiederholt und preßte den jungen Mann in die Arme.

»Ja ... ich ... meine gute Kate ... ich bin's!«

Da mischte sich der Alte ein.

»Er ... John? ... Du irrst dich ... das ist er nicht, Kate!«

»Doch ... das ist John!«

»Ja, ja ... ich bin's!«

Ein weiteres Wort konnte er nicht hervorbringen. Inzwischen hatten seine Kameraden die beiden wakkeren Alten umringt und schlossen diese nun einer nach dem andern in die Arme.

»Ja ...« rief Tony Renault, »ja freilich ... wir sind es! Erkennt ihr uns denn nicht ...?«

Zunächst mußte nun alles erklärt und gesagt werden, warum der »Altert« nach Dominica gekommen wäre ... natürlich nur um der alten Negerin und ihres Gatten willen. Beweis dafür, daß gleich der erste Besuch dem braven Ehepaare gegolten habe. Auch Horatio Patterson konnte seine Rührung nicht verbergen und drückte den beiden bejahrten Leuten herzlichst die Hände.

Dann fing Kate mit der lauten Bewunderung »ihres Kindes« aufs neue an. Wie er gewachsen war ...! Wie er sich vorteilhaft verändert hatte ...! Welch ein hübscher Bursche ...! Oh, sie hatte ihn ja sofort erkannt ... und der Alte konnte darüber noch im Zweifel sein ...! Immer wieder zog sie ihn in ihre Arme und weinte vor Freude.

Hierauf ging es ans Erzählen von der Familie Howard. Dem Vater, der Mutter, den Brüdern, den Schwestern ... allen ging's wohl. Sie sprachen häufig von der Kate und ihrem Manne ... man hatte ja keines von beiden vergessen. John Howard übergab ihnen auch ein schönes Geschenk, das er eigens für sie mitgebracht hatte. So lange der »Alert« hier liegen blieb, wollte er keinen Abend und keinen Morgen vergehen lassen, ohne die herzensguten Leute aufzusuchen. Schließlich wurde ein Gläschen Tafia (Rum von Jamaika) verzehrt und dann zog sich die Reisegesellschaft zurück.

Bei den Ausflügen, die John Howard und seine Kameraden in der Umgebung der Stadt unternahmen, kamen sie unter anderem nach dem Fuße des Mont Diablotin, den sie alsbald erstiegen. Vom Gipfel aus bot sich eine Aussicht über die ganze Insel. Fast außer Atem, als er die mäßige Höhe erstiegen hatte, glaubte der Mentor aus Virgils Lehrgedicht Georgica ein Zitat anbringen zu müssen.

»Velut stabuli custos (deklamierte er) in montibus olim considit scopulo ...«

Nun ja, meinte der Schalk Tony Renault, wenn man davon absähe, daß sich Herr Patterson auf keinem wirklichen Berge befände, und daß er kein Schäfersmann, kein custos stabuli sei, dann passe ja das Zitat vortrefflich.

Von der Höhe des Diablotin aus schweifte der Blick über gut angebautes Land, das viel Obst für die Ausfuhr erzeugte, zu der noch der Schwefel kommt, wovon die Insel große Mengen liefert. Daneben bildet die Kultur des Kaffeebaumes, die gegenwärtig in erfreulicher Zunahme ist, den Hauptreichtum Dominicas.

Am nächsten Tage besuchten die jungen Reisenden die fünftausend Einwohner zählende Ville-des-Roseaux, die einen reizenden Anblick bietet, doch wenig Handelsverkehr zeigt, da die englische Regierung sie, wie man dort zu sagen pflegt, »mit einer Halblähmung geschlagen hat«.

Die Abfahrt des »Alert« war, wie wir wissen, auf den Morgen des 26. August festgesetzt. Während die jungen Touristen dann am 25. gegen fünf Uhr nachmittags noch einen letzten Spaziergang am Ufer im Norden der Stadt machten, begab sich John Howard noch einmal über diese hinaus, um sich von der alten Kate zu verabschieden.

Als er da in eine der auf den Kai mündenden Straßen einbog, trat an ihn ein etwa fünfzigjähriger Mann heran, dem Ansehen nach ein Seemann, der sich zur Ruhe gesetzt hatte, der auf den in der Mitte des Hafens liegenden »Alert« hinwies.

»Ein schönes Schiff, junger Herr«, begann er, »und für einen Matrosen ein besonderes Vergnügen, es zu betrachten.«

»Gewiß«, antwortete John Howard, »ein ebenso gutes wie schönes Schiff, das eben eine Fahrt von Europa nach den Antillen gemacht hat.«

»Ja, ja, ich weiß ... ich weiß es«, erwiderte der Seemann, »ebenso wie mir bekannt ist, daß Sie der Sohn des Herrn Howard sind, bei dem die alte Kate und ihr Mann im Dienste standen.«

»Sie kennen die wackeren Leute ...?«

»Wir sind Nachbarn, Herr John.«

»Und ich wollte jenen eben Lebewohl sagen, da wir morgen abreisen.«

»Schon morgen?«

»Ja. Wir haben noch Martinique, Santa Lucia und Barbados zu besuchen.«

»Ja ja, das weiß ich. Doch sagen Sie mir, Herr

John, wer befehligt den ›Alert‹?«

»Der Kapitän Paxton.«

»Der Kapitän Paxton?« wiederholte der Matrose. »Oh, den kenne ich ... kenne ich sehr gut.«

»Sie kennen ihn persönlich?«

»Und ob Ned Butlar ihn kennt! Das wollt' ich meinen! Wir sind auf dem »Northumberland« in den südlichen Meeren zusammen gefahren. Das mag so seine fünfzehn Jahre her sein, wo er erst Obersteuermann war. Er ist ein Mann etwa von einigen vierzig Jahren, nicht wahr?«

»Ja, ungefähr so alt mag er sein.«

»Etwas untersetzt von Gestalt ...«

»O nein, er ist ziemlich groß und stark.«

»Hat rötliche Haare?«

»Nein, ganz schwarze.«

»Das ist merkwürdig!« meinte der Matrose. »Ich erinnere mich seiner doch so genau, als wenn er hier vor mir stände ...«

»Da sie den Kapitän Paxton kennen«, sagte John Howard, »so suchen Sie ihn doch einmal auf. Er wird sich freuen, mit einem alten Reisegenossen einen Händedruck wechseln zu können.«

»Ja ja, das soll geschehen.«

»Doch noch heute, am besten sofort. Der »Alert« geht morgen schon ganz früh in See.«

»Ich danke Ihnen, Herr John; und ich werde den »Alert« nicht auslaufen lassen, ohne dem Kapitän Paxton meinen Besuch gemacht zu haben.«

Damit trennten sich beide und John Howard ging nach der höher gelegenen Vorstadt weiter.

Jetzt drohte nun Harry Markel und seiner Mannschaft eine ernste Gefahr. Dieser Ned Butlar kannte den Kapitän Paxton, da beide zwei Jahre lang miteinander gefahren waren, und was mußte der Mann sagen, was darüber denken, wenn er erst vor Harry Markel stand, der ja mit dem frühern Obersteuermann des »Northumberland« nicht die geringste Ähnlichkeit hatte.

Als der Matrose an der Steuerbordstiege des »Alert« angekommen war, rief ihn der auf dem Deck umherspazierende Corty an.

»He, Kamerad«, sagte er, »was wünscht Ihr denn hier?«

»Ich möchte den Kapitän Paxton sprechen.«

»Kennt Ihr ihn denn?« erkundigte sich Corty mit gewohnter Vorsicht.

»Ob ich ihn kenne! Wir sind ja zusammen auf den südlichen Meeren gefahren.«

»Ah ... wirklich ...? Und was wollt Ihr denn bei dem Kapitän Paxton?«

»Oh, nur ein paar Minuten mit ihm plaudern, ehe er weiterfährt. Es ist doch immer ein Vergnügen, einander nach langem Getrenntsein einmal wiederzusehen, nicht wahr, Kamerad?«

»Ganz gewiß.«

»So werd' ich also hinaufkommen.«

»Der Kapitän Paxton ist aber augenblicklich nicht an Bord.«

»Dann werd' ich ihn erwarten ...«

»Das wäre vergeblich; er wird erst sehr spät am Abend wiederkommen.«

»Da wäre also keine Aussicht, ihn noch heute zu sprechen?«

»Nein ... leider gar keine.«

»Doch morgen ... bevor der ›Alert‹ ausläuft ...«

»Vielleicht ... wenn ihr zeitig genug kommt.«

»Natürlich; mir liegt ja ebensoviel daran, den Kapitän Paxton zu sprechen, wie gewiß umgekehrt auch ihm, wenn er erfährt, wer ich bin.«

»Ja, ja, daran zweifle ich gar nicht«, antwortete Corty ironisch.

»So meldet ihm Ned Butlar, Kamerad; Ned Butlar vom ›Northumberland‹ sei dagewesen, ihn zu begrüßen.«

»Das soll geschehen.«

»Also . . . auf morgen . . .?«

»Ja, auf morgen!«

Ned Butlar stieß sein Boot von der Schiffswand ab und ließ sich wieder nach dem Kai hinüberrudern.

Sobald er eine Strecke entfernt war, begab sich Corty nach der Kabine Harry Markels und setzte diesen von dem Zwischenfall in Kenntnis.

»Es ist gar nicht zu bezweifeln, daß dieser Seemann den Kapitän Paxton persönlich kennt«, murmelte Markel.

»Und daß er morgen früh wiederkommt«, fügte Corty hinzu.

»Das steht ihm frei . . . wir werden aber nicht mehr hier sein.«

»Der ›Alert‹ soll doch erst um neun Uhr abfahren, Harry . . .«

»Der ›Alert‹ fährt ab, wenn es ihm beliebt«, erwiderte Harry Markel. »Aber kein Wort von dieser Geschichte gegenüber den Passagieren!«

»Natürlich nicht, Harry! Ich muß jedoch gestehen, ich gäbe gern meinen Anteil an der zu erwartenden Beute hin, wenn wir aus dieser Gegend weg wären, wo es für uns niemals geheuer ist.«

»Noch vierzehn Tage Geduld und Vorsicht, Corty, mehr braucht es ja nicht!«

Als Horatio Patterson mit seinen Begleitern an Bord zurückkehrte, war es schon zehn Uhr abends. John Howard hatte von der alten Kate und deren

Mann Abschied genommen, und es versteht sich, daß es dabei zu den zärtlichsten Umarmungen kam und die herzlichsten Wünsche für das Wohlergehen der Familie Howard ausgesprochen wurden.

Nach dem sehr anstrengenden Tage fühlten alle ein recht dringendes Bedürfnis, sich auf ihrem Lager auszustrecken, und sie waren schon dabei, ihre Kabinen aufzusuchen, als John Howard noch fragte, ob nicht ein Matrose namens Ned Butlar aufs Schiff gekommen sei, der seine alte Bekanntschaft mit dem Kapitän Paxton zu erneuern gewünscht hätte.

»Jawohl«, bestätigte Corty, »der Kapitän war aber gerade auf der Insel im Hafenamte.«

»Dann wird jener Butlar gewiß morgen, vor der Abfahrt des ›Alert‹, wiederkommen.«

»Das hab' ich mit ihm verabredet«, antwortete Corty.

Eine Viertelstunde später ertönte in der Hauptkabine schon das lauteste Schnarchen, das eine Gesellschaft übermüdeter Schläfer je hatte hören lassen und das hier noch von dem Bariton Horatio Pattersons übertönt wurde.

Die Passagiere vernahmen also nichts von dem Geräusch, das früh drei Uhr begann, als der »Alert« sich anschickte, den Hafen von Portsmouth zu verlassen.

Erst sechs Stunden später erschienen, als das Schiff schon fünf bis sechs Meilen von Dominica entfernt war, Magnus Anders und Tony Renault als die ersten auf dem Vordeck.

»Wie . . . schon abgefahren?« riefen sie.

»Abgefahren, ohne daß wir dabei geholfen haben?« setzte Tony Renault hinzu.

»Ja, ich befürchtete einen Umschlag des Wetters«, erklärte Harry Markel, »und da wollte ich den

Landwind noch benutzen . . .«

»Nun ja«, sagte John Howard, »doch der wakkere Butlar, dem offenbar so viel daran gelegen war, Sie zu sehen, Herr Kapitän!«

»Ach ja . . . Butlar . . . ich erinnere mich seiner, wir sind eine Zeitlang miteinander gefahren«, antwortete Harry Markel, »doch ich konnte nicht länger warten.«

»Der arme Mann«, sagte John Howard, »das wird ihm recht schmerzlich sein! Ich weiß übrigens nicht, ob er Sie wiedererkannt hätte. Er beschrieb Sie als dick und kurz, mit rötlichem Barte . . .«

»Den Alten wird sein Gedächtnis im Stiche gelassen haben«, begnügte sich Harry Markel zu bemerken.

»Ein wahres Glück, daß wir davongegangen sind«, raunte Corty dem Bootsmanne ins Ohr.

»Das will ich meinen«, antwortete John Carpenter, »hier war uns ein kitzliches Strickende näher als je bisher!«

Viertes Kapitel

Martinique

Dieser Gefahr war Harry Markel also glücklich entronnen. Noch dreimal, auf Martinique, Santa Lucia und auf Barbados, war er vielleicht mit einer ähnlichen bedroht. Würden auch diese so wie hier an ihm vorübergehen? Während des ersten Abschnittes seines Piratenlebens hatte ihn ein außerordentlich glücklicher Zufall begünstigt bis zu dem Tage, wo er und seine Spießgesellen an Bord des »Halifax« verhaftet wurden. Dann lächelte ihnen aber das Glück gleich wieder bei ihrem Ausbruche aus dem Gefängnisse von Queenstown und bei der Überrumpelung des »Alert«. Seitdem war es ihnen treu geblieben, auch bei dem bedrohlichen Zwischenfalle, wo Harry Markel eine Begegnung mit Ned Butlar noch in letzter Stunde vermeiden konnte. Dem Umstande, daß der Matrose von dem Kapitän Paxton ein dem seinigen so unähnliches Bild entworfen hatte, maß er keine besondere Bedeutung bei. Die Passagiere dachten wohl auch gar nicht mehr daran. Er vertraute unerschüttert seinem Sterne . . . er wollte sein abenteuerliches und verbrecherisches Leben bis zum äußersten ausführen.

Am Vormittage der Abreise lag Dominica, von dem nur noch einige Höhen zu sehen waren, wie erwähnt, schon fünf bis sechs Meilen im Norden und wäre, hätte ein etwas frischerer Wind geherrscht, wohl gar nicht mehr zu erblicken gewesen.

Die Entfernung zwischen dieser Insel und Martinique ist annähernd die gleiche, wie die zwischen Guadeloupe und Dominica. Martinique hat aber ziemlich hohe Berge, die schon bei einigen sechzig Seemeilen am Horizonte auftauchen, so daß es nicht ausgeschlossen war, sie noch heute vor Sonnenuntergang zu erblicken. In diesem Falle würde der »Alert« schon am nächsten Tage bei Fort-de-France, der Hauptstadt der Insel, auf die er zusteuerte, eintreffen können.

In neun Kantons und neunundzwanzig Gemeinden geteilt, umfaßt die Insel die zwei Arrondissements Saint Pierre und Fort-de-France.

Der Himmel war blau und klar und das Meer glitzerte von den goldenen Sonnenstrahlen. Keine Wolke segelte in der Luft dahin. Kaum spürte man etwas von der langen, gleichmäßigen Dünung, die von dem hohen Meere herkam. Der Barometer hielt sich hoch und versprach freundliche Witterung.

Unter solchen Verhältnissen konnte der »Alert« voraussichtlich freilich nicht mehr als fünf bis sechs Seemeilen in der Stunde zurücklegen. Harry Markel ließ deshalb die Leesegel des Groß- und des Fockmastes beisetzen und auch noch die Stagsegel, mit einem Worte, alle Leinwand, die der Dreimaster tragen konnte.

Tony Renault und Magnus Anders waren nicht die letzten, die Wanten zu erklettern, um nach den Marsen zu gelangen, wobei sie sogar an dem nach außen gerichteten Teile der Strickleitern, also ohne das sogenannte Soldatenloch zu benutzen, emporklommen. Dann ließen sie die Tauenden der Leesegel schießen, während ihre Kameraden diese anholten und die Schoten straff anzogen. Nach Beendigung dieses Manövers zeigten die kühnen Burschen kaum Lust, nach dem Deck herunterzukommen; sie wären offenbar lieber im Mastwerk sitzen geblieben.

Neben der Deckhütte auf bequemem, mit einem Kissen belegtem Stuhle saß der Mentor, der sich auf die Gewandtheit seiner Zöglinge zu verlassen schien. Immerhin beunruhigte es ihn ein wenig, diese an den Rahen hinspazieren und an den Weweleinen hinaufklettern zu sehen, so daß er ihnen wiederholt zurief, sich ja gut festzuhalten. Im Grunde gewährte ihm das Verhalten der jungen Leute aber ein geheimes Vergnügen. Oh, wenn der Direktor, Herr Julian Ardagh, jetzt neben ihm gesessen hätte, so daß er mit ihm ein paar Worte wechseln könnte, welch rühmliche Lobsprüche hätten die Pensionäre der Antilian-School da geerntet! Und was würde Patterson alles zu erzählen haben, wenn er nach der

Rückkehr seine Tagebücher vorlegte, worin alle Reiseerlebnisse verzeichnet waren!

Da ist es wohl kaum zu verwundern, daß ihm, als Tony Renault und Magnus Anders die Mastspitzen erreichten, in Gegenwart John Carpenters das Zitat entschlüpfte: Sic itur ad astra . . .«

»Was heißt das, Herr Patterson?« fragte der Bootsmann.

»Das heißt, sie erheben sich zum Himmel.«

»Und von wem rühren denn diese Worte her?«

»Von dem göttlichen Virgil.«

»Ich habe einen Mann dieses Namens gekannt, einen Neger, der an Bord eines transatlantischen Dampfers diente . . .«

»Von dem sind jene Worte nicht, guter Freund.«

»Desto besser für Ihren Virgil, denn der meinige ist schließlich aufgeknüpft worden.«

Im Laufe des Tages kreuzte der »Alert« mehrere der Fahrzeuge, die zwischen den Antillen die Küstenfahrt betreiben, er kam aber keinem davon zu nahe. Am meisten fürchtete Harry Markel übrigens eine mehrtägige Windstille, die seine Ankunft vor Martinique um ebensoviel verzögert hätte.

Zeigte die Brise aber auch Neigung zum Abflauen, so legte sie sich, selbst am Abend, doch nicht gänzlich. So schwach sie wurde, schien sie doch die Nacht über andauern zu wollen. Da sie von Nordosten kam, war sie dem »Alert« günstig, so daß auf diesem nicht einmal die oberen Segel eingezogen wurden, obgleich das sonst zwischen Untergang und Aufgang der Sonne stets zu geschehen pflegt.

Vergeblich bemühten sich die Passagiere, vor dem Eintritte völliger Dunkelheit noch den Gipfel des Mont Pelé zu erspähen, der dreihundertsechsundfünfzig Meter über das Meer emporragt. Gegen neun Uhr verschwanden sie dann in ihren Kabinen, deren Türen der Wärme wegen offenstehen blieben.

Noch nie war ihnen eine Nacht so still wie diese erschienen, und schon um fünf Uhr morgens betraten sie wieder das Verdeck.

Da zeigte Tony Renault sofort nach einer Anhöhe und rief:

»Der Mont Pelé ... da liegt er ...! Er ist's ... ich erkenne ihn wieder.«

»Du erkennst ihn wieder?« ließ sich Roger Hinsdale mit kaum verhüllter Ungläubigkeit im Tone vernehmen.

»Gewiß ...! Warum sollte er sich denn seit fünf Jahren verändert haben ...? Da, seht: die drei Spitzen des Carbet.«

»Nun wahrlich, Tony, du mußt sehr gute Augen haben!«

»Ganz ausgezeichnete ...! Glaubt mir nur, daß das der Mont Pelé ist, der aber keineswegs kahl (franz. peé) ist. Er ist grün und bewaldet, wie alle Berge meiner Insel. Und dort auf meiner Insel werdet ihr noch manche andere zu sehen bekommen, wenn wir erst die Höhe des Vauclin besteigen. Ob ihr's nun wollt oder nicht, ihr werdet meine Insel, die schönste der Antillen, schon bewundern lernen!«

Da ließ man ihn seine Loblieder singen, den kekken Burschen, der doch jeden Einspruch widerlegt hätte.

Von jeder Übertreibung abgesehen, hatte Tony Renault mit seinen Preise Martiniques doch ganz recht. Die Insel nimmt ihrer Ausdehnung nach die zweite Stelle in der Gruppe der Antillen ein; sie umfaßt nämlich neunhundertsiebenundachtzig Quadratkilometer und hat nicht weniger als hundertsiebenundsiebzigtausend Einwohner, darunter zehntausend Weiße, fünfzehntausend Asiaten und hundertfünfzigtausend Neger und Farbige, die meist hier geboren waren. Durchweg ist sie erfüllt von Bergen, die bis zu den höchsten Gipfeln von prächtigen Wäldern bedeckt sind. Ihr hydrographisches Netz, das für die Fruchtbarkeit des Bodens ja von so hoher Bedeutung ist, genügt zur Ausgleichung der tropischen Hitze. Die meisten ihrer Flüsse sind sogar schiffbar und ihre Häfen für die größten Schiffe zugänglich.

Den ganzen Tag wehte die Brise nur sehr schwach. Nur am Nachmittage frischte sie zeitweilig ein wenig auf, und bald meldeten die Wachen die Landspitze Macouba am nördlichen Ausläufer von Martinique.

Erst in der Nacht gewann der Wind an Stärke und der sein gesamtes Segelwerk tragende »Alert« kam nun in schnellerer Fahrt um die Westküste der Insel herum.

Bei Tagesanbruch zeigte sich schon der niedrige Jakobsberg, der weniger entfernt von der Mitte des Landes liegt als der Mont Pelé, dessen Gipfel über die Morgennebel hervorragte.

Gegen sieben Uhr wurde dann an der Küste, nahe dem nordwestlichen Ende der Insel, eine Stadt sichtbar.

»Saint Pierre Martinique!« erscholl es da freudig aus Tony Renaults Munde.

Und mit lauter Stimme sang er den Refrain des alten französischen Liedes:

Das ist das Land, das mir das Leben gab!

Tony Renault hatte wirklich in Saint Pierre das Licht der Welt erblickt. Als seine Familie aber Martinique verließ, um nach Frankreich überzusiedeln, hatte sie hier keinen Angehörigen mehr zurückgelassen.

Das an demselben Ufer mehr südlich und am Eingange der gleichnamigen Bucht gelegene Fort-de-France, das ursprünglich Fort-Roque hieß, ist die Hauptstadt von Martinique. Der Handel hat sich hier aber niemals so umfänglich entwickelt wie in Saint Pierre, das mit einer Bevölkerung von sechsundzwanzigtausend Köpfen die von Fort-de-France um zwei Fünftel übertrifft. Die andern nennenswerteren Städte Martiniques sind: an der Westküste Laurentin, weiter im Süden Saint Esprit, Diamont und (der Marktflecken) Menu, und am unteren Ende der Insel endlich Trinité.

In Saint Pierre, dem Verwaltungsmittelpunkte der Kolonie, ist der Verkehr nicht so sehr durch militärische Rücksichten und Maßregeln beengt wie in Fort-de-France, das mit seinen stark armierten Forts Tribut und Mouillage die Verteidigung der Insel sichert.*

Es war vormittags neun Uhr, als der »Alert« in der runden, den Hafen bildenden Bucht seinen Anker fallen ließ. Die in deren Hintergrunde gelegene und durch einen seichten Wasserlauf in zwei Hälf-

*Hier sei beiläufig an das entsetzliche Unglück erinnert, wovon Martinique wenige Jahre später heimgesucht wurde. Am frühen Morgen des 8. Mai 1902 wurde ein Teil der Insel durch Erdbeben und einen furchtbaren Vulkanausbruch verwüstet. Saint Pierre, das von Fort-de-France zweiundzwanzig Kilometer weit entfernt liegt, wurde von den giftigen Dunstmassen, die aus dem Krater des Mont Pelé hervorquollen, eingehüllt und von dem Aschenregen begraben, der seine Umgebung weit und breit bedeckte. Viele Tausende der Bewohner erstickten dabei infolge der Einatmung der glühend heißen Luft. Die Katastrophe zerstörte jedoch nur den nach dem karibischen Meere zu gelegenen Teil der Insel, der durchgängig vulkanischer Natur ist. Sogar auf dem Meere verunglückten bei dieser Gelegenheit noch eine Anzahl Schiffe oder hatten wenigstens Tote zu beklagen.

ten geteilte Stadt wird durch einen hohen Berg gegen die Winde aus Osten geschützt.

Elisée Reclus wiederholt zustimmend, was der Geschichtsschreiber Dutertre von Saint Pierre gesagt hat, es sei: »eine der Städte, die auch der Fremde niemals vergißt. Die Lebensweise ist hier so angenehm, die Temperatur so erträglich und man genießt im allgemeinen eine so wohltuende Freiheit, daß ich niemals einen Mann oder ein Weib gesehen habe, die, wenn sie etwas daraus weg waren, sich nicht leidenschaftlich gesehnt hätten, dahin zurückzukehren.«

Wahrscheinlich empfand Tony Renault auch etwas von diesem leidenschaftlichen Drange, denn er zeigte sich jetzt erregter und mitteilsamer als je. Seine Kameraden konnten darauf rechnen, daß er ihnen alle Herrlichkeiten seiner Heimatinsel zeigen werde. Daß der Aufenthalt hier nur vier Tage währen sollte, kam dabei nicht viel in Betracht. Bei der Lebhaftigkeit der jungen Leute, bei ihrem Wunsche, alles zu sehen, und mit ihren tüchtigen Beinen würde unter einem Führer wie Tony Renault ja ein Ausflug dem andern folgen und ein solcher auch bis zur Hauptstadt von Martinique ausgedehnt werden. Das nicht zu tun, wäre dasselbe, wie Frankreich bereist zu haben, ohne Paris zu besuchen, oder, wie Tony Renault sagte, »nach Dieppe gegangen zu sein, ohne das Meer gesehen zu haben«.

Diese Pläne erforderten freilich eine unbeschränkte Bewegungsfreiheit und man mußte davon absehen, jede Nacht in seiner Kabine schlafen zu wollen, im Gegenteil: die Nacht würde verbracht werden, wo sich die Gesellschaft gerade befand. Das verursachte zwar einige außergewöhnliche Ausgaben, der Verwalter der Antilian-School überwachte diese aber jedenfalls mit der gleichen peinlichen Sorgfalt, wie er sie in sein Kassabuch einschrieb. Warum hätten sich die jungen Leute auch unnötig einschränken sollen, wo jeder auf Barbados doch eine recht anständige Prämie erhalten sollte?

Der erste Tag wurde nun Saint Pierre selbst gewidmet. Zuerst bewunderten die Reisenden von der Seeseite her das amphitheatralische Panorama der Stadt, ihre herrliche Lage inmitten stolzer Palmengruppen und anderer tropischen Baumarten auf dem Abhange des Berges, der ihr als Hintergrund dient, und dann besuchten sie das Innere der Stadt, das seinem Außenbilde würdig war. Vielleicht machten die niedrigen, gelb getünchten Häuser keinen besonderen Eindruck, man hatte aber darauf achten müssen, sie fest und haltbar herzustellen zum Schutz gegen die auf den Antillen so häufigen Erdbeben und gegen die oft furchtbaren Stürme, wie z. B. der vom Jahre 1776, der so heilloses Verderben anrichtete und seine Verwüstungen über die ganze Insel ausdehnte.

Tony Renault unterließ es auch nicht, seine Kameraden an dem Hause zu begrüßen, wo er vor siebzehn Jahren geboren war und das man jetzt mehr zu einer Niederlage von Erzeugnissen der Kolonie umgestaltet hatte.

Bis 1635 waren die Kariben die einzigen Bewohner von Martinique. Dann zwang der Franzose d'Esnambue, der Gouverneur von Sankt Christoph, der sich hier etwa mit hundert Mann festzusetzen suchte, die Eingebornen, sich nach den Bergen und in die Urwälder des Innern zurückzuziehen. Die Kariben wollten sich aber nicht ohne Widerstand verdrängen lassen; sie riefen die Indianer der benachbarten Inseln zu Hilfe, und anfangs gelang es ihnen auch, die Fremden noch einmal zu vertreiben. Diese zogen jedoch Verstärkungen heran und nahmen den Kampf von neuem auf, bei dem die Eingebornen in dem letzten Gefechte sieben- bis achthundert der ihrigen verloren.

Die Kariben unternahmen indes noch einen letzten Versuch, sich der Insel wieder zu bemächtigen ... ein Kampf, bei dem sie meist überraschend aus einem Hinterhalte hervorbrachen, während auch viele einzelne Mordtaten vorkamen. Da entschloß man sich dazu, der grausamen Rasse ein Ende zu machen, und fortan blieben die Franzosen dann fast unangefochten die Herren von Martinique.

Von diesem Zeitpunkte an wurde nun die Kultur des Landes eifrig und planmäßig begonnen. Baumwolle, Orleans, Tabak, Indigo und Zuckerrohr, ferner gegen Ende des 17. Jahrhunderts Kakaobäume, lieferten bald reiche Erträge.

Wir fügen hier noch eine von Tony Renault erzählte Geschichte ein, die Patterson in sein Tagebuch eintrug:

Im Jahre 1718 zerstörte ein ungewöhnlich heftiger Orkan alle Kakaobäume. Der Botanische Garten in Paris besaß aber einige solche Bäume, die er aus Holland erhalten hatte. Der Naturforscher Desclieux wurde nun sofort beauftragt, zwei Schößlinge von Kakaobäumen nach Martinique zu bringen. Während seiner Überfahrt dorthin ging das Trinkwasser auf dem Schiffe fast gänzlich aus. Trotzdem verwendete Desclieux einen Teil seiner knappen Ration für die Schößlinge, die denn auch glücklich ankamen und zur Wiederanpflanzung von Kakaobäumen den Grund legten.

»Hat nicht Jussien dasselbe für die Zeder getan,

die man im Pariser Jardin des Plantes noch heute bewundert?«

»Ja, das war schön, war rühmenswert von ihm«, erklärte Patterson, und Frankreich ist doch die Heimat einer großen Nation!«

Martinique fiel jedoch 1794 in die Gewalt der Engländer und wurde von diesen erst nach dem Vertrage von 1816 zurückgegeben.

Die Kolonie befand sich damals in einer Lage, die das zahlenmäßige Übergewicht der Sklaven gegenüber deren Herren zu einer recht schwierigen machte. Es kam sogar zu einer vorzüglich von entlaufenen Sklaven geschürten Empörung. Man mußte sich deshalb zu einer Freilassung entschließen, die gegen dreitausend Sklaven betraf. Die Farbigen machten dann von ihren zivilen und politischen Rechten ausgedehnten Gebrauch. 1828 gab es auf Martinique schon neunzehntausend freie Neger, von denen viele für eigene Rechnung arbeiteten und sogar einen Teil des Grund und Bodens in ihren Besitz brachten.

Am folgenden Tage bestiegen die Touristen den Mont Pelé auf Wegen durch die dichten Waldmassen, die seine Abhänge bedecken. Ging dieser mühsame Aufstieg auch nicht ohne einige Erschöpfung ab, so wurden Tony Renault und seine Kameraden dafür doch reichlich belohnt. Die Aussicht von oben umfaßte die ganze Insel, die wie ein abgefallenes Blatt auf den blauen Fluten des Antillenmeeres schwamm. Nach Südosten zu verbindet ein schmaler, kaum zwei Kilometer langer Isthmus, der durch die Ufersümpfe verläuft, die beiden Teile von Martinieque. Der eine schiebt zwischen dem Hafen der Trinité und der Gabionbucht die Halbinsel der Caravellen in den Atlantischen Ozean hinaus, der andere mit sehr unebenem Boden erhebt sich mit dem Vauclin bis fünfhundert Meter über das Meer. Die anderen, mehr hügelartigen Erhebungen, wie die Höhen Robert, die der Franzosen, ferner die Constants und die der Ebene geben der Insel ein recht malerisches Aussehen. In südwestlicher Richtung nach der Küste zu breitet sich die Bucht des Diamanten aus und nach Südosten hin hebt sich die Landspitze der Salinen ab, die gleichsam den Stiel des schwimmenden Blattes bildet.

Der herrliche Anblick riß die jungen Reisenden anfangs zur stummen Bewunderung hin. Selbst Horatio Patterson erinnerte sich hier keines einzigen lateinischen Verses, den er als den Ausdruck seiner Empfindungen hätte zitieren können.

»Nun . . . was hatte ich euch gesagt . . .? So antwortet doch; was hatte ich gesagt?« fragte Tony Renault in sichtbarer Selbstbefriedigung.

Vom Kraterrande des Mont Pelé aus erkannte man leicht die Fruchtbarkeit der Insel, die mit hundertachtundsiebzig Bewohnern auf den Quadratkilometer gleichzeitig eines der dichtest bevölkerten Länder der Erde ist.

Während sich die Zucht der Kakaobäume und der Farbstoffpflanzen auf gleicher Höhe gehalten hat, ist der Anbau des Kaffees stark zurückgegangen und scheint gänzlich aufgegeben werden zu sollen. Die Zuckerrohrfelder umfassen nicht weniger als vierzigtausend Hektar und liefern jährlich für achtzehn bis zwanzig Millionen Francs Zucker, Rum und Tafia.

Die Einfuhr der Insel beläuft sich dem Werte nach auf zweiundzwanzig, die Ausfuhr auf einundzwanzig Millionen Mark, und der Handelsverkehr Martiniques beschäftigt fast neunzehnhundert

Schiffe.

Daneben durchziehen die Insel mehrere Bahnlinien, teils für die Fabriken und teils für die Feldwirtschaftsbetriebe des Innern, die diesen eine bequeme Verbindung mit den Häfen bieten. Außerdem gibt es noch ein recht gut entwickeltes Netz von Fahrstraßen, dessen Länge etwas über neunhundert Kilometer beträgt.

Am nächsten Tage, am 30. August, brachen die Touristen längs einer vortrefflich erhaltenen Straße nach Fort-de-France auf. Ein Break beförderte die ganze Gesellschaft der lebensfrohen jungen Leute, deren Teint von der Luft des atlantischen Ozeans gebräunt war und deren Lustigkeit zuweilen überschäumte.

Nach einem kräftigen Frühstück in einem guten Hotel schlenderten sie durch die (politische) Hauptstadt der Insel, die im Hintergrund der gleichnamigen großen Bai liegt und von der gewaltigen Masse des Fort Royal beherrscht wird. Hier wurden das Arsenal und der Kriegshafen besucht, die dieser Stadt den industriellen und kommerziellen Charakter vollständig rauben. Hier, wie in Amerika und auch in Europa, zeigt es sich schwierig, die militärischen Anforderungen mit den zivilen auf gleicher Entwicklungsstufe zu halten, daher auch der auffallende Unterschied zwischen Saint Pierre und Fort-de-France.

Diese Stadt ist auch nicht den gewöhnlichen Geißeln entgangen, die in Westindien nicht selten furchtbare Verheerungen anrichten. Im Jahre 1839 von einem heftigen Erdbeben heimgesucht, das zahlreiche Opfer forderte*, hat sie sich schöner als vorher wieder erhoben, und heute ziehen sich von

*1890 zerstörte wieder eine Feuersbrunst den größten Teil von Fort-de-France.

ihr aus herrliche Promenaden bis zu den Hügeln der Umgebung hin. Da hätte man sie sehen sollen, die lärmende Schar, als sie die prächtige Allee de la Savane dahintrottete, die beim Fort Saint Louis ausmündet, und als sie dann den ebenen, mit Palmen bepflanzten Platz umkreiste, in dessen Mitte sich das weiße Marmorstandbild der Kaiserin Josefine erhebt, der gekrönten Kreolin, deren Andenken man auf Martinique noch heute so treu bewahrt.

Nach der Stadt kamen deren Umgebungen an die Reihe, wobei Tony Renault seinen Kameraden kaum Zeit ließ, einmal gründlich Atem zu schöpfen. Diese mußten ihm folgen, so gut es ging, zunächst nach einer Anhöhe des nahen Balata-Feldes und dann nach einem Sanatorium für die Truppen, die sich, von Europa eintreffend, hier allmählich an das Klima der Insel gewöhnen sollen. Endlich erstreckte sich der Ausflug noch bis zu den warmen Quellen der Nachbarschaft. Dabei sei auch erwähnt, daß der Mentor und seine Begleiter trotz der auf Martinique häufig vorkommenden Schlangen bisher noch auf keines dieser giftigen Reptile gestoßen waren.

Der junge Cicerone veranlaßte seine Kameraden endlich noch zu einem Ausfluge nach dem Flecken Lamentin, wobei der Weg durch einen der dichten Wälder führte, die die Insel weithin bedecken. Bei dieser Gelegenheit ereignete sich ein Zwischenfall, der es verdient, mit allen Einzelheiten geschildert zu werden, denn von allem, was Horatio Patterson angeht, dürfen wir doch nichts verschweigen.

Am 31. August, an dem der Abreise vorhergehenden Tage, begaben sich die Ausflügler, nach ruhig verbrachter Nacht, nach der Landenge, die beide Teile der Insel verbindet. Lustig wie immer verlief auch dieser Weg. Einige Wagen hatten Nahrungsmittel mitgenommen und jeder Teilnehmer trug seine wohlgefüllte Feldflasche, da im Walde gefrühstückt werden sollte.

Nach mehrstündiger Fahrt verließen Tony Renault und die übrigen ihren Wagen, drangen in den dämmerigen Wald ein und erreichten einen halben Kilometer weiter den Rand einer Blöße, die zum Ausruhen wie geschaffen schien und von der aus der Marsch in den Wald weiter fortgesetzt werden sollte.

Der nicht so schnellfüßige Patterson war dabei um einige hundert Schritte zurückgeblieben. Darum kümmerte sich zunächst niemand, da er doch jedenfalls nachkommen würde.

Da der Mentor aber auch nach zehn Minuten noch nicht erschienen war, erhob sich Louis Clodion und rief mit lauter Stimme:

»Herr Patterson . . .! Hierher, Herr Patterson!«

Keine Antwort; von dem Fehlenden war auch zwischen den Bäumen nichts zu sehen.

»Sollte er sich verirrt haben?« fragte Roger Hinsdale, der jetzt ebenfalls aufstand.

»Weit kann er doch unmöglich sein«, meinte Axel Wickborn.

Und nun riefen alle zusammen:

»Herr Patterson . . .! Herr Patterson!«

Von innerer Unruhe ergriffen, beschlossen die jungen Leute, nach dem Mentor zu suchen. Der Wald war so dicht, daß ja die Möglichkeit vorlag, sich darin zu verirren, und das war auch nicht ganz ohne Gefahr. Zwar ist keine Begegnung mit Raubtieren zu fürchten, weil es solche auf den Antillen nicht gibt, dagegen ist man dem ausgesetzt, sich unversehens gegenüber einem jener furchtbaren Ophidier zu befinden, jener Trigonocephalen, deren Biß allemal tödlich ist.

Die jungen Leute ergriff aber eine wirkliche Angst, als ihre Nachsuchung auch nach einer halben Stunde noch erfolglos geblieben war. Vergeblich war der Name Patterson hundertmal und nach allen Richtungen hinausgerufen worden ... von Patterson fand sich keine Spur.

Alle waren schon tief in den Wald hinein vorgedrungen, als sie eine Hütte, eine Art Jagdhäuschen entdeckten, das umgeben von einem unentwirrbaren Lianennetze unter den Bäumen versteckt lag.

Sollte Patterson aus dem oder jenem Grunde darin Zuflucht gesucht haben? Jedenfalls war die Hütte geschlossen und ihre Tür äußerlich durch eine vorgelegte Holzstange zugehalten.

»Darin kann er nicht sein«, sagte Niels Harboe.

»Nachsehen wollen wir aber doch«, erklärte Magnus Anders.

Die Stange wurde entfernt und die Tür geöffnet.

Die Hütte erwies sich leer. Sie enthielt nur einige Bündel dürres Laub, ein Waidmesser mit Scheide, das an der einen Wand hing, ferner eine Jagdtasche und die Felle und Bälge mehrerer Vierfüßler und Vögel, die in einer Ecke aufgehängt waren.

Louis Clodion und Roger Hinsdale, die die Hütte betreten hatten, kamen bald wieder heraus, als ihre Kameraden jubelnd riefen:

»Da ... da ist er!«

In der Tat lag Patterson zwanzig Schritte weiter rückwärts am Fuße eines Baumes. Den Hut an der Erde, das Gesicht verzerrt und die Arme verschränkt, bot er vollständig das Bild eines Mannes, der den letzten Atem ausgehaucht hat.

Louis Clodion, John Howard und Albertus Leuwen stürmten auf Patterson zu. Sein Herz schlug noch ... er war nicht tot.

»Was mag ihm zugestoßen sein?« rief Tony Renault. Sollte ihn eine Schlange gebissen haben?«

Ja, vielleicht war Patterson auf eine jener Trigonocephalen, auf eine sogenannte »Speernase« gestoßen, die auf Martinique und zwei anderen kleinen Antillen so gewöhnlich sind. Diese gefährlichen, zuweilen sechs Fuß langen Reptile haben eine Hautfärbung, die sich nicht allemal leicht von den Baumwurzeln unterscheiden läßt, hinter denen sie lauern. Man kann also nur schwierig ihrem rasend schnellen und überraschenden Anfalle entgehen.

Da Patterson aber noch atmete, mußte doch alles versucht werden, ihn wieder zum Bewußtsein zu bringen. Louis Clodion lüftete die Kleider des Mentors und überzeugte sich dabei, daß an seinem Körper keine Bißwunde zu entdecken sei. Wie sollte man sich dann aber erklären, daß er sich in diesem Zustande, mit allen Zeichen des Entsetzens in den Zügen, befand?

Man erhob nun seinen Kopf, lehnte ihn mit dem Rücken vorsichtig an den nahen Baumstamm und rieb ihm die Schläfengegend mit kühlem Wasser aus einem Rio ein, der sich nach einem Sumpfe zu hinschlängelte. Gleichzeitig benetzte einer der erschrockenen jungen Leute seine Lippen mit einigen Tropfen Rum.

Da öffneten sich endlich langsam Pattersons Augenlider, und fast unartikulierten Tons entfuhren ihm die Worte:

»Die Schlange . . . die Schlange!«

»Herr Patterson . . . Herr Patterson«, redete Louis Clodion, seine Hände fassend, auf den Daliegenden ein.

»Die Schlange . . . ist sie weg von hier?«

»Welche Schlange?«

»Die, die ich zwischen den Zweigen dieses Baumes gesehen habe.«

»Zwischen den Zweigen ...? Welchen Baumes?«

»Da seht doch ... dort ... dort ... seid um des Himmelswillen vorsichtig!«

Obgleich Patterson nur halbverständliche Worte hervorbrachte, begriff man daraus doch, daß er sich gegenüber einem mächtigen Reptil befunden haben müsse, das sich in die Gablung eines Baumes schlang, dessen Blick ihn gelähmt hatte wie einen scheuen Vogel. Er suchte sich wohl zurückzuhalten, doch die Schlange hatte ihn behext, er mußte sich ihr nähern, und als er ihr nahe genug war, schlug er, vom Instinkt der Selbsterhaltung getrieben, mit seinem Stocke nach dem schrecklichen Tiere, als dieses sich eben auf ihn stürzen wollte. Was war nun aus der Schlange geworden ...? Hatte er sie getötet ...? Schleicht sie nicht noch unter dem Grase umher ... latet anguis in herba?

Die jungen Leute beruhigten Patterson. Nein, hier war keine Spur von einer Schlange zu entdecken.

»Und doch ... doch!« rief er kläglich.

Der Mentor hatte sich langsam erhoben und streckte die eine Hand aus.

»Dort ... dort!« rief er entsetzten Tones.

Aller Blicke richteten sich nach der Seite, auf die Patterson hinwies.

»Ich sehe sie ... ich sehe sie noch!« jammerte der Unglückliche.

Wirklich hing da an den unteren Zweigen eines Baumes eine Trigonocephale von außergewöhnlicher Größe, mit noch funkelnden Augen und die gespaltene Zunge hervorragend, aber schlaff, bewegungslos, nur durch ihren Schwanz zurückgehalten und ohne jedes Zeichen von Leben.

Offenbar hatte der Stockhieb Pattersons sie gut getroffen; dieser mußte mit sehr großer Kraft geführt worden sein, ein Reptil von dieser Größe zu töten. Nach dem heftigen Schlage wußte Patterson freilich nicht mehr, was geschen war – bewußtlos war er am Fuße des Baumes zusammengebrochen.

Der Sieger im Kampfe wurde nichtsdestoweniger herzlich beglückwünscht, und es ist wohl nicht zu verwundern, daß ihn danach verlangte, den Gegenstand seines Triumphes an Bord des »Alert« mitzunehmen, um ihn bei dem nächsten Aufenthalt des Schiffes ausstopfen zu lassen.

Sofort lösten John Howard, Magnus Anders und Niels Harboe die Schlange aus den Baumzweigen und trugen sie mit nach der Waldblöße. Hier stärkten sich die Touristen durch ein kräftiges Mahl, tranken jubelnd auf die Gesundheit des Herrn Patterson und gingen endlich zur Besichtigung der Landenge weiter. Drei Stunden später bestiegen sie ihren Wagen, worin auch die Schlange untergebracht wurde, und kehrten um acht Uhr abends nach Saint Pierre zurück.

Als die Passagiere an Bord waren, ließen John Carpenter und Corty den prächtigen Ophidier heraufwinden und in der Hauptküche niederlegen, wo ihn Patterson mit ebenso erschrecktem wie befriedigtem Blicke betrachtete. Das mußte nach der Rückkehr einen packenden Bericht über das Abenteuer Pattersons abgeben, und im Bibliotheksaale der Antilian-School würde diesem merkwürdigen und schrecklichen Vertreter der Trigonocephalen Martiniques gewiß ein Ehrenplatz eingeräumt werden. In seinem nächsten Briefe an Herrn Julian Ardagh wollte der Mentor dem auch, neben der Schilderung seines Erlebnisses, Ausdruck geben.

Nach einem so erfolgreich verbrachten Tage – dies notanda lapillo, wie Horaz sagt und Horatio wiederholte – galt es nun, sich durch ein gutes Abendbrot und einen stärkenden Schlaf zu erholen, um für die morgen stattfindende Abfahrt gerüstet zu sein.

Das geschah denn auch. Ehe Tony Renault sich aber in seine Kabine zurückzog, nahm er seine Kameraden beiseite und sagte, vorsichtig, um nicht von Patterson gehört zu werden:

»Nun ... das ist doch gar zu drollig!«

»Drollig ...? Was denn?« fragte Hubertus Perkins.

»Die Entdeckung, die ich eben gemacht habe.«

»Und was hast du entdeckt?«

»Daß es nicht nötig sein wird, Herrn Pattersons Schlange ausstopfen zu lassen.«

»Ja ... warum denn nicht?«

»Weil sie schon ausgestopft ist!«

Daß das der Fall, hatte Tony Renault erkannt, als er sich noch einmal mit der Beute des Mentors zu schaffen machte. Die Schlange war nichts anderes als eine Jagdtrophäe, die irgend jemand an den Zweigen des Baumes in der Nähe der Hütte aufgehängt hatte. Der unerschrockene Patterson hatte eine – tote Schlange erschlagen!

Man kam jedoch dahin überein, sie in Santa Lucia von einem Präparator angeblich ausstopfen zu lassen, um dem braven Manne keinen Kummer zu bereiten und ihm das Wohlgefühl seines Sieges zu lassen.

In den ersten Stunden des nächsten Tages lichtete der »Alert« die Anker und noch im Laufe des Vormittags hatten die Passagiere die Höhen von Martinique aus dem Gesicht verloren.

Man kann mit Recht sagen, Martinique ist »das Land der Wiederkommenden«, weil jedermann das Verlangen empfindet, dahin zurückzukehren, und der und jener von den Zöglingen der Antilian-School dachte wohl auch daran, ohne das Schicksal zu ahnen, das ihnen von der Verbrechermannschaft des »Alert« zugedacht war.

Fünftes Kapitel

Santa Lucia

Die Überfahrt zwischen Martinique und Santa Lucia verlief ebenso ungestört wie ziemlich schnell. Der Wind wehte als frische Brise von Nordosten, und mit allen Segeln legte der »Alert«, ohne die Halsen je wechseln zu müssen, im Laufe des Tages die neunzig Seemeilen zurück, die Saint Pierre von Castries, dem Hauptorte der englischen Insel, trennen.

Immerhin traf Harry Markel in Sicht von Santa Lucia erst mit Eintritt des Abends ein und hielt es deshalb für angezeigt, zunächst aufzubrassen, um erst mit Tagesanbruch in den zum Hafen führenden Kanal einzulaufen.

In den ersten Morgenstunden waren die höchsten Gipfel von Martinique noch sichtbar gewesen. Der Mont Pelé, dem Tony Renault bei der Ankunft zuerst zugejauchzt hatte, erhielt von diesem auch den letzten Scheidegruß.

Der Hafen von Castries bietet mit seinen mächtigen Uferhöhen einen herrlichen Anblick. Er bildet einen weiten Kreis, in den das Meer hineinbricht. Selbst Schiffe mit großem Tonnengehalte finden darin sicheren Ankerplatz. Die Häuser der amphitheatralisch angelegten Stadt ragen übereinander bis zu den Kammhöhen der Umgebung hervor. Die Stadt liegt, wie die meisten in Antilien, mit der Hauptfront nach Westen und ist dadurch gegen die Seewinde und die oft so starken atmosphärischen Störungen recht gut geschützt.

Es wird niemand wundernehmen, daß Roger Hinsdale »seiner« Insel den Vorrang vor allen anderen der Gruppe zusprach. Weder Martinique noch Guadeloupe konnte in seinen Augen einen Vergleich mit dieser aushalten. Der junge, von britischem Hochmut erfüllte Engländer mit seiner stets überlegenen Miene pochte bei jeder Gelegenheit auf seine Nationalität, entlockte seinen Kameraden damit jedoch nur ein halb spöttisches Lächeln. An Bord fand er freilich in John Howard und Hubert Perkins einigen Rückhalt, obwohl diese beiden weniger »verengländert« waren als er. Wo jedoch angelsächsisches Blut in den Adern fließt, weiß man ja längst, daß dieses seine eigenen Wirkungen äußert, es ist darüber also kein weiteres Wort zu verlieren.

Nach dem Beispiele Louis Clodions und Tony Renaults, und wohl auch infolge einer natürlichen Anregung, gedachte er auf Santa Lucia »die Honneurs zu machen«, hier, wo seine Eltern unter der vornehmen Gesellschaft der Insel eine so hervorragende Stellung eingenommen hatten.

Die Familie Hinsdale hatte hier übrigens noch ausgedehnte Besitztümer: Plantagen, Zuckermühlen und blühende Landgüter, die von einem Agenten, einem Herrn Edward Falkes, für ihre Rechnung verwaltet wurden. Falkes, der von der bevorstehenden Ankunft des jungen Erben der Hinsdales Nachricht erhalten hatte, sollte sich diesem auch für die ganze

Zeit des Aufenthaltes zur Verfügung stellen.

Wir erwähnten schon, daß Harry Markel in der Dunkelheit nicht in den Hafen einlaufen wollte, und als eben das Wasser stillstand und bevor die Ebbe sich bemerkbar machte, ging er in einer kleinen Bucht vor Anker, um nicht wieder weiter aufs Meer hinausgetragen zu werden.

Bei Tagesanbruch sah Harry Markel, daß er immer noch einige Stunden an derselben Stelle liegen bleiben müßte. Seit Mitternacht war die Luft nämlich ganz still geworden, und erst wenn die Sonne einige Grade über dem Horizonte stand, sprang voraussichtlich der Wind, dann aber aus Westen, wieder auf.

Sobald es einigermaßen heller war, erschienen aber alle, als erster Roger Hinsdale, als letzter Herr Patterson, auf dem Verdeck, um etwas frischere Luft als in den Kabinen zu atmen. Es drängte sie auch, die Küstenlandschaft zu betrachten, die sie gestern im Abenddunkel nur unklar gesehen hatten.

War ihnen die Geschichte Santa Lucias noch nicht ordentlich bekannt, so lag das daran, daß sie nicht mit der gleichen Aufmerksamkeit wie ihr Mentor auf Roger Hinsdale gehört hatten.

Übrigens unterschied sich die Geschichte von Santa Lucia nicht wesentlich von der der anderen Inseln Westindiens.

Schon früher von Kariben bevölkert, die auf Santa Lucia sogar einigen Landbau trieben, wurde es von Christoph Kolumbus an einem Datum entdeckt, das ebensowenig genau bekannt ist wie das, an dem die ersten Kolonisten dort ankamen. Jedenfalls weiß man aber, daß die Spanier daselbst vor dem Jahre 1639 noch keine Niederlassung begründet hatten. Die Engländer waren nur achtzehn Monate – gegen Mitte des 17. Jahrhunderts – im Besitze der schönen Insel gewesen.

Als die Kariben von ihnen aber, wie erwähnt, nach Dominique übergeführt worden waren, empörten sich die Nachbarinseln. 1640 überfielen die wütenden Eingebornen die junge Kolonie. Die meisten Ansiedler wurden schonungslos ermordet, und dem Gemetzel entgingen nur die wenigen, denen es noch gelungen war, auf Schiffen zu entfliehen.

Zehn Jahre später ließen sich, unter Führung eines gewissen Rousselan, eines sehr entschlossenen Mannes, vierzig Franzosen auf Santa Lucia nieder. Rousselan heiratete sogar eine Indianerin; er verstand es, durch seine Intelligenz und Geschicklichkeit die Eingebornen an sich zu fesseln und sicherte bis zu seinem nach vierzig Jahren erfolgten Ableben die Ruhe und Sicherheit des Landes.

Die ihm folgenden Kolonisten zeigten sich weniger geschickt. Durch unnütze Quälereien und manche Ungerechtigkeiten reizten sie die Kariben zur Wiedervergeltung, und diese rächten sich durch Mordtaten und Plünderungen. Jetzt hielten die Engländer die Stunde für eine Einmischung für gekommen. Flibustier und Abenteurer aller Art überschwemmten Santa Lucia, das erst durch den Vertrag von Utrecht, durch den die Insel als neutral erklärt wurde, wieder Ruhe finden sollte.

»Ist denn seit dieser Zeit«, fragte Niels Harboe, »Santa Lucia immer im Besitz der Engländer gewesen?«

»Ja und nein«, antwortete Roger Hinsdale.

»Ich sage nein«, erklärte Louis Clodion, der alles gelesen hatte, was die Antilleninsel betraf, die der »Alert« jetzt anlaufen sollte. »Nein, denn nach dem Vertrage von Utrecht wurde sie dem Marschall d'Estréis überlassen, der 1718 Truppen dahin sandte, die französische Kolonie zu schützen.«

»Ganz recht«, erwiderte Roger Hinsdale, »doch auf den Einspruch Englands wurde diese Konzession zugunsten des Herzogs de Montagne zurückgezogen.«

»Jawohl«, entgegnete Louis Clodion, »doch auf den weitern Einspruch wurde auch diese Konzession bald widerrufen . . .«

»Aber ohne Wirkung, da die englischen Kolonisten doch am Platze blieben.«

»Und wenn sie da blieben, ist es doch nicht minder wahr, daß die unbeschränkte Oberherrschaft über die Kolonie durch den Pariser Vertrag von 1763 nun Frankreich zugesprochen wurde.«

So war es in der Tat, und Roger Hinsdale mußte das, trotz des Eifers bei Verfechtung seiner Sache, auch unumwunden zugeben. In der nun folgenden Zeit sah Santa Lucia seine Entwicklung mit der Zahl der durch die benachbarten Kolonisten von Grenada, Sankt Vincent und Martinique begründeten Ansiedlungen im gleichen Verhältnis zunehmen. Im Jahre 1709 hatte die Insel mit Einschluß der Sklaven dreizehnhundert Einwohner gehabt, 1772 zählte sie deren aber fünfzehntausend.

Leider blieb Santa Lucia aber immer noch ein Gegenstand des Streites zwischen den Mächten, die es zu besitzen trachteten, und Roger Hinsdale konnte hinzufügen:

»Im Jahre 1779 wurde die Insel dann von dem General Abercrombie eingenommen und fiel damit in den Besitz Englands zurück.

»Das weiß ich«, antwortete Louis Clodion, der nun auch etwas wärmer wurde, »der Vertrag von 1783 überließ sie aber Frankreich von neuem.«

»Um 1794 wieder englisch zu werden«, erklärte Roger Hinsdale, der auf jedes Datum schnell eine Antwort zur Hand hatte.

»Nicht dich werfen lassen, Louis«, fiel jetzt Tony Renault ein, »sag uns, daß Santa Lucia die französische Flagge nochmals über sich wehen gesehen hat . . .«

»Gewiß, Tony, da es 1802 wiederum französische Kolonie wurde.«

»Doch nicht für lange Zeit«, erklärte Roger Hinsdale. Beim Bruche des Friedens von Amiens im Jahre 1803 wurde es an England zurückgegeben, und diesmal endgültig, das dürft ihr glauben . . .«

»Ohe . . . endgültig!« rief Tony Renault mit etwas höhnischer Gebärde.

»Jawohl . . . endgültig, Tony«, antwortete Roger Hinsdale, bemüht, alle mögliche Ironie in seine Worte zu legen, oder hättest du vielleicht die Kühnheit, sie für dich allein zu beanspruchen?«

»Warum denn nicht?« erwiderte Tony Renault, wobei er sich mit angenommenem Siegerstolz emporrichtete.

Niels Harboe, Axel Wickborn und Albertus Leuwen hatten natürlich gar kein besonderes Interesse an diesem Wortgeplänkel zwischen Engländern und Franzosen. Weder Dänemark noch Holland hatten je einen Teil der vielumstrittenen Insel beansprucht. Vielleicht hätte Magnus Anders diese aber vereinigt gefunden, wenn er sie für Schweden in Anspruch nahm, das nicht einmal das kleinste Eiland im ganzen Archipel besaß.

Da die Auseinandersetzung jedoch ernster zu werden drohte, mischte sich Patterson mit einem ganz angebrachten Quos ego! ein und fuhr dann milderen Tones fort:

»Nur gemach, meine jungen Freunde! Wollt ihr denn miteinander Krieg führen...? Einen Krieg, diese Geißel des Menschengeschlechts... einen Krieg... Bella matribus detestata, was übersetzt bedeutet...«

»In gutem Französisch, rief Tony Renault, »abscheuliche Schwiegermütter!«*

Die ganze junge Gesellschaft brach in lautes Lachen aus, während der Mentor das Gesicht mit den Händen bedeckte.

Der kleine Zwist schloß mit einem Händedrucke, von seiten Roger Hinsdales zwar etwas widerwillig, von Louis Clodion dagegen freimütig erwidert. Dann wurde zwischen den beiden Nationen noch ausgemacht, daß Tony Renault jeden Versuch unterlassen werde, Santa Lucia der britischen Oberhoheit zu entreißen. Louis Clodion durfte aber noch bei seiner Behauptung bleiben und die Passagiere des »Alert« sollten bald de visu und de auditu bestätigt finden – daß Santa Lucia, wenn jetzt auch die britische Flagge darüber weht, doch in unzerstörbarer Weise in Sitten, Traditionen und in seiner ganzen Lebensführung französisch geblieben ist. Nach der Ausschiffung an Santa Lucia konnten Louis Clodion und Tony Renault mit vollem Rechte glauben, sie befänden sich noch auf La Désirade, auf Guadeloupe oder auf Martinique.

Etwas vor neun Uhr erhob sich der Wind, und kam, wie Harry Markel vermutet hatte, von der offenen See her. Obwohl es sich in diesem Falle um die Westseite handelte, trifft diese Bezeichnung doch zu, da Santa Lucia weder nach Morgen noch nach Abend hin gedeckt liegt. Zwischen dem Antillen-

---

*Ein nicht zu verdeutschendes Wortspiel nach dem ähnlichen Wortklange Bella Matribus, da die Schwiegermutter französisch La belle-Mère heißt.

meere und dem Atlantischen Ozean völlig vereinzelt aufragend, ist es von beiden Seiten der Gewalt des Windes und des Seeganges gleichmäßig ausgesetzt.

Auf dem »Alert« wurden nun sofort alle Vorbereitungen zur Abfahrt getroffen. Als der Anker auf seinem Kranbalken lag, machte der »Alert« mit dem großen Mars-, dem Fock- und dem Leesegel wieder Fahrt, verließ seinen Ankerplatz und schwenkte bald um eine der Landspitzen, die den Hafen von Castries abschließen.

Dieser Hafen führt auch den Namen Carénage (Platz zum Kielholen) und ist einer der besten in der antilianischen Inselgruppe. Das erklärt auch den zähen Wettbewerb Frankreichs und Englands, sich dessen Besitz zu sichern. Jener Zeit war man damit beschäftigt, die Kaimauern zu vollenden und Rampen und Brücken auszubauen, um allen Bedürfnissen des Schiffsverkehres zu genügen. Unzweifelhaft steht Carénage auch noch eine große Zukunft bevor. Hier versorgen sich die Dampfer mit der nötigen, aus England stammenden Steinkohle aus geräumigen Niederlagen, die von Schiffen des Vereinigten Königreichs stets gefüllt erhalten werden.

Erreicht die Ausdehnung Santa Lucias auch nicht die der größten von den Inseln Vor dem Winde, so umfaßt es doch nicht weniger als sechshundertvierzehn Quadratkilometer und hat eine Bevölkerung von fünfundvierzigtausend Köpfen, wovon fünftausend auf seine Hauptstadt Castries kommen.

Roger Hinsdale hätte es natürlich sehr gern gesehen, wenn hier ein längerer Aufenthalt als auf den schon besuchten Antillen möglich gewesen wäre, da er seinen Kameraden gern alle Einzelheiten der Insel gezeigt hätte. Der Reiseplan gestand ihm jedoch nur drei Tage zu, und darein mußte er sich wohl oder übel fügen.

Hier befand sich ja auch kein Mitglied der Familie Hinsdale mehr, die schon längere Zeit in London wohnte. Immerhin waren ihre Besitzungen hier von recht ansehnlicher Größe, und Roger erschien jetzt etwa wie ein junger Landlord, der einmal seine Güter besucht.

Als der »Alert« gegen zehn Uhr im Carénage Anker geworfen hatte, ließen sich Roger Hinsdale und seine Kameraden, begleitet von Herrn Patterson, ans Land setzen.

Die Stadt mit ihren geräumigen freien Plätzen, ihren breiten Straßen und dem in dem glühenden Klima der Antillen so erwünschten Reichtum an schattenspendenden Bäumen, machte auf alle einen recht günstigen Eindruck, jedenfalls aber auch den schon früher erwähnten, daß sie mehr in einem französischen als in einem englischen Gemeinwesen zu sein glaubten.

»Ganz entschieden: hier sind wir in Frankreich!« rief Tony Renault erfreut, eine Bemerkung, die Roger Hinsdale freilich mit einer gewissen Mißachtung hinnahm.

Die Passagiere waren an der Landungsstelle von dem Agenten empfangen worden, der sie bei ihren Ausflügen führen sollte. Edward Falkes unterließ es gewiß nicht, ihnen die prächtigen Besitzungen der Familie im besten Lichte zu zeigen, vorzüglich die weitberühmten Zuckerrohrfelder von Santa Lucia, deren Erzeugnis sich recht gut mit dem von Saint Christopher messen kann, wo der beste Zucker von ganz Antilien gewonnen wird.

In der Kolonie sind die Weißen nur schwach, kaum durch tausend Köpfe vertreten. Die Farbigen und die Neger bilden die große Mehrheit, und ihre

Zahl ist nach der Auflassung des Panamakanals, wodurch sie arbeitslos wurden, ganz besonders angeschwollen.

Die frühere Wohnstätte der Hinsdaleschen Familie, die auch Herr Falkes jetzt innehatte, war groß und bequem eingerichtet. Am Ende der Stadt gelegen, konnte sie die Passagiere des »Alert« recht gut aufnehmen. Roger, der darauf bestand, hier den Wirt zu spielen, lud diese denn auch ein, sich für die Dauer des Aufenthalts daselbst einzuquartieren. Jeder würde dort sein eigenes, Herr Patterson natürlich das beste Zimmer erhalten. Selbstverständlich sollten die Mahlzeiten gemeinschaftlich im großen Speisesaale eingenommen werden und die Equipagen des Hauses den Touristen zur Vergügung stehen.

Roger Hinsdales Anerbieten wurde freudigst angenommen, denn trotz seines originellen Hochmutes war der junge Engländer freundlich und dienstwillig, wenn er auch seinen Kameraden gegenüber immer mit einer gewissen Prahlerei auftrat.

Eine Empfindung von Eifersucht erfüllte ihn eigentlich nur gegen Louis Clodion. Auch in der Antilian-School suchten sich die beiden die ersten Plätze streitig zu machen. Bekanntlich nahmen sie ja auch bei dem Wettbewerb um die Reisestipendien die Spitze ein in einem »toten Rennen«, wie man auf den Rennplätzen sagt, ex äquo – sagte Tony Renault – was er mit den Worten »dasselbe Pferd« übersetzte, indem er ein gewagtes Wortspiel mit equus und äquus zum Entsetzen des empfindsamen Mentors bildete.

Gleich am ersten Tage begannen schon die Ausflüge quer durch die Pflanzungen. Die prächtigen Wälder der Insel – einer der gesündesten der Antillen – bedeckten nicht weniger als vier Fünftel ihrer Oberfläche. Zunächst wurde der zweihundertvierunddreißig Meter hohe Berg Fortuné bestiegen, auf dessen Gipfel man Kasernen erbaut hat, dann die Hügel Asabot und du Chazeau – offenbar französische Namen –, worauf das Sanatorium sich erhebt. Weiter im Landesinnern besuchten die Touristen die Aiguilles de Sainte Alousie, die Krater erloschener Vulkane, die aber doch noch wieder tätig werden könnten, denn das Wasser mehrerer nahe gelegener Teiche bleibt immer siedend heiß.

Am Abend nach der Rückkehr in die Wohnung wandte sich Roger Hinsdale an Herrn Patterson.

»Auf Santa Lucia«, sagte er, »muß man sich ebenso wie auf Martinique vor den Trigonocephalen hüten. Unsere Insel beherbergt auch Schlangen, und darunter recht gefährliche ...«

»Oh, ich fürchte mich vor keiner mehr«, erklärte Patterson, sich stolz aufrichtend, »und ich werde die meinige während unseres hiesigen Aufenthaltes noch ausstopfen lassen.«

»Ganz recht ... tun Sie das?« antwortete Louis Clodion, der nur mit Mühe den nötigen Ernst bewahren konnte.

Am nächsten Tage ließ er Falkes auch das schreckliche Reptil zu einem Naturalienhändler schaffen, dem Tony Renault lachend auseinandersetzte, um was es sich bei der Sache handle. Die Schlange wäre ja bereits, wahrscheinlich schon seit Jahren, ausgestopft gewesen, man habe das Herrn Patterson nur nicht verraten wollen. Am Tage vor der Abfahrt sollte der Händler die Schlange nur im gleichen Zustande wieder an Bord des »Alert« abliefern.

Ehe sich Patterson an demselben Abend niederlegte, schrieb er noch einen Brief an seine Gattin. Daß ihm dabei sehr zahlreiche Zitate von Horaz, Virgil oder Ovid aus der Feder flossen, wird wohl niemand wundernehmen, die vortreffliche Frau war ja an dergleichen schon gewöhnt.

Der Brief, der am nächsten Tage mit dem Postdampfer nach Europa abgehen sollte, enthielt eine peinlich genaue Schilderung aller Einzelheiten dieser wunderbaren Reise. Patterson berichtete darin, eingehender als in seinem frühern Schreiben, über die geringfügigsten Vorfälle, die er mit seinen eigenen Gedanken darüber schmückte. Er erzählte breit, wie glücklich die Überfahrt vom Vereinigten Königreich nach Westindien verlaufen und wie gut es ihm gelungen sei, die Seekrankheit mit Hilfe der Kirschkerne zu überwinden, die sie ihm vorsorglich in so großer Menge mitgegeben habe. Er sprach davon, wie ehrenvoll und freundlich die Reisegesellschaft in Sankt Thomas, Sankta Croix, Sankt Martin, in Antigoa, Guadeloupe, Dominica, Martinique und Santa Lucia aufgenommen worden sei, und daß sie ohne Zweifel von der freigebigen, großherzigen Mistreß Kathlen Seymour auf Barbados dasselbe zu erwarten hätten. Er vermute auch mit Zuversicht, daß die Heimreise unter denselben günstigen Umständen verlaufen werde. Kollisionen ... ein Schiffbruch ... nein, dergleichen wäre nicht zu befürchten. Der Atlantische Ozean werde gegen die Passagiere des »Alert« freundlich sein, und aus den Schläuchen des Äolus würden keine Stürme hervorbrechen, sie zu überfallen. Frau Patterson brauche also das Testament nicht zu öffnen, das ihr Gatte vor der Abreise habe geglaubt aufsetzen zu sollen, noch von den übrigen vorsorglichen Bestimmungen Gebrauch zu machen, die für den Fall einer ewigen

Trennung zwischen ihnen vereinbart worden wären. Welche das waren, wußte freilich das originelle Ehepaar nur allein.

Weiter erzählte Patterson von dem großen Ausfluge nach der Landenge von Martinique, von dem Auftauchen der Trigonocephale zwischen den Zweigen eines Baumes, von dem kräftigen Schlage, den er gegen das Ungeheuer geführt habe, gegen das monstrum horrendum, informe, ingens, cui er zwar nicht das Lebenslicht, aber das Leben ausgeblasen habe. Jetzt sei es ausgestopft, trotz seiner glühenden Augen, dem offenen Maule und der herausragenden dreispitzigen Schlangenzunge freilich nicht mehr gefährlich. Wie großartig würde sich das prächtige Reptil erst ausnehmen, wenn es in der Bibliothek der Antilian-Scholl an einem geeigneten Platze untergebracht wäre!

Hierzu sei in Parenthese bemerkt, daß das Geheimnis dieser Schlangengeschichte niemals gelüftet werden sollte. Selbst Tony Renault hatte sich dazu verpflichtet, obwohl ihn das Verlangen, alles auszuplaudern, mehr als einmal anwandelte. Doch nein, der Ruhm des furchtlosen Mentors, den er sich bei jenem denkwürdigen Vorfalle erworben hatte . . . dieser Ruhm sollte ungeschmälert bleiben.

Patterson beschloß seinen langen Brief mit einem wohlberechtigten und tiefempfundenen Lobspruche auf den Kapitän und die Mannschaft des »Alert«. Des vortrefflichen Steward, der den Dienst in der Kajüte verrichtete, könne er nur rühmend gedenken und er beabsichtige den Mann für seine Aufmerksamkeit später noch reichlich zu belohnen. Den Kapitän Paxton betreffend, habe wohl noch kein Schiffsführer, weder in der Handels- noch in der Kriegsflotte, so wie er verdient, Dominus secundum

Deum – der Zweite nach Gott – genannt zu werden. Schließlich unterzeichnete Patterson, nach der warmen Versicherung unentwegter Gattenliebe, den Brief mit seinem Namen und höchst kunstvollen Schnörkeln, die das hervorragende kalligraphische Talent des würdigen Mannes erkennen ließen.

Erst am folgenden Tage sollten die Touristen früh acht Uhr an Bord zurückkehren. Sie verbrachten also auch die letzte Nacht in der schönen Wohnung, wo Roger Hinsdale bis zum letzten Augenblick sich bemühte, ihnen den Aufenthalt möglichst angenehm zu machen.

Einige Freunde des Herrn Edward Falkes waren mit zum Abendessen geladen worden, wo jeder gewohnheitsmäßig, nach einem Toaste auf jeden Anwesenden, sein Glas noch auf das Wohlergehen der Mistreß Kathlen Seymour leerte. Nach wenigen Tagen sollten die Stipendiaten nun die Bekanntschaft dieser großen Dame gemacht haben. Barbados lag ja nicht mehr fern ... Barbados, der letzte Ruhepunkt in den Antillen, dessen sich die Preisträger gewiß ihr Leben lang erinnern würden.

Am Nachmittage dieses letzten Tages ereignete sich aber ein so ernster Zwischenfall, daß die Mannschaft des Dreimasters befürchten mußte, ihr verbrecherisches Vorhaben kurz vor dessen Ausführung scheitern zu sehen.

Harry Markel ließ von seinen Leuten bekanntlich niemand ans Land gehen, außer wenn es sich um die Deckung der nötigsten Bedürfnisse handelte. Schon die einfachste Klugheit zwang ihn ja zu dieser Maßregel.

Gegen drei Uhr an diesem Tage mußte nun eine Lieferung frischen Fleisches und verschiedener Gemüse abgenommen werden, die Ranyah Cogh auf dem Markte in Castries gekauft hatte.

Harry Markel ließ also ein Boot klarmachen, das den Koch nebst einem Matrosen namens Morden an den Kai bringen sollte.

Das Boot stieß ab, und wenige Minuten darauf legte es wieder am Hinterteil des »Alert« an.

Um vier Uhr, als der Bootsmann es wieder an den Kai geschickt hatte, waren schon vierzig Minuten vergangen.

Das beunruhigte John Carpenter und Corty nicht weniger als Harry Markel selbst. Was mochte geschehen sein...? Warum diese Verzögerung...? Sollten Mitteilungen aus Europa eingetroffen sein, die vielleicht einen Verdacht gegen den Kapitän und die Mannschaft des »Alert« erweckten?

Endlich, kurz vor fünf Uhr, sah man das Boot wieder auf das Schiff zusteuern.

Doch bevor es noch angelegt hatte, rief Corty;

»Ranjah kommt allein zurück...! Morden ist nicht bei ihm!«

»Wo könnte der stecken?« fragte John Carpenter.

»Nun, doch in einer Schenke, wo er schwer betrunken liegen wird«, meinte Corty.

»Ranyah hätte ihn aber auf jeden Fall mitbringen müssen«, sagte Harry Markel. Dieser verwünschte Morden ist imstande, in seinem Brandy- oder Ginrausche mehr auszuplaudern, als für uns gut ist!«

Das mochte wohl der Grund des Ausbleibens sein, und der wurde auch durch Ranyahs Aussage vollkommen bestätigt. Während dieser mit seinen Einkäufen auf dem Markte der Stadt beschäftigt war, hatte sich Morden ohne ein Wort zu sagen entfernt. Dabei war er, seiner Trunksucht, die er an Bord nicht befriedigen konnte, folgend, natürlich in der ersten besten Schenke gestrandet. Der Koch hatte sich dann bemüht, seinen Begleiter zu finden, doch vergeblich die Schankstätten des Hafenviertels abgesucht. Es war ihm eben unmöglich gewesen, des verwünschten Morden habhaft zu werden, den er andernfalls am Boden des Canots festgebunden hätte.

»Wir müssen ihn aber um jeden Preis wiederfinden«, rief John Carpenter. – »In Santa Lucia darf er unbedingt nicht zurückbleiben! Er würde schwätzen! In der Trunkenheit weiß er nicht mehr, was er sagt, und dann hätten wir gewiß bald einen Aviso hinter uns her!«

Diese Befürchtungen waren nur allzu gut begründet, und noch niemals war Harry Markel von so großer Gefahr bedroht gewesen.

Das erklärte also die Notwendigkeit, Morden wieder herbeizuschaffen. Der Kapitän hatte nicht nur das Recht, sondern sogar auch die Pflicht, ihn wieder aufs Schiff zu bringen. Er konnte doch keinen Mann von seinen Leuten an der Küste lassen, und auch die Polizei mußte ihn nach Feststellung seiner Persönlichkeit ausliefern ... wenigstens wenn er nicht allzu verdächtiges Zeug geschwatzt hatte.

Harry Markel wollte sich schon ans Land begeben, um bei der Hafenpolizei nach dem entwichenen Matrosen zu forschen, als ein Boot auf den »Alert« zukam.

Im Carénage gab es zur Zeit ein Stationsschiff, dem die Handhabung der Hafenpolizei oblag.

Eines von dessen Booten war es, das sich, besetzt mit einem halben Dutzend Ruderern und einem Offizier, jetzt rasch näherte. Als es nur noch eine halbe Kabellänge entfernt war, rief Corty schon:

»Morden ist mit darin!«

Der Mann hatte recht gesehen. Nachdem er vom

Koch fortgelaufen war, hatte er sich in einer Schenke letzter Klasse festgesetzt. Dort schwer betrunken aufgefunden, hatte man ihn mitgenommen, und ein Boot des Stationsschiffes brachte ihn nun nach dem »Alert«, auf dessen Deck man ihn mit einer Talje hissen mußte.

Der Offizier begab sich sofort auf das Schiff.

»Herr Kapitän Paxton?« fragte er.

»Der bin ich, mein Herr«, antwortete Harry Markel.

»Ist dieser Betrunkene einer von Ihren Matrosen?«

»Ja freilich; ich wollte ihn schon reklamieren, da wir morgen weitersegeln.«

»Nun, Sie sehen, ich habe ihn Ihnen zurückgebracht ... doch in welchem Zustande ...«

»Er wird seine Strafe erhalten«, versicherte Harry Markel.

»Jaja, schon gut. Doch eine Frage, Kapitän Paxton«, fuhr der Offizier fort. »In seiner Trunkenheit sind dem Manne verschiedene unzusammenhängende Worte entschlüpft. Er sprach von Fahrten auf dem Großen Ozean, von dem ›Halifax‹, dem Räuberschiffe, von dem in den letzten Monaten so viel die Rede war, ebenso wie von jenem Harry Markel, der es befehligte und von dessen Flucht aus dem Gefängnisse in Queenstown wir gehört haben.«

Man kann sich wohl vorstellen, welche Anstrengung es bei diesen Worten Harry Markel kostete, sich dem Offizier gegenüber auch nicht durch das Zucken einer Muskelfaser zu verraten. John Carpenter und Corty, die sich weniger beherrschen konnten, hatten gleich das Gesicht abgewendet und sich langsam entfernt. Glücklicherweise bemerkte der Offizier ihre Unruhe nicht, sondern begnügte sich zu fragen:

»Nun, sagen Sie mir, Kapitän Paxton, was hat das zu bedeuten?«

»Ja, mir fehlt dafür jede Erklärung, Herr Leutnant«, antwortete Harry Markel. Der Morden ist ein Trunkenbold, und wenn er etwas zuviel getan hat, weiß kein Mensch, was ihm durch den Kopf gehen mag.«

»Er hat also gar nicht an Bord des ›Halifax‹ gefahren?«

»Nein, wenigstens ist er schon seit zehn Jahren bei mir gewesen und hat alle Meere mit mir befahren.«

»Warum mag er dann aber von jenem Harry Markel gesprochen haben?« fragte der Offizier weiter.

»Oh, die Geschichte mit dem ›Halifax‹ machte doch großes Aufsehen, Herr Leutnant. Man sprach auch gerade von dem Entweichen der Verbrecher, als wir Queenstown verließen. An Bord war häufig davon die Rede ... das wird ihm im Gedächtnis haften geblieben sein, anders kann ich mir das törichte Geschwätz des Trunkenbolds wenigstens nicht erklären.«

Alles in allem konnte in dem Offizier nichts den Verdacht erwecken, daß er hier jenem Harry Markel gegenüberstände, ebensowenig, daß die Mannschaft nicht die des Kapitäns Paxton wäre. Er schloß das Gespräch also mit der Frage:

»Was werden Sie mit diesem Matrosen beginnen?«

»Ich werde ihn acht Tage lang in den Frachtraum sperren, das wird ihn schon nüchtern machen. Und wenn ich nicht gerade etwas Mangel an Leuten hätte – einen Mann hab' ich in der Bai von Cork durch Ertrinken verloren – so würde ich Morden in Santa Lucia fortgejagt haben. Leider wär es mir nun unmöglich gewesen, ihn zu ersetzen.«

»Wann erwarten Sie denn Ihre Passagiere, Kapitän Paxton?«

»Morgen früh, denn wir wollen mit der Flut in See gehen«.

»Dann: Glückliche Reise!«

»Ich danke Ihnen, Herr Leutnant.«

Der Offizier hatte im Boote wieder Platz genommen, und dieses entfernte sich in der Richtung nach dem Stationsschiffe.

Morden, der nichts hörte oder in seinem trunkenen Zustande doch nichts verstand, wurde mit rohen Fußtritten in den Frachtraum hinuntergestoßen; hatte er doch beinahe alles verraten, als er vom »Halifax« und von Harry Markel gefaselt hatte.

»Mir läuft noch der kalte Schweiß herunter«, sagte Corty, indem er sich die Stirne abwischte.

»Harry«, ließ John Carpenter sich vernehmen, wir sollten lieber noch heute nacht abfahren, ohne die Passagiere zu erwarten. Hier in den vermaledeiten Antillen ist der Boden für uns zu heiß!«

»Und wenn wir uns wegstehlen«, wendete Harry Markel dagegen ein, da wird man ja verstehen lernen, was Morden geschwatzt hat. Dann wäre alles verloren, und das Stationsschiff würde sich sofort zu unserer Verfolgung aufmachen. Wenn's euch Spaß macht, gehängt zu werden ... meinetwegen ... mir nicht ... ich bleibe hier!«

Am nächsten Morgen hatten sich die Passagiere um acht Uhr an Bord eingefunden. Es schien nutzlos, sie mit dem gestrigen Vorfall bekanntzumachen? Daß sich einer der Matrosen betrunken hatte, war ja ohne Bedeutung.

Bald lag der Anker an Deck, die Segel waren gehißt und der »Alert« glitt aus dem Hafen von Castries hinaus und schlug seinen Kurs nach Süden ein.

Sechstes Kapitel

Barbados

Ist auch der Zeitpunkt nicht genau bekannt, an dem die Portugiesen Barbados und dessen Nachbarinseln entdeckt hatten, so weiß man doch bestimmt, daß im Jahre 1605 ein Schiff unter englischer Flagge hier vor Anker gegangen war, das im Namen Jakobs I. von der Insel Besitz ergriff.

Der Vorgang hatte freilich nur eine nominelle Bedeutung, denn zu jener Zeit wurde auf Barbados keine Ansiedlung gegründet und kein Kolonist ließ sich daselbst, nicht einmal zeitweilig, nieder.

Gleich Santa Lucia liegt die Insel ziemlich isoliert in der Kette der Kleinen Antillen. Sie gehört eigentlich gar nicht dazu, denn sie ist von der ganzen Gruppe durch tiefe Abgründe getrennt und besteht nur aus dem oberen Teile eines Berges, der vierzig Lieues von Santa Lucia entfernt emporragt. Zwischen diesen beiden Inseln zeigt das Meer Tiefen von zweitausendachthundert Metern.

Barbados verdankt seinen Ursprung nur Korallen: Infusorien haben es langsam aufgebaut und über die Wasserfläche des Ozeans gehoben. Seine Ausdehnung beträgt sechzehn Lieues in der Länge und fünf in der Breite. Auf unerschütterlicher Grundlage ruhend, wird es auf zwei Dritteilen seines Umfanges auch noch von einem mächtigen

Klippengürtel beschützt.

Zu Anfang des 17. Jahrhunderts wurde der Besitz von Barbados, wohl seiner einsamen Lage wegen, weniger umstritten als der der übrigen westindischen Inseln. Nur ein ganz zufälliger Umstand lenkte ihm später die Aufmerksamkeit der europäischen Mächte zu.

Ein von Brasilien kommendes, auf dem Meere in der Nähe von Barbados vom Sturme gefährdetes Schiff mußte an der Mündung eines Flusses der westlichen Inselküste Zuflucht suchen. Hier mehrere Tage zurückgehalten, hatten der Befehlshaber und die Besatzung des Fahrzeuges Muße, die bis dahin so gut wie unbekannte Insel zu besuchen, ihre Fruchtbarkeit zu erkennen, die Wälder, die sie fast überall bedeckten, zu durchstreifen und sich zu überzeugen, daß der abgeholzte Boden sich zum Anbau von Baumwolle und Zuckerrohr vortrefflich eignen müsse.

Nach der Ankunft des erwähnten Schiffes in London wurde dem Grafen von Marlborough eine Konzession über Barbados erteilt, und nachdem dieser sich mit einem reichen Großhändler der Hauptstadt ins Einvernehmen gesetzt hatte, ließen sich schon 1624 mehrere Ansiedler auf der Insel nieder. Diese waren es, die hier die erste Stadt erbauten, welche sie zu Ehren ihres Königs James-Town nannten.

Vor jenem Zeitpunkte hatte freilich schon der Graf Carlisle eine Konzession über alle karibischen Inseln erhalten, und er hielt sich deshalb für berechtigt, Barbados für sich zu beanspruchen.

Das veranlaßte einen Streit zwischen den beiden Lords, der sich – zuweilen mit großer Lebhaftigkeit – lange hinzog und damit endete, daß die Rechte des Grafen Carlisle von Karl I. von England 1629 anerkannt wurden.

In der Zeit der englischen Religionswirren sahen sich da viele veranlaßt, aus dem Lande zu flüchten. Diese Auswanderung kam zu großem Teile Barbados zugute, und die Bedeutung und das Gedeihen der Kolonie wurden dadurch wesentlich gehoben.

Als durch die Restauration nach der Diktatur Cromwells dem Könige Karl II. der Thron seiner Väter wiedergegeben wurde, ersuchten die Kolonisten den König, die Souveränität über die Insel zu übernehmen, und versprachen gleichzeitig, von allen Erzeugnissen der Insel eine Steuer von vierundeinhalb Prozent zu entrichten. Dieses Angebot war zu vorteilhaft, um abgelehnt zu werden. Am 12. Dezember 1667 wurde dann auch der Vertrag über die Einverleibung von Barbados in das britische Kolonialreich unterzeichnet.

Von dieser Zeit an entwickelte sich die Insel ununterbrochen weiter. Im Jahre 1674 erreichte ihre Bevölkerung bereits hundertzwanzigtausend Seelen, nahm nachher aber ein wenig ab. Die Weißen bildeten nur den fünften Teil gegenüber den Freigelassenen und Sklaven, was man der Habgier des Gouverneurs zuschrieb. Infolge seiner Lage blieb Barbados von den langwierigen Kämpfen zwischen England und Frankreich verschont, was es wohl auch der natürlichen Schutzwehr durch seinen Klippengürtel zu verdanken hatte.

Während die anderen Antillen nach und nach unter wechselnde Oberhoheit kamen, ist deshalb Barbados, das vom Tage seiner Entdeckung an englisch gewesen war, der Sprache und der Lebensgewohnheit nach auch immer englisch geblieben.

Wenn es übrigens unmittelbar unter der Krone steht, darf man doch nicht glauben, daß es sich nicht einer gewissen Unabhängigkeit erfreue. Seine Landesversammlung zählt vierundzwanzig Abgeordnete, die von fünftausend steuerzahlenden Einwohnern gewählt werden. Unterliegt es der Autorität eines Gouverneurs und einem gesetzgebenden Rate, dessen neun Mitglieder vom Könige gewählt werden, so wird es anderseits von einer Exekutivbehörde verwaltet, der außer den höchsten Beamten ein Mitglied seiner ersten und vier Mitglieder seiner zweiten Kammer angehören. In elf Kirchspiele geteilt, hat die Insel ein Budget von nicht weniger als sechzehntausend Pfund Sterling (etwa 32⅔ Millionen Mark).

Alle Seestreitkräfte der englischen Kleinen Antillen stehen unter dem Befehl der Regierung von Barbados. Obgleich die Insel mit ihren vierhundertdreißig Quadratkilometern Oberfläche unter diesen Kolonien nur den fünften Rang einnimmt, behauptet sie nach ihrer Volksmenge doch den zweiten und nach dem Werte ihres Handelsverkehrs darunter wenigstens den dritten Rang. Sie zählt gegenwärtig dreiundachtzigtausend Einwohner, wovon ein Drittel auf Bridgetown und dessen Vororte kommt.

Die Fahrt zwischen dem Hafen von Castries auf Santa Lucia und Bridgetown auf Barbados erforderte fast achtundvierzig Stunden. Bei stetigem Winde und nicht zu unruhigem Meere hätte der »Alert« diese Strecke in weniger als der Hälfte der Zeit zurücklegen können; jetzt legte sich der Wind aber zeitweilig gänzlich oder wechselte seine Richtung, so daß der richtige, gerade Kurs nicht eingehalten werden konnte. Er drohte sogar wiederholt nach Nordwest umzuschlagen, was Harry Markel nötigte, sich von den Gewässern Antiliens etwas mehr fern zu halten.

Am ersten Tage lag außerdem die Befürchtung nahe, daß man auf den westlichen Gegenpassat treffen könnte. In diesem Falle wäre der »Alert« weit aufs offene Meer hinausgetrieben worden. Hätte Harry Markel dann lange Tage hindurch immer aufkreuzen müssen, um nach der Küste von Barbados zu gelangen, so würde er vielleicht, trotz der verlokkenden Aussicht, die ihm und seinen Gefährten hier winkte, darauf verzichtet haben, diese letzte Station des Reiseprogramms anzulaufen. Wahrscheinlich wäre er dann lieber aus dieser gefährlichen Gegend entflohen und hätte vor allem, ohne die Passagiere, sein Schiff auf dem Großen Ozean vorläufig in Sicherheit zu bringen gesucht.

Doch nein, bei dem bekannten tollkühnen Wagemut Harry Markels hätte dieser gewiß, unter Hervorhebung des Umstandes, daß Barbados ja der letzte Aufenthaltsort sei, allem Drängen seiner Spießgesellen widerstanden, hätte ihnen vor Augen gehalten, daß diese Reise nun nach wenigen Tagen abgeschlossen und daß auf dieser Insel für sie auch nicht mehr Gefahr sei als auf Santa Lucia oder auf Dominique, die ja ebenfalls beide englisch waren.

»Auf der Rückfahrt« – hätte er zweifellos hinzugefügt, »wird der ›Alert‹ siebentausend Pfund mehr wert sein, denn ich denke diese siebentausend Pfund doch nicht ebenso über Bord zu werfen wie die, die sie auf Barbados erst noch zu erheben haben!«

Zu dem anfänglich drohenden Umschlag des Windes kam es jedoch nicht. Am Nachmittage entlud sich nur ein heftiges Gewitter mit furchtbarem Donnerrollen und schweren Regengüssen, wie solche in der Gegend der Antillen nicht selten sind und gar zu häufig arge Verwüstungen anrichten. Für ein paar Stunden mußte der »Alert« etwas weiter aufs offene Meer flüchten. Das Meteor tobte sich aber vor Sonnenuntergang aus und die Nacht versprach ruhig zu werden.

An diesem ersten Tage hatte der »Alert« nur ein Viertel der Entfernung zurückgelegt, die die beiden Inseln trennt. Das Gewitter hatte Harry Markel gezwungen, vor dem Winde zu laufen und damit aus dem Kurse zu weichen, er hoffte jedoch, in der Nacht wieder einzubringen, was er am Tage verloren hatte.

Das sollte freilich nur teilweise eintreffen. Nachdem der Wind sich zunächst gelegt hatte, erhob sich, freilich schwach und aussetzend, wieder der Ostpassat. Der Seegang blieb recht stark, und das Schiff konnte bis Tagesanbruch nicht viel vorwärtskommen, so daß am nächsten Morgen erst der halbe Weg zwischen beiden Inseln zurückgelegt war.

Dann aber ging die Fahrt unter günstigen Verhältnissen etwas schneller vor sich, und am Abend lag der »Alert« mit Barbados in gleicher Breite.

Diese Insel ist nicht wie Martinique schon von weit her zu sehen. Sie bildet eine niedrige Landmasse ohne größere Einzelhöhen, und ist, wie erwähnt, nur sehr langsam über die Meeresfläche emporgestiegen. Ihr bedeutendster Hügel, der Hillaby, erhebt sich nicht über dreihundert Meter. Rings um das Land dehnt sich, wie um Santa Lucia, ein Gürtel von Korallenlagern aus, der am Außenrande mehrere Kilometer Länge aufweist.

Harry Markel ließ also nach Westen steuern, und da die Insel jetzt nur noch fünfzehn Seemeilen entfernt war, mußte sie nach einigen Stunden erreicht werden. Da er sich aber nicht zu nahe an die hier sehr heftige Brandung heranwagen wollte, ließ er die meisten Segel bergen, um erst bei hellem Tageslicht in den Hafen von Bridgetown einzulaufen.

Am folgenden Morgen, am 7. September, lag nun der »Alert« ruhig vor Anker.

Der Eindruck, den die jungen Passagiere empfingen, als sie sich mitten in diesem Hafen sahen, deckt sich voll mit dem, den Elisée Reclus in seiner Geographie wiedergegeben hat. Die Preisträger glaubten einen der Häfen Englands, Belfast oder Liverpool, erreicht zu haben. Hier zeigte sich nichts von dem, was sie in Amalia-Charlotte auf Sankt Thomas, in Pointe-à-Pitre auf Guadeloupe oder in Saint Pierre auf Martinique gesehen hatten. Entsprechend der Bemerkung des berühmten französischen Geographen schien es, als ob die Palmen von dieser Insel verbannt wären.

Hat Barbados nur eine mittelgroße Ausdehnung, so hat es doch an seinen Küsten mehrere recht ansehnliche Städte, wie Sperggstown, Hoistingstown und Hobetown, abgesehen von dem Dorfe Hastings, einem vielbesuchten Badeorte.

Man möchte glauben, das Vereinigte Königreich hätte diese Orte alle in Stücke zerlegt herübergeschickt, so daß sie nur wieder zusammengesetzt zu werden brauchten.

Sobald der »Alert« den Anker fallen gelassen hatte, erschien an Bord als erste Person ein Herr von ernster, fehlerloser Haltung in schwarzem Anzuge und mit hohem Hute. Er überbrachte dem Kapitän Paxton und seinen Passagieren die ersten Grüße von der Mistreß Kathlen Seymour.

Es war deren Oberaufseher, ein gewisser Well, der sich ehrerbietig verneigte und dessen Gruß Horatio Patterson mit gleicher Förmlichkeit erwiderte. Dann wurden einige Worte ausgetauscht, wobei die jungen Preisträger ihren drängenden Wunsch kund gaben, die Schloßherrin von Nording-House nun recht bald kennenzulernen.

Herr Bell antwortete darauf, daß die erwarteten Gäste der Mistreß Kathlen Seymour an der Landungsbrücke mehrere Wagen vorfinden würden, die sie sofort nach Nording-House bringen sollten, wo Mistreß Kathlen Seymour sie schon erwartete.

Dann zog sich Herr Well mit einer von Patterson voll erkannten Würde zurück, nachdem er erst noch erklärt hatte, daß in Nording-House für dessen Gäste Zimmer bereit wären und daß das Frühstück um elf Uhr aufgetragen sein werde.

Wahrscheinlich würde sich der Aufenthalt des »Alert« an Barbados übrigens etwas länger ausdehnen als an den andern Inseln. Es war ja ganz natürlich, daß Mistreß Kathlen Seymour die Preisgekrönten der Antilian-School einige Zeit bei sich zu behalten wünschte, und diese konnten es doch unmöglich abschlagen, ihren Wunsch zu erfüllen. Und war es nicht ebenso natürlich, daß die vortreffliche Dame ihnen diese Insel, die sie jedenfalls für die schönste Westindiens hielt, gründlich zeigen lassen wollte?

Halb elf Uhr waren Patterson in tadellosem schwarzen Anzuge und seine jungen Begleiter in ihrer besten Tracht zum Aufbruche bereit.

Das große Boot des »Alert« erwartete sie bereits. Nachdem eine Anzahl Reisesäcke hinunter befördert waren, nahmen sie selbst darin Platz, und das Boot kehrte an Bord zurück, sobald es die Reisenden am Kai abgesetzt hatte.

Hier standen, wie Herr Well gesagt hatte, zwei seiner Wagen bereit mit dem Kutscher auf dem Bocke und je einem Diener am Wagenschlage.

Patterson und seine Begleiter stiegen sofort ein, die Wagen rollten in flottem Trabe davon und erreichten, nachdem sie mehrere Verkehrsstraßen in der Nähe des Hafens durchfahren hatten, die Vorstadt Fontabelle.

Das ist das vornehme Viertel, der Wohnsitz der reichen Kaufherren von Bridgetown. Ihre prächtigen Häuser und reizenden Villen tauchen aus dichtem Baumbestande hervor, von allen die großartigste Wohnstätte war aber widerspruchslos die der Mistreß Kathlen Seymour.

Während des Aufenthaltes auf Barbados sollte, gemäß getroffener Abrede, niemand an Bord zurückkehren, so daß man Harry Markel erst am Tage der Abreise wieder zu Gesicht bekommen sollte.

Diesem war das in gewisser Hinsicht höchst willkommen. Hatten sich die Passagiere einmal in Nording-House eingerichtet, so erschien jedenfalls kein Besucher auf dem »Alert« und der falsche Kapitän Paxton lief weniger Gefahr, erkannt zu werden.

Anderseits beunruhigte ihn freilich der voraussichtlich verlängerte Aufenthalt hier. Teilte der von Mistreß Kathlen Seymour entworfene Reiseplan den anderen Antillen nur zwei bis drei, höchstens vier Tage zu, so wußte man über die Absichten der Dame bezüglich des Verweilens auf Barbados doch so gut wie gar nichts. Es konnte recht gut möglich sein, daß der »Alert« in Bridgetown eine, vielleicht gar zwei Wochen, also bis zum 20. September, liegen bleiben sollte. Selbst wenn er erst an diesem Tage abfuhr, wären die Pensionäre der Antilian-School, bei einer mittleren Reisedauer von fünfundzwanzig Tagen zwischen Amerika und Europa, noch Mitte Oktober, fast genau zu Beginn des Schuljahres, wieder eingetroffen. Es war eben recht wohl möglich, daß der Aufenthalt hier sich bis zum 20. September ausdehnte, was dann den Gästen der Mistreß

Kathlen Seymour gestattete, die Insel vollständig kennenzulernen.

Harry Markel und seinen Spießgesellen ging das wiederholt ernstlich durch den Kopf. Sollte sich jetzt das Glück etwa von ihnen abwenden, nachdem es sie bisher so auffallend begünstigt hatte, nachdem sie den Besuch jenes Matrosen von der »Fire-Fly«, der einen Kameraden zu sehen wünschte, und darauf auch den des alten Seemannes von Dominique abgewendet hatten, der dem Kapitän Paxton die Hand drücken wollte?

Jedenfalls nahm sich Harry Markel vor, hier noch mehr als vorher auf seiner Hut zu sein. Jede Einladung nach Nording-House wollte er natürlich rundweg abschlagen. Ans Land sollte unbedingt keiner seiner Leute gehen. Diesmal würde weder Morden noch ein anderer Gelegenheit finden, sich in den Schänken von Bridgetown toll und voll zu trinken.

Nording-Hourse war ein fürstliches Besitztum von beträchtlichem Umfange. Das Schloß erhob sich inmitten eines Parkes voll der schönsten Bäume der Tropenzone. In der Umgebung dehnten sich Zuckerrohrplantagen und Baumwollfelder aus, die im Nordosten ein dichter Wald einrahmte. Teiche und Rios enthalten erquickend frisches Wasser, obwohl sich die Regenmenge durch die Niederlegung großer Waldbestände vermindert hat. Einige Flüsse schlängeln sich daneben durch das Land, und an vielen Stellen findet man Brunnen, in denen das Wasser bis nahe an die Oberfläche heranreichte.

Der Intendant oder Oberaufseher ließ Patterson und die jungen Leute in die große Vorhalle des Schlosses eintreten, während schwarze Diener deren Gepäck in Empfang nahmen und es nach dem für jeden der Gäste bestimmten Zimmer trugen. Herr

Well führte die Gesellschaft dann in den Salon, wo Mistreß Kathlen Seymour die Ankömmlinge erwartete.

Sie war eine Frau von zweiundsechzig Jahren mit weißen Haaren, blauen Augen und einnehmenden Zügen, ziemlich groß und in ihrem Auftreten ebenso vornehm wie gütig, so daß Patterson nicht umhin konnte, für sich Virgils patuit incessu Dea auf sie anzuwenden. Die Dame bot allen ein herzliches Willkommen und verhehlte nicht die innige Freude, die es ihr gewährte, die Preisträger von der Antilian-School in ihrem Hause aufzunehmen.

Mit einer kleinen, sorgsam vorbereiteten, gut memorierten und gut vorgetragenen Rede, über die sich Mistreß Kathlen Seymour offenbar herzlich freute, antwortete ihr Roger Hinsdale im Namen seiner Kameraden. Sie erwiderte darauf in recht gewählter Sprechweise und erklärte den Passagieren des »Alert«, daß sie diese für die Zeit des Verweilens auf Barbados als ihre persönlichen Gäste betrachte.

Nun antwortete wieder Herr Patterson, daß die Wünsche der Mistreß Kathlen Seymour ihnen natürlich Befehle wären, und als sie dem Mentor die Hand entgegenstreckte, drückte dieser einen höchst ehrerbietigen Kuß darauf.

Die auf Barbados geborene Mistreß Kathlen Seymour stammte aus einer reichen Familie, die hier schon seit der Gründung der Kolonie Landbesitz gehabt hatte. Zu ihren Vorfahren gehörte jener Graf von Carlisle, der Konzessionsinhaber der Insel. Jener Zeit mußte jeder Besitzer von diesem weiter abgetretenen Landes dem Grafen jährlich den Wert von vierzig Pfund Baumwolle als Zins entrichten. Das ergab zusammen eine beträchtliche Einnahme und begründete unter anderem auch den Wohlstand von Nording-House.

Wir brauchen wohl kaum hervorzuheben, daß das Klima von Barbados zu den gesündesten Antiliens gehört. Die große Hitze wird hier durch die täglich auftretenden Seewinde gemildert. Das in dem Archipel sonst sehr verderblich herrschende Gelbe Fieber ist hier niemals zur Seuche ausgeartet. Die Insel hat eigentlich sonst nichts zu fürchten als die in diesen Gegenden häufigen und oft entsetzlichen Orkane.

Bei dem Gouverneur der englischen Antillen, der seinen Sitz auf Barbados hat, stand Mistreß Kathlen Seymour in hohem Ansehen. Eine großherzige, edelmütige und wohltätige Dame, riefen alle Unglücklichen sie niemals vergeblich um ihre Hilfe an.

Das Frühstück wurde in einem geräumigen Zimmer des Erdgeschosses aufgetragen. Die Tafel schmückten große Mengen von Erzeugnissen der Insel, wie Fische, Wild und Obstarten, deren Verschiedenheit mit ihrem Wohlgeschmack wetteiferten, und die Tischgäste ließen sich auch nicht nötigen, den reichen Gaben alle Ehre anzutun.

So wie sie von dem Empfange seitens ihrer Wirtin höchst befriedigt sein konnten, fühlte auch diese sich wirklich beglückt, die jungen Reisenden um sich vereinigt zu sehen, deren von Sonne und Luft gebräunten Gesichter Zufriedenheit und Wohlbefinden verrieten.

Beim Frühstück kam natürlich die Dauer des Aufenthaltes auf Barbados zur Sprache.

»Ich, meine lieben Kinder«, sagte Mistreß Kathlen Seymour, »nehme an, daß er sich wenigstens auf vierzehn Tage erstrecken wird. Heute haben wir den 7. September, und wenn die Abreise am 22. erfolgt, ist ja anzunehmen, daß Sie noch Mitte

Oktober in England wieder eintreffen. Ich hoffe, Sie werden Ihren Aufenthalt in Barbados nicht zu bedauern haben. Wie denken Sie über die Sache, Herr Patterson?«

»Madame«, antwortete der Mentor, sich über seinen Teller neigend, »unsere Tage gehören Ihnen, und Sie haben darüber nach eigenem Ermessen zu bestimmen.«

»Ja, meine jungen Freunde, wenn ich nur auf mein Herz hörte, ließe ich Sie überhaupt nicht wieder nach Europa zurückkehren ...! Doch was würden Ihre Angehörigen dazu sagen ...? Was würde Ihre Gattin sagen, Herr Patterson, wenn Sie nicht wieder heimkämen?«

»Dieser Fall ist vorgesehen«, antwortete der Verwalter. »Angenommen, der ›Alert‹ wäre spurlos verschwunden, so daß man jahrelang nichts von ihm hörte ...«

»Oh, das wird nicht geschehen!« unterbrach ihn Mistreß Kathlen Seymour. »Ihre Fahrt hierher ist so glücklich verlaufen, mit der Rückfahrt wird ja dasselbe der Fall sein ... Sie haben ein gutes Schiff ... der Kapitän Paxton ist ein vortrefflicher Seemann ...«

»Gewiß«, stimmte Patterson zu, »wir haben sein Erhalten nur aufs höchste loben können.«

»Ich werde seiner auch nicht vergessen«, versicherte die Schloßherrin.

»Ebensowenig, hochgeehrte Frau, wie wir den Tag vergessen werden, wo es uns vergönnt gewesen ist, Ihnen unseren wärmsten Dank auszusprechen, diese dies albo notanda lapillo, und, wie Martial sagt: hanc lucem lactea gemma notet, oder, wie Horaz sich ausdrückt: cressa ne careat pulchra dies nota, oder endlich, wie bei Stace zu lesen ist: creta signare diem.«

Glücklicherweise versiegte Pattersons Redestrom mit diesem Zitat, das die jungen Tischgenossen mit einem freudigen Hurra unterbrachen.

Daß Mistreß Kathlen Seymour diese lateinischen Aussprüche verstanden hätte, war ja schwerlich anzunehmen, über den Sinn, in dem der Redner sie vorgebracht hatte, konnte sie aber nicht im unklaren sein. Vielleicht hatten sogar die Preisträger alle diese Zitate aus Martial, Stace und Horaz nicht vollständig verstanden. Als sie später nur noch unter sich waren, fragte nämlich Roger Hinsdale:

»Bitte, Herr Patterson, wie würden Sie denn das creta signare diem genau übersetzen?«

»Oh, sehr einfach: einen Tag mit Kreide anschreiben, was auch dem Bezeichnen mit einem weißen Steine, lactea gemma, entspricht. Ich begreife nicht, Hinsdale, daß Sie das nicht sofort verstanden haben sollten, während doch Mistreß Kathlen Seymour . . .«

»Oha«, rief Tony Renault.

»Jaja«, versicherte der Mentor. »Dieses wundervolle Latein versteht jedermann . . .«

»Oha!« wiederholte der Schalk Tony.

»Warum dieses Oha?«

»Weil das Latein, so vortrefflich es sein mag, doch nicht für jedermann schon von allein verständlich ist, wie Sie sagen, werter Herr Patterson«, erklärte Tony Renault. »Gestatten Sie mir einmal, eine ähnliche Phrase anzuführen und Sie um deren Übersetzung zu bitten.«

Offenbar wollte der unverbesserliche Witzbold wieder mit einem der Scherze aufwarten, die er immer in Vorrat hatte, und seine Kameraden täuschten sich hierin auch nicht.

»Na, wir werdens ja sehen ... heraus mit dem Zitat!« antwortete Patterson, während er seine Brille zurechtschob.

»So hören Sie gefälligst: Rosam angelum letorum.«

»Ah ... was?« stieß Patterson verwundert hervor. »Von wem rührt denn dieser Satz her?«

»Von einem unbekannten Autor. Doch darauf kommt ja wohl nichts an. Was mag er aber bedeuten?«

»Ganz und gar nichts, Tony ...! Das sind Wörter ohne Zusammenhang. Rosam, die Rose, im Akkusativ, angelum, den Engel, ebenso ein Akkusativ, und letorum, der Glücklichen, ein Genitiv der Mehrzahl ...«

»Bitte um Entschuldigung«, erwiderte Tony Renault, dem die Schalkhaftigkeit aus den Augen leuchtete. Dieser Satz hat einen ganz bestimmten Sinn ...«

»Den Sie kennen ...?«

»Ja, den ich kenne.«

»Gut, ich werde ihn zu finden suchen«, schloß Patterson das Gespräch, »ich werde ihn zu enträtseln suchen!«

In der Tat hatte er zu suchen und, wie sich's zeigen wird, sogar sehr lange.

Von dem ersten Tage ab verlief nun der Aufenthalt mit Ausflügen, an denen auch Mistreß Kathlen Seymour häufig teilnahm. Dabei wurden nicht nur die zu Nording-House gehörigen Ländereien, sondern auch andere Teile der Ostküste aufgesucht. Bridgetown genoß nicht allein den Vorzug, die Gäste der reichen Dame zu beherbergen. Diese dehnten ihre Wanderungen und Ausfahrten auch bis zu den Küstenstädten aus, und Mistreß Kathlen Seymour fühlte sich wirklich geschmeichelt über die Lobsprüche, die sie über ihre Insel zu hören bekam.

Während des hiesigen Aufenthaltes dachte unter solchen Umständen natürlich niemand an den »Alert«. Nicht ein einziges Mal hatten seine Passagiere Veranlassung, das Schiff zu betreten. Harry Markel und die übrigen waren stets sorgsam auf ihrer Hut, und wenn auch nichts vorkam, was sie hatte in Verlegenheit setzen können, sehnten sie sich doch danach, Barbados zu verlassen. Auf dem hohen Meere wären sie dann ja gegen jede Ungelegenheit geschützt und konnten die endliche Lösung des Dramas unbehindert herbeiführen.

Man kann ohne Übertreibung sagen, daß die Insel Barbados ein ungeheurer, an Blumen und Früchten reicher Garten ist. Aus diesem Garten, der auch mit vielen Nutzpflanzen angebaut ist, gewinnen die Bodenbesitzer neben großen Mengen von Reis vorzüglich auch die »barbadische«, auf den Märkten Europas so gesuchte Baumwolle. Daneben ist die Zuckererzeugung recht beträchtlich, und außerdem gibt es hier industrielle Anlagen, die sich einer zunehmenden Blüte erfreuen. Schon jetzt erheben sich auf Barbados fünfhundert Fabriken verschiedener Art.

Bei wiederholten Gelegenheiten, wenn die Touristen nämlich andere Städte besuchten, blieben sie so lange aus, daß an demselben Tage eine Rückkehr nach Nording-House unmöglich war. Immerhin gehörte das zu den Ausnahmen, und fast alle Abende waren sie in den Salons des Schlosses vereinigt. Mehrere Male nahmen die hervorragendsten Personen Bridgetowns, Seine Exzellenz der Gouverneur, die Mitglieder des Ausführenden Rates und einige hohe Beamte, an der Tafel der Mistreß Kathlen Seymour teil.

Am 17. war ein großes Fest veranstaltet worden, wozu sich nicht weniger als sechzig eingeladene Gäste eingefunden hatten, ein Fest, dessen Abschluß ein Feuerwerk bilden sollte. Die jungen Preisträger wurden, ohne Rücksicht auf ihre Nationalität, dabei besonders geehrt.

Mistreß Kathlen Seymour äußerte auch wiederholt:

»Ich will hier weder Engländer, Franzosen oder Holländer, weder Schweden noch Dänen sehen ... nein, nur Antilianer, nur meine Landsleute!«

Nach einem vortrefflich ausgeführten Konzert wurden einige Whisttische aufgestellt, wo Horatio Patterson als Partner der Mistreß Kathlen Seymour einen außergewöhnlichen, großen Schlemm machte, über den er nicht nur selbst mit gewissem Rechte stolz war, sondern von dem man in Westindien auch noch heute gelegentlich spricht.

So verging die Zeit mit solcher Schnelligkeit, daß die Gäste des Nording-House fast die Tage für Stunden und die Stunden für Minuten halten konnten. Der 21. September war herangekommen, ohne daß sie es bemerkt hatten. Harry Markel hatte bis dahin noch keinen von seinen Passagieren wiedergesehen. Nun mußten diese sich aber einstellen, da die Abfahrt auf den 22. festgesetzt war.

Am Tage vorher äußerte Mistreß Kathlen Seymour jedoch noch den Wunsch, den »Alert« zu besuchen ... zur großen Genugtuung Louis Clodions und seiner Kameraden, die sich beglückt fühlten, ihr auf dem Schiffe einen ehrenden Empfang zu bereiten, wie die Dame ihn ihnen in ihrem Schlosse erwiesen hatte. Die vortreffliche Frau wollte den Kapitän Paxton noch persönlich kennenlernen und ihm ihren Dank darbringen, doch beabsichtigte sie auch noch, ihn um eine Gefälligkeit zu ersuchen.

Schon am Morgen rollten darum mehrere Equipagen von dem Schlosse weg und hielten bald am Kai von Bridgetown.

Das große Boot des Seeamtes, das sie an der Treppe der Landungsbrücke erwartete, brachte die Besucher an Bord.

Harry Markel war von dem Oberaufseher schon vorher davon verständigt worden, und wenn er und seine Leute diesen Besuch auch lieber nicht gesehen hätten, da sie immer fürchteten, er könnte schlimme Folgen nach sich ziehen, konnten sie ihn im vorliegenden Falle doch nicht abwenden.

»Zum Teufel mit all diesem Volk!« hatte John Carpenter gewettert.

»Hast recht, doch jetzt suche dich zu bezwingen«, lautete darauf Harry Markels Antwort.

Mistreß Kathlen Seymour wurde mit all der Zuvorkommenheit und Ehrerbietung empfangen, die ihre hervorragende Stellung auf Barbados gebot. Zunächst drückte sie dem Kapitän ihre wärmste Dankbarkeit aus.

Harry Markel antwortete gezwungen so höflich wie möglich. Als ihm dann die Schloßherrin von Nording-House noch eine Belohnung von fünfhundert Pfund Sterling zubilligte, gab Corty das Signal zu einem betäubenden Hurra, das die Gefeierte herzlich erfreute.

Mistreß Kathlen Seymour besichtigte darauf die Hauptkajüte und die Kabinen. Über alles, was ihr gezeigt wurde, sprach sie sich höchst anerkennend aus. Und welche Glückwünsche erntete erst Horatio Patterson, als dieser sie zu der furchtbaren Schlange führte, die in schreckenerregender Haltung um den

Besanmast gewunden war.

»Wie«, rief die Schloßherrin, »Sie ... Sie, Herr Patterson, haben dieses Ungeheuer getötet?«

»Mit eigener Hand«, antwortete Patterson, sich stolz aufrichtend, »und wenn es jetzt, nach seinem Tode, noch einen so erschreckenden Anblick bietet, werden Sie begreifen, wie viel schlimmer dieser im Leben war, als die Schlange mir ihre Trigonokephalenzunge drohend entgegenstreckte!«

Wenn sich Tony Renault bei dieser Erklärung nicht um und um drehte, kam das nur daher, daß Louis Clodion ihn unbemerkt fast blutig kniff.

»Das Untier«, fuhr Patterson fort, sieht übrigens jetzt noch ebenso lebend aus wie damals, als ich es erschlug.«

»Ganz ebenso!« bestätigte Tony Renault, der diesmal nicht mehr an sich halten konnte.

Nach dem Deckhause zurückgekehrt, wendete sich Mistreß Kathlen Seymour an Harry Markel.

»Morgen denken Sie also abzufahren, Kapitän Paxton?« fragte sie.

»Jawohl, morgen, gnädige Frau, gleich mit Sonnenaufgang.«

»Nun, ich hätte noch eine Bitte an Sie. Es betrifft einen jungen, fünfundzwanzigjährigen Seemann, den Sohn einer der Frauen in meinem Hause, einen tüchtigen jungen Mann, der nach England zurückkehren soll, um auf einem Kauffahrer die Stellung als Obersteuermann anzutreten. Ich würde Ihnen sehr verbunden sein, wenn Sie ihn auf dem »Alert« mitnehmen wollten.«

Ob dieses Gesuch Harry Markel nun paßte oder nicht, abschlagen konnte er es auf keinen Fall, da das Schiff ja für Rechnung der Mistreß Kathlen Seymour fuhr. Er begnügte sich also zu antworten:

»Der junge Mann mag nur an Bord kommen, Madame, er wird gut aufgenommen werden.«

Die Schloßfrau wiederholte dem Kapitän ihren Dank und empfahl seiner Fürsorge für die Rückreise noch Herrn Patterson und die jungen Passagiere, für die sie gegenüber ihren Familien ja gewissermaßen verantwortlich war.

Endlich – für Harry Markel der wichtigste Punkt, um dessentwillen er und seine Gefährten sich so ernsten Gefahren ausgesetzt hatten – verkündigte Mistreß Kathlen Seymour, daß Herr Patterson und die Preisträger noch heute die ihnen versprochene Prämie von siebenhundert Pfund erhalten sollten.

Patterson wendete dagegen aufrichtig gemeint ein, das hieße die Hochherzigkeit der Herrin von Nording-House mißbrauchen, und Roger Hinsdale, Louis Clodion und die übrigen sprachen sich in demselben Sinne aus. Mistreß Kathlen Seymour erklärte jedoch, daß eine solche Weigerung sie tief verletzen würde, es war also – zur großen Befriedigung John Carpenters und der ganzen Mannschaft – nicht möglich, die Annahme des Geldes zu verweigern.

Nach freundlicher Verabschiedung von dem Kapitän des »Alert« und dem Wunsche für eine glückliche Reise nahmen die Besucherin und ihre Gäste wieder in dem Boote Platz, das sie nach dem Kai beförderte, von wo die Wagen alle nach dem Schlosse brachten, um hier den letzten Abend zu verleben.

»Endlich wird sich's machen!« rief Corty, als alle das Schiff verlassen hatten.

»Tausend Teufel!« setzte John Carpenter hinzu; »ich sah es schon kommen, daß die Schwachköpfe ihren klingenden Preis nicht annehmen wollten! Das wäre dann der Mühe wert gewesen, den Kopf zu riskieren, um dann doch mit leeren Taschen umzukehren!«

Die Passagiere sollten also nicht wiederkommen, ohne die Summen mitzubringen, die den Ertrag des gewagten Bubenstückes verdoppelten.

»Ja, aber jener Seemann?« sagte der Corty.

»Was da?« antwortete der Bootsmann, »einer mehr . . . das wird uns, mein' ich, doch auch nicht in Verlegenheit setzen.«

»Nein«, erwiderte Corty, »den Burschen nehm' ich auf mich!«

An diesem Abend vereinigte in Nording-House noch einmal eine größere Tafel die Notabeln der Kolonie und die Gäste der Mistreß Kathlen Seymour. Nach Beendigung der Mahlzeit wurde dann wiederholt Abschied genommen, und die Passagiere des »Alert« begaben sich an Bord zurück. Jeder trug in Guineen in einem seidenen Beutel die den Preisträgern im Wettbewerb der Antilian-School zugesagte Prämie bei sich.

Eine Stunde vorher war der junge Seemann eingetroffen, für den Mistreß Kathlen Seymour um Aufnahme gebeten hatte, und man hatte ihn sofort nach der für ihn bestimmten Kabine geführt.

Für die Abreise war schon alles fertig, und morgen bei Sonnenaufgang sollte der »Alert« den Hafen von Bridgetown, seine letzte Haltestelle in Westindien, verlassen.

Siebtes Kapitel

Der Anfang der Fahrt

Gegen zehn Uhr vormittag war der »Alert« schon außer Sicht der nächsten Küste von Barbados, das von allen Inseln der Kleinen Antillen am weitesten nach Osten liegt.

Der immerhin nur kurze Besuch der Preisträger in ihrer gemeinsamen Heimat war bisher also unter den günstigsten Umständen verlaufen; auch von den in dieser Erdgegend sonst so häufigen atmosphärischen Störungen hatten sie bei ihren Fahrten nur sehr wenig zu leiden gehabt. Jetzt begann die Rückreise, doch statt den Weg nach Europa einzuschlagen, sollte das Schiff, dessen Herren Harry Markel und seine Spießgesellen vom nächsten Tage an ausschließlich zu sein hofften, nach dem Gewässer des Großen Ozeans steuern.

Tatsächlich schien es ja so, als ob die Passagiere des »Alert« dem ihnen von der Schurkenbande zugedachten Schicksale unmöglich entgehen könnten. In der nächsten Nacht sollten sie in ihren Kabinen überfallen und, ehe sie sich verteidigen könnten, ermordet werden. Wer hätte dann jemals die blutigen Vorgänge auf dem »Alert« entschleiern können? In den offiziellen Schiffsnachrichten würde der Dreimaster einfach unter den mit Mann und Maus verschollenen Fahrzeugen aufgeführt werden, von denen kein Mensch je wieder etwas erfährt. Auch jede Nachforschung mußte hier vergeblich bleiben, da der Kapitän Markel seine Raubzüge im Westen des Großen Ozeans mit dem Schiffe unter Änderung seines Namens und der bisher geführten Flagge sowie nach einiger Veränderung der Takelage auszuführen gedachte.

Die Anwesenheit des neu eingetroffenen jungen Seemannes konnte die Durchführung des lange gehegten Planes wohl kaum hindern. Jetzt waren zwar elf Passagiere an Bord, während Harry Markel und seine Leute nur zehn Mann zählten, diese hatten aber den Vorteil des unvermuteten Angriffes für sich. Und wie hätten die anderen auch diesen kräftigen, an Blutvergießen gewöhnten Burschen wirksam widerstehen können? Ferner sollte der Mordanschlag obendrein in der Nacht ausgeführt werden. Die Opfer wurden dann im tiefen Schlafe abgeschlachtet, und Erbarmen von dieser Verbrecherrotte zu erflehen, wäre sicherlich ganz nutzlos gewesen.

Also wäre dem frechen Räuber voraussichtlich alles geglückt und sein Plan bis zum Ende durchgeführt worden; er behielt recht gegenüber den zaghaften Einwendungen John Carpenters und der übrigen. Bei dem wiederholten Anlaufen längs der Kleinen Antillen hatte nichts sie verraten, der letzte Aufenthalt an Barbados ihnen aber noch eine Summe von siebentausend Pfund sozusagen in den Schoß geworfen, abgesehen von der besonderen Belohnung, die Mistreß Kathlen Seymour dem Schiffsführer zugewendet hatte.

Der auf dem »Alert« jetzt mit eingeschiffte Seemann hieß Will Mitz. Er zählte nur fünfundzwanzig Jahre, war also kaum um fünf Jahre älter als Roger Hinsdale, Louis Clodion und Albertus Leuwen.

Der mittelgroße, kräftige, gut gewachsene Will Mitz, der so beweglich und gewandt war, wie sich's für einen Marsgast ziemt, machte den Eindruck eines ehrlichen und offenherzigen Mannes. Er zeigte sich außerdem sehr dienstwillig und war bei inniger

Religiosität von tadellosem Auftreten. Niemals hatte er sich eine Strafe zugezogen, und keiner zeigte mehr Gehorsam oder entwickelte größeren Eifer im Dienste als er. Schon in seinem zwölften Jahre als Schiffsjunge eingetreten, wurde er nach und nach Leichtmatrose, Vollmatrose und zuletzt Bootsmann. Er war der einzige Sohn einer seit mehreren Jahren verwitweten Frau Mitz, die eine Vertrauensstellung in Nording-House einnahm.

Nach einer letzten Reise in den südlichen Meeren blieb Will Mitz zwei Monate bei seiner Mutter, wobei Mistreß Kathlen Seymour die vortrefflichen Eigenschaften des jungen Mannes kennen und schätzen lernte. Dank ihren weitreichenden Verbindungen hatte er erst vor kurzem die Stelle des Obersteuermannes auf einem Schiffe erhalten, das nächstens mit Fracht von Liverpool nach Sydney in Australien abgehen sollte. Ohne Zweifel mußte Will Mitz bei seiner reichen Kenntnis der praktischen Navigation, seiner Intelligenz und seinem Eifer noch weiter vorwärtskommen und würde später in der Handelsflotte die Stellung eines höheren Offiziers erreichen. Überdies mutig und von schnellem Entschlusse, war ihm die unerschütterliche Kaltblütigkeit und der sichere Blick eigen, der für Seeleute ganz unentbehrlich ist und zu ihren wichtigsten Eigenschaften gehört.

Will Mitz wartete in Bridgetown schon auf eine Gelegenheit, sich nach Liverpool einzuschiffen, als der »Alert« im Hafen von Barbados vor Anker ging. Da kam Mistreß Kathlen Seymour der Gedanke, sich mit dem Kapitän Paxton dahin zu verständigen, daß er den jungen Seemann nach Europa mitnähme. Will Mitz sollte also unter sehr angenehmen Verhältnissen über den Atlantischen Ozean und nach Liverpool, d. h. nach dem Hafen kommen, wo er seine neue Stellung antreten und den auch der Dreimaster anlaufen sollte. Von da gedachten Horatio Patterson und seine jungen Begleiter sich auf der Eisenbahn nach London zu begeben und in die Antilian-School zurückzukehren, wo sie gewiß nach Verdienst empfangen wurden.

Will Mitz wollte übrigens während der Fahrt nicht müßig bleiben. Dem Kapitän Paxton mußte es ja sehr erwünscht kommen, ihn zu verwenden, um den Mann zu ersetzen, den er in der Bai von Cork durch einen Unfall verloren hatte.

Am Abend des 21. September hatte Will Mitz, nach Verabschiedung von Mistreß Kathlen Seymour und nach zärtlicher Umarmung seiner guten Mutter, seinen Matrosensack an Bord des »Alert« gebracht. Die freundliche Schloßherrin hatte ihm auch noch eine kleine Geldsumme aufgenötigt, die es ihm erlauben mußte, in Liverpool die Abfahrt seines Schiffes abzuwarten.

Obwohl nun im Volkslogis nicht alle Plätze von seinen Leuten eingenommen waren, zog es Harry Markel doch vor, Will Mitz nicht bei diesen mit unterzubringen. Das hätte zu einer Störung seiner Absichten führen können. Da noch eine Kabine frei war, wurde diese dem neuen Passagier sofort angewiesen.

»Herr Kapitän Paxton«, sagte Will Mitz, gleich nachdem er eingetroffen war, »ich wünsche dringend, mich an Bord nützlich zu machen. Ich stehe gänzlich zu Ihrer Verfügung, und wenn es Ihnen recht ist, werd' ich auch die Wachen mit beziehen.«

»Meinetwegen«, antwortete Harry Markel kurz.

Will Mitz empfing von der Mannschaft des Fahrzeuges, als er sie näher zu sehen bekam, einen wenig günstigen Eindruck, und zwar nicht nur vom Kapitän des »Alert«, sondern auch von John Carpenter, Corty und den übrigen. Zeigte sich der Dreimaster auch im besten Zustande, so konnten die Gesichter der Leute, worin so viel zügellose Leidenschaft lag, konnten die gemeinen wilden Züge, deren Falschheit nur schlecht verhüllt erschien, ihm doch nicht das geringste Vertrauen einflößen. Er nahm sich deshalb auch vor, der Mannschaft gegenüber eine gewisse Zurückhaltung zu bewahren.

Wenn Will Mitz den Kapitän Paxton nicht persönlich kannte, so hatte er doch von ihm als einem vorzüglichen Seemann reden hören, auch bevor er die Führung des »Alert« übernommen hatte, und die Wahl der Mistreß Kathlen Seymour war auf ihn erst gefallen, als man ihn ihr von zuverlässiger Seite warm empfohlen hatte.

Während ihres Aufenthaltes in Nording-House waren die jungen Passagiere außerdem seines Lobes voll gewesen und priesen vor allem seine Geschicklichkeit in der Schiffsführung, als sie nicht weit von Barbados der recht starke Sturm überrascht hatte. Die Herfahrt war ja in befriedigendster Weise verlaufen, warum sollte das nicht auch für die Rückfahrt zutreffen? Will Mitz glaubte also, daß der erste üble Eindruck, den er nach seinem Eintreffen an Bord empfangen hatte, sich wohl allmählich verwischen werde.

Als Corty hörte, daß sich Will Mitz zu freiwilliger Dienstleistung angeboten hatte, sagte er zu Harry Markel und John Carpenter:

»Na, da haben wir ja einen recht guten Zuwachs, auf den wohl keiner gerechnet hatte . . .! Ein tüchtiger Seemann, der mit dir, John, die Wache befehligen kann . . .«

»Und dem man auch ruhig das Steuer anvertrauen kann«, setzte John Carpenter nicht weniger ironisch hinzu. »Mit einem solchen Steuermann ist kein Abweichen aus dem Kurse zu befürchten, und der »Alert« würde auf kürzestem Wege nach Liverpool kommen . . .«

»Wo uns«, fiel Corty ein, »die auf die eine oder andere Weise benachrichtigte Polizei gleich bei der Ankunft mit gebührender Ehre in Empfang nehmen würde . . .«

»Genug des Scherzes«, ließ sich nun Harry Markel vernehmen, »und hüte jeder seine Zunge wenigstens noch vierundzwanzig Stunden . . .«

»Um so mehr«, bemerkte John Carpenter, als jenes Meerschwein uns in ganz merkwürdiger Weise zu mustern schien . . .«

»Jedenfalls«, empfahl Harry Markel noch, »antworte ihm jeder wenig oder gar nicht, wenn er ein Gespräch anbinden will. Vor allem darf Morden nicht wieder solches Zeug schwatzen wie kürzlich auf Santa Lucia . . .«

»Richtig«, schloß Corty das Gespräch, doch wenn Morden nichts getrunken hat, ist er stumm wie ein Fisch, und am Trinken werden wir ihn schon so lange hindern, bis wir sorglos die Gesundheit des Kapitäns Markel ausbringen!«

Übrigens bemühte sich Will Mitz offenbar gar nicht um eine Plauderei mit den Leuten des Schiffes. Gleich nach dem Eintreffen hatte er sich in seine Kabine zurückgezogen, wo er seinen Reisesack niederlegte und ruhig die Ankunft der Passagiere abwartete. Am nächsten Tage aber beteiligte er sich tätig bei den letzten Arbeiten für die Abfahrt.

Im Laufe des ersten Reisetages fand Will Mitz auf dem Hinterdeck, was er auf dem Vorderdeck gewiß nicht gefunden hätte: eine Gesellschaft tüchtiger junger Leute, die sich gleich von Anfang an warm für ihn interessierten. Vor allem zeigten sich Tony Renault und Magnus Anders wahrhaft beglückt, »mit einem Seemann über Seereisen, Schiffe u. dgl. sprechen zu können.«

Nach dem Frühstück spazierte Will Mitz, seine kurze Pfeife rauchend, auf dem Verdeck umher.

Der »Alert« führte jetzt seine unteren Segel, nebst den Mars- und Bramsegeln. Er hätte jetzt eine größere Strecke weit nach Nordosten laufen sollen, um durch den Bahamakanal und nach der anderen Seite der Antillen zu kommen, und dann den nach Europa zu verlaufenden Golfstrom zu benutzen. Will Mitz fiel es nun zwar sofort auf, daß der Kapitän statt Steuerbordhalsen hatte Backbordhalsen setzen lassen, wodurch das Schiff mehr einen südöstlichen Kurs nahm; da aber Harry Markel dafür seine Gründe haben mußte, hielt sich Will Mitz nicht für berechtigt, ihn darüber zu befragen. Er sagte sich vielmehr, der »Alert« werde, wenn er fünfzig bis sechzig Seemeilen zurückgelegt hätte, schon nach Nordosten abfallen.

Harry Markel manövrierte freilich mit bewußter Absicht so, daß er auf die Südspitze Afrikas zu lief, und von Zeit zu Zeit überzeugte er sich, daß der Mann am Steuer den Dreimaster in dieser Richtung hielt.

Inzwischen plauderten Tony Renault, Magnus Anders und zwei oder drei ihrer Kameraden, auf dem Deck hier oder dort lustwandelnd, mit dem jungen Seemanne. Sie stellten ihm Fragen bezüglich seines Berufes, was ihnen früher dem wenig mitteilsamen Kapitän gegenüber unmöglich gewesen war. Will Mitz antwortete wenigstens gern und hatte sein

Vergnügen an ihrem Geplauder, da er erkannte, daß sie sich für alles, was die Seefahrerei betraf, interessierten.

Zuerst wollten sie wissen, welche Länder er bei seinen bisherigen Reisen besucht und ob er in der Kriegs- oder der Handelsflotte gedient habe.

»Ja, meine jungen Herren«, erklärte Will Mitz, »ich fahre schon seit zwölf Jahren, das heißt also eigentlich seit meiner Kindheit . . .«

»Sie sind also wohl mehr als einmal über den Atlantischen und den Großen Ozean gekommen?« erkundigte sich Tony Renault.

»Gewiß, mehrere Male, an Bord von Segelschiffen ebenso wie an Bord von Dampfern.«

»Sind Sie auch auf Kriegsschiffen in Dienst gewesen?« sagte Magnus Anders.

»Ja«, antwortete Will Mitz, »damals als England ein Geschwader nach dem Golf von Petschili schickte.«

»Sie sind nach China gekommen!« rief Tony Renault und verhehlte nicht seine Bewunderung für einen Mann, der die Küste des Himmlischen Reiches betreten hatte.

»Jawohl, mein bester Herr Renault, und ich versichere Ihnen, daß es gar nicht schwieriger ist, nach China zu gehen, als etwa nach den Antillen.«

»Und auf welchem Schiffe?« fragte John Howard.

»Auf dem Panzerkreuzer ›Standard‹, Konteradmiral Sir Harry Walker.«

»Damals fuhren Sie wohl noch als Schiffsjunge . . .?«

»Ja freilich . . . als einfacher Schiffsjunge.«

»Führte denn der ›Standard‹ auch große Geschütze?« fragte Tony Renault.

»Oh, sehr große ... von zwanzig Tonnen.«

»Von zwanzig Tonnen!« wiederholte Tony Renault ganz verzückt.

Man fühlte es bei diesem Ausrufe wirklich heraus, daß der junge Mann sich überglücklich geschätzt hätte, einmal ein solches Riesengeschütz abfeuern zu können.

»Sie sind aber nicht die meiste Zeit auf Kriegsschiffen gefahren?« ließ sich Louis Clodion vernehmen.

»Nein, meine jungen Herren«, antwortete Will Mitz. »Der Kriegsflotte hab' ich nur drei Jahre angehört, dann habe ich mir in der Handelsflotte das Zeugnis als Marsgast erworben.«

»Auf welchen Schiffen?« fragte Magnus Anders.

»Auf dem ›Norths-Brothers‹ von Cardiff, mit dem ich nach Boston segelte, und auf dem ›Great Britain‹ von Newcastle.«

»War das ein großes Schiff?« fragte Tony Renault.

»Gewiß, ein Kohlenfrachtschiff von dreitausendfünfhundert Tonnen, das seine Ladung in Melbourne löschte.«

»Und was haben Sie da als Rückfracht mitgenommen?«

»Australisches Getreide, das nach Leith, dem Hafen von Edinburgh, bestimmt war.«

»Haben Sie nicht das Fahren auf Segelschiffen dem auf Dampfern vorgezogen?« sagte dazu Niels Harboe.

»Gewiß ziehe ich das vor«, bestätigte Will Mitz. »Eine Fahrt mit Segeln hat mehr Seemännisches an sich und geht im allgemeinen fast ebenso schnell vor sich wie eine mit Hilfe des Dampfes. Ferner wird man dabei nicht von dem Kohlenrauche belästigt, und es gibt doch keinen schöneren Anblick als solch ein Fahrzeug mit vollen Segeln, das in der Stunde seine fünfzehn bis sechzehn Knoten läuft.«

»Ja, das glaub' ich ... das glaub' ich gern«, rief Tony Renault, der in der Einbildung schon alle Meere der Erde durchmaß. »Und wie heißt das Schiff, auf dem Sie jetzt anmustern wollen?«

»Die ›Elisa Warden‹ von Liverpool, ein stolzer, stählerner Viermaster von dreitausendachthundert Tonnen, der mit einer Ladung Nickel von Thio in Neukaledonien gekommen ist.«

»Welche Art Fracht wird er denn in England einnehmen?« fragte John Howard.

»Soviel ich weiß: Steinkohle für San Francisco«, antwortete der junge Seemann, jedenfalls ist das Schiff aber gechartert, auf der Rückreise Getreide von Oregon nach Dublin zu befördern.«

»Wie lange dauert wohl eine solche Reise?« nahm Magnus Anders wieder das Wort.

»Oh, so etwa elf bis zwölf Monate.«

»Ah«, rief Tony Renault, »das ist doch eine Fahrt, die ich einmal mitmachen möchte. Ein ganzes Jahr zwischen Himmel und Wasser! Auf dem Atlantischen Ozean, auf der Südsee und auf dem Großen Ozean! Hei, da umsegelte man das Kap Horn und kehrte um das Kap der Guten Hoffnung zurück! Das wäre ja wirklich eine Reise um die Erde.«

»Nun, lieber junger Herr«, antwortete Will Mitz lächelnd, »Sie scheinen für lange Fahrten begeistert zu sein!«

»Ganz gewiß ... doch ich wäre lieber als Seemann, statt als Passagier daran beteiligt!«

»Das nenn' ich brav gesprochen!« erklärte Will Mitz. »Ich sehe, daß Sie das Meer warm ins Herz geschlossen haben!«

»Ja«, versicherte Niels Harboe, »wenn man Magnus Anders und Tony so hört, müßte ihnen eigentlich die Führung des Schiffes überlassen werden, wo einer nach dem andern an der Ruderpinne stehen könnte!«

»Leider«, bemerkte Louis Clodion dazu, »sind Magnus und Tony schon zu alt, sich noch dem Seemannsberufe widmen zu können.«

»Nun, wir haben doch noch keine sechzig Jahre auf dem Rücken!« entgegnete Tony Renault eifrig.

»Nein, doch wir sind zwanzig Jahre alt«, gestand der junge Schwede, »und da ist es doch wohl zum Anfangen etwas zu spät . . .«

»Ja . . . wer weiß?« antwortete Will Mitz. Sie sind ja nicht furchtsam, sind gelenkig und von kräftiger Gesundheit, und mit solchen Eigenschaften lernt man die Sache bald. Besser freilich, man fängt damit jung an. Für die Handelsmarine ist übrigens keine Altersgrenze für den Eintritt festgesetzt.«

»Nun«, sagte Louis Clodion, »Tony und Magnus werden sich das ja überlegen, wenn sie ihre Studien an der Antilian-School beendigt haben . . .«

»Und wenn einer von der Antilian-School abgeht, ist er für jeden Beruf befähigt. Nicht wahr, Harr Patterson?«

Der Mentor, der eben in die Nähe kam, schien in tiefes Sinnen versunken. Vielleicht dachte er über den seltsamen lateinischen Satz nach, für den ihm noch kein Verständnis aufgegangen war. Jedenfalls erwähnte er dessen aber mit keiner Silbe, und Tony Renault, der ihn listig anblinzelte, wagte auch nicht mehr als eine ganz leichte Anspielung. Über den Gegenstand des Gesprächs aufgeklärt, gab er dem jungen Pensionär recht, der die Fahne der Antilianerschule so mutig verteidigte. Der vortreffliche Mann führte sich dafür selbst als Beispiel an. Ihm als Verwalter der Antilian-School ging von vornherein ja jede Kenntnis des Seewesens ab. Er war nie auf den Ozeanen gefahren... nein... nicht einmal im Traume. Was die Schiffe anging, so hatte er kaum die gesehen, die stromauf- oder stromabwärts fahrend auf der Themse durch London kommen. Und obgleich er doch nur zum Verwaltungskörper der berühmten Anstalt gehörte, hatte er doch bewiesen, daß er dem Zorne Neptuns trotzen könne. Freilich zu Anfang, einige Tage lang... die Stöße beim Rollieren...«

»Beim Rollen«, flüsterte ihm Tony Renault zu.

»Jaja, beim Rollen...« fuhr Herr Patterson fort, »beim Rollen und beim Stam... ja, beim Stampfen, da wurde ich wohl ein bißchen arg mitgenommen, doch jetzt... bin ich nicht gewappnet gegen die widerliche Seekrankheit...? Habe ich nicht vollständig den Gang eines Seemannes...? Glaubt mir... experto crede Roberto...«

»Horatio«, soufflierte Tony Renault.

»Nun ja, also Horatio, da ich einmal denselben Namen erhalten habe wie der göttliche Flavus...! Und wenn ich mich auch nicht danach sehne, gegen die Stürme, die Tornados oder die Zyklone anzukämpfen, wenn ich nicht gern der Spielball der Orkane sein mag, so würde ich sie wenigstens festen Blickes und ohne zu erblassen mit ansehen.«

»Alle Achtung, Herr Patterson!« sagte Will Mitz zu diesem Selbstlob... »Doch, unter uns: besser ist's, man versucht es erst gar nicht. Ich hab's ja mit durchgemacht, doch ich habe auch die mutigsten Leute erschrecken sehen, wenn sie sich ohnmächtig der Gewalt des Sturmes gegenübersahen.«

»Oh«, lenkte Patterson ein, »was ich gesagt habe,

soll ja nicht etwa die Wut der Elemente heraufbeschwören. Fern liegt mir ein solcher Gedanke, der einem verständigen Mann nicht ziemt, einem Mentor, gewissermaßen einem Seelsorger für junge Leute, der sich seiner Verantwortlickeit tief im Innern bewußt ist. Ich hoffe übrigens, Will Mitz, daß uns etwas Ähnliches nicht bevorsteht.«

»Ich hoffe es wie Sie, Herr Patterson. Zur jetzigen Jahreszeit treten im Atlantischen Ozean wirkliche Stürme nur selten auf. Ein Gewitter freilich ist immer zu befürchten, und von einem Gewitter weiß man niemals, wie schwer es werden und wie lange es anhalten wird. Ohne ein Gewitter kommen wir auf keinen Fall weg, denn solche kommen im September hier sehr häufig vor, und ich wünsche dabei nur, daß sie nicht zu einem Sturm umschlagen.«

»Das wünschen wir alle«, antwortete Niels Harboe. Im Falle schlechten Wetters können wir jedoch zu unserem Kapitän volles Vertrauen haben. Er ist ein geschickter und erfahrener Seemann . . .«

»Ohne Zweifel, dafür soll er schon manche Beweise geliefert haben, und in England stellt man ihm das beste Zeugnis aus . . .«

»Und das mit Recht«, erklärte Hubert Perkins.

»Haben Sie denn«, sagte Will Mitz, »seine Mannschaft in Tätigkeit beobachtet?«

»Nun, John Carpenter scheint ein ja tüchtiger Bootsmann zu sein«, meinte Niels Horboe, »und seine Leute sind mit allen Segelmanövern, soweit ich's beurteilen kann, recht gut vertraut.«

»Gesprächig sind sie aber offenbar nicht«, sagte Will Mitz.

»Nein, das nicht, an ihrem Verhalten ist aber nichts auszusetzen«, antwortete Magnus Anders. Die Disziplin wird an Bord sehr streng gehandhabt;

der Kapitän Paxton läßt zum Beispiel keinen seiner Matrosen ans Land gehen. Nein, nein, es ist den Leuten nichts vorzuwerfen.«

»Desto besser«, sagte Will Mitz.

»Und wir wünschen ja nur das eine«, setzte Louis Clodion hinzu, »das die ganze Fahrt in derselben Weise verläuft wie bis heute!«

Achtes Kapitel

Die Nacht naht heran

So gestaltete sich also der erste Tag der Rückreise. Das Leben an Bord gewann wieder seine gewohnte Regelmäßigkeit, die durch nichts unterbrochen wurde, als etwa durch ein besonderes Vorkommnis auf dem Meere, was bei gutem Wetter und günstigem Winde immerhin etwas Seltenes ist.

Wie gewöhnlich wurde das Frühstück in der gemeinsamen Kajüte aufgetragen, wo sich alle, bedient von dem Steward, unter dem »Vorsitze« Pattersons zusammenfanden.

Wie gewöhnlich ließ sich Harry Markel sein Essen in seine Kabine bringen.

Das erschien Will Mitz wieder etwas auffallend, weil es auf Handelsschiffen üblich ist, daß auch der Kapitän an der Tafel in der Hauptkajüte mit Platz nimmt.

Vergeblich versuchte Will Mitz mit John Carpenter oder einem anderen von der Mannschaft ein Gespräch anzuknüpfen. Er fand hier nichts von dem kameradschaftlichen Geiste, der sonst unter Seeleuten so leicht zum Ausdruck kommt.

Im Hinblick auf die Stellung, die er an Bord der »Elisa Warden« einnehmen sollte, hätte der Bootsmann des »Alert« ihn mindestens als seinesgleichen behandeln können.

Nach beendigter Mahlzeit ging Will Mitz mit den jungen Leuten, die ihm so freundlich entgegengekommen waren, wieder auf das Deck hinauf.

Am Nachmittage fehlte es nicht an Zerstreuung. Da das Schiff bei dem jetzt schwachen Winde nur langsam dahinglitt, wurden vom Verdeck aus Angeln ausgeworfen, und die Passagiere überließen sich dem Vergnügen des Fischens, das auch recht einträglich ausfiel.

Zu den Eifrigsten, Tony Renalt, Magnus Anders, Niels Harboe und Axel Wickborn, gesellte sich Will Mitz, der ein erfahrener und sehr geschickter Angler war.

Ihm war vom Seemansberufe nichts fremd, und er entwickelte eine Geschicklichkeit und Kenntnis, die weder Harry Markel noch dem Bootsmann entgehen konnten.

Das Angeln wurde mehrere Stunden fortgesetzt, und man fing dabei ausgezeichnete, wohlschmekkende Bonite und sogar einen recht großen Stör, dessen bis zweihundert Pfund schwere Weibchen – die übrigens im Atlantischen und im Mittelländischen Meere ziemlich häufig vorkommen – reichlich eine Million Eier in sich tragen.

Die Angeln brachten auch mehrere Schellfische herauf, die den Schiffen in großen Schwärmen zu folgen pflegen, ferner sogenannte Seyphias und Schwertfische von der Art der Espadons, und endlich einige Gymnoten (Zitteraale), mit langem, schlangenähnlichem Leibe, die häufiger in den Gewässern bei Amerika vorkommen.

Ehe Will Mitz es hindern konnte, hatte Horatio einen dieser Gymnoten kaum in die bloße Hand genommen, als ihn ein heftiger elektrischer Schlag schon auf das Verdeck hinstreckte, wobei er bis zum Kompaßhäuschen kollerte.

Alle sprangen hinzu, halfen ihm, sich zu erheben, doch es dauerte einige Zeit, bis er sich von dem Schreck erholt hatte.

»Es ist nicht ohne Gefahr, diese Tiere anzurühren«, rief Will Mitz ihm zu.

»Das hab' ich – nur zu spät – zu meinem Leidwesen erfahren«, antwortete Patterson, während er seine von dem Schlage gelähmten Arme wieder gelenkig zu machen suchte.

»Oh«, erklärte Tony Renault, »diese Entladungsschläge sollen sich aber gegen Rheumatismus sehr heilsam erweisen . . .«

»Das paßt ja herrlich! Während ich von jeher an rheumatischen Beschwerden litt, werd' ich nun bis ans Ende meiner Tage davon kuriert sein!«

Ein Vorfall, der das lebhafteste Interesse der Passagiere erweckte, war das Auftauchen von drei oder vier Walfischen.

Die Zetaceen sind nicht gerade häufig in der Nachbarschaft der Antillen, und diese (die Antillen) betrachtet auch kein Fischer als Fangplätze.

»Draußen, weit im Großen Ozeane, machen die Schiffe besonders Jagd auf sie«, berichtete Will Mitz, entweder im Norden, in den weiten Buchten des britischen Amerika, wo die Wale Junge werfen, oder im Süden, an den Küsten Neuseelands.«

»Sind Sie auch mit auf dem Walfischfang gewesen?« fragte Louis Clodion.

»Ja, während einer Saison, an Bord des ›Wrangel‹ von Belfast, in der Nachbarschaft der Kurilen-Inseln und im Ochotskitschen Meere. Da gehören aber geeignete Boote, Fangleinen, Harpunen und Harpuniere dazu. Es bringt auch zuweilen ernste Gefahren mit sich, wenn man von einem Wale allzuweit hinausgeschleppt wird, und dieser Fang hat schon viele Opfer gefordert.«

»Ist er wohl einträglich?« fragte Niels Harboe.

»Ja und nein«, antwortete Will Mitz. »Geschicklichkeit ist wohl ganz gut dabei, etwas Glück aber noch besser, und gar nicht so selten verläuft eine Kampagne, ohne daß es gelungen war, auch nur einen Walfisch zu erbeuten.«

Die, die sich hier zeigten, tummelten sich übrigens in einer Entfernung von gut drei Meilen vom »Alert«, und zum Leidwesen der Passagiere war es ganz unmöglich, sich ihnen mehr zu nähern. Selbst wenn alle Segel gehißt worden wären, hätte der Dreimaster nicht schneller vorwärts kommen können. Die Wale schwammen so schnell in östlicher Richtung hinaus, daß auch die beste Piroge sie kaum hätte einholen können.

Je mehr die Sonne zum Horizonte hinabsank, desto mehr flaute der Wind ab.

Im Westen standen dicke, blaugraue Wolkenmassen unbeweglich still. Sprang von dieser Seite her Wind auf, so konnte es nur eine nicht anhaltende Gewitterböe werden. Auf der entgegengesetzten Seite türmten sich aber ebenfalls dichte Dunstgebilde auf, die die Nacht sehr dunkel machen mußten.

Überhaupt wurde der Ausbruch eines Meteors mit Blitzen und Donnerschlägen immer wahrscheinlicher. Die Hitze war sehr stark, schwül und drükkend und die Atmosphäre reichlich mit Elektrizität gesättigt.

Als die Schnuren und Leinen noch draußen lagen, hatte Harry Markel eines der Boote müssen aufs Wasser setzen lassen, da einige der gefangenen Fische so schwer waren, daß man sie nicht unmittelbar an Bord hissen konnte.

Da das Meer noch ruhig blieb, wurde das Boot nicht wieder heraufgezogen. Harry Markel hatte aber offenbar noch besondere Gründe, es draußen zu lassen.

Der »Alert« trug jetzt alle seine Segel, um noch den geringsten Lufthauch auszunützen. Will Mitz meinte auch, der Kapitän werde, sobald sich nun Wind erhöbe, den Kurs wechseln und nach Nordosten steuern lassen. Schon den ganzen Tag hatte er vergeblich auf diesen Befehl gewartet, und er konnte sich unmöglich erklären, was Harry Markel eigentlich beabsichtigte.

Die Sonne verschwand hinter einer mächtigen Wolkenbank, die dicht genug war, deren letzte Strahlen zu verschlucken. Schnell kam nun die Nacht heran, denn in den benachbarten Breiten des Äquators ist die Dämmerung immer nur sehr kurz.

Daß Harry Markel alle Segel bis zum Tagesanbruch beibehalten würde, konnte Will Mitz nicht denken. Jeden Augenblick drohte ja ein Gewitter auszubrechen, und es ist doch bekannt, wie heftig und schnell sich diese in der hiesigen Gegend entwickeln.

Ein von einem solchen plötzlich überfallenes Schiff hat dann keine Zeit mehr, die Schoten fieren zu lassen und die Segel zu bergen. In wenigen Augenblicken kann es auf die Seite gelegt sein und muß die Masten kappen, um sich wieder aufzurichten.

Ein vorsichtiger Seemann wird sich einer solchen Gefahr niemals aussetzen, und bei nicht unbedingt sicherer Witterung ist es allemal vorzuziehen, nur Mars- und Bramsegel, sowie Brigg- und Klüversegel beizubehalten.

Als Harry Markel gegen sechs Uhr auf das Hinterkastell kam, wo Patterson und seine jungen Begleiter beieinanderstanden, befahl er, das Sonnenzelt einzurollen, wie das jeden Abend zu geschehen pflegte. Dann kommandierte er, nach einem prüfenden Blick auf den Himmel.

»Die Bram- und Oberbramsegel bergen!«

Diesen Befehl gab John Carpenter weiter, und sofort begann die Mannschaft ihn auszuführen.

Selbstverständlich kletterten ihrer Gewohnheit gemäß Tony Renault und Magnus Anders die Wanten des Großmastes mit hinan, und das mit einer Leichtigkeit und Gewandheit, die bei dem Mentor immer ebensoviel Bewunderung wie Beängstigung, doch auch das Bedauern hervorrief, es den jungen Leuten nicht gleichtun zu können.

Diesmal folgte ihnen Will Mitz, der ja an dergleichen gewöhnt war. Fast gleichzeitig erreichten die drei die Rahen und gingen nun sofort daran, das große Bramsegel einzuziehen.

»Halten Sie sich gut fest, junge Herren«, rief der Seemann ihnen zu. »Das ist unerläßlich nötig, selbst wenn das Schiff nicht im geringsten rollt . . .«

»Also Achtung«, antwortete Tony Renault. »Es würde doch den armen Patterson gar zu sehr schmerzen, wenn wir ins Meer fielen!«

Die drei genügten, die Segel an die Rah zu binden, die nun am Großmast festgelegt wurde, nachdem das schon mit der Oberbramrah geschehen war.

Gleichzeitig führten die Matrosen dasselbe Manöver am Fockmast aus. Dann wurden auch das große und das äußere Klüversegel, sowie das Gasseltoppsegel am Besanmast geborgen.

Das Schiff trug nun bloß noch seine Marssegel, das Brigg- und das kleine Klüversegel, die sich bei dem schwachen Winde kaum aufblähten.

Nur leicht von der nach Osten gerichteten Strömung unterstützt, kam der Dreimaster bis Sonnenaufgang voraussichtlich nur wenig vorwärts.

Harry Markel würde jedenfalls nicht überrascht werden, wenn ihn nun das Gewitter plötzlich überfiel.

In wenigen Augenblicken konnten dann das Focksegel eingebunden und die beiden Marssegel gerefft werden.

Als Will Mitz mit Tony Renault und Magnus Anders wieder auf das Deck heruntergekommen war, warf er einen Blick auf die Boussolennadel, die von der Lampe im Kompaßhäuschen schon beleuchtet wurde.

Seit dem Morgen war der »Alert« nun schon gegen fünfzig Seemeilen nach Südosten zu gesegelt, und der junge Seemann glaubte bestimmt, daß der Kapitän für die Nacht wohl einen anderen Kurs, und zwar nach Nordosten, einschlagen werde.

Harry Markel bemerkte recht wohl, daß sein Passagier etwas erstaunt schien, ihn den bisherigen Kurs noch immer einhalten zu sehen. An strenge Disziplin gewöhnt, hätte dieser sich aber nicht erlaubt, darüber eine Bemerkung zu machen.

Nachdem er sich, während Corty am Steuer stand, den Kompaß noch einmal angesehen hatte, betrachtete er prüfend den Himmel und setzte sich dann am Fuße des Großmastes nieder.

Da näherte sich Corty, überzeugt, daß ihn niemand hören könne, dem Kapitän Markel und sagte:

»Mir scheint, der Mitz merkt es, daß wir auf falschem Kurse sind. Na, gleichviel: diese Nacht werden wir ja ihn und die anderen auf den ›richtigen Kurs‹ bringen, und dann hindert ihn nichts, Liverpool schwimmend zu erreichen, wenn er trotz der Haifische Arme und Beine am Leibe behält!«

Der Elende hielt diese Bemerkung jedenfalls für sehr scherzhaft, denn er brach danach in helles Lachen aus, das Harry Markel aber durch einen Blick unterdrückte.

Eben jetzt trat noch John Carpenter an beide heran.

»Schleppen wir das große Boot noch weiter nach, Harry?« fragte er.

»Jawohl, John, es kann uns von Nutzen sein . . .«

»Wenn wir gezwungen wären, die Arbeit draußen zu vollenden!«

An diesem Abend wurde das Essen erst halb sieben Uhr aufgetragen. Auf der Tafel prangten einige der am Tage gefangenen Fische, die Ranyah Cogh recht schmackhaft zubereitet hatte.

Patterson erklärte, daß er nie etwas Köstlicheres gegessen hätte . . . vor allem lobte er die Boniten und gab der Hoffnung Ausdruck, daß die jungen Fischer während der Reise Gelegenheit haben würden, noch mehr von derselben Art zu erbeuten.

Nach dem Essen begaben sich alle wieder auf das Deck, wo sie die volle Dunkelheit abwarten wollten, ehe sie ihre Kabinen aufsuchten.

Die hinter der Wolkenbank verborgene Sonne war noch nicht unter dem Horizont versunken, und vor einer guten Stunde konnte es kaum völlig finster sein.

In diesem Augenblicke glaubte Tony Renault draußen im Osten ein Segel zu erkennen, und fast gleichzeitig rief auch schon Will Mitz:

»Schiff backbord voraus!«

Alle Blicke wandten sich in der angegebenen Richtung hin.

Ein großes Fahrzeug, das seine Mars- und seine Großsegel trug, tauchte vier Seemeilen draußen auf. Offenbar hatte es dort mehr Wind und segelte backstags auf den »Alert« zu.

Louis Clodion und Roger Hinsdale holten sofort ihre Fernrohre und beobachteten das Schiff, das sich ihnen, einen nordwestlichen Kurs einhaltend, näherte.

»Verdammter Kasten!« murrte John Carpenter, »binnen einer Stunde wird er uns dicht an der Seite liegen!«

Corty und die übrigen hatten diese Worte des Bootsmannes gehört. Legte sich der Wind vollständig, so würden die beiden Schiffe die Nacht über in der Entfernung einer halben, vielleicht nur einer viertel Seemeile nebeneinander still liegenbleiben. Und wenn sich Harry Markel damals, nahe der Küste von Irland, beglückwünschen konnte, sich seiner Passagiere nicht sofort entledigt zu haben, so waren die Verhältnisse jetzt doch nicht mehr dieselben. Jetzt war ja das Geld der Mistreß Kathlen Seymour an Bord, mit einem anderen Schiffe in der Nähe konnten die verbrecherischen Pläne aber doch kaum ausgeführt werden.

»Verdammt!« wiederholte John Carpenter. Soll es uns denn niemals gelingen, die ganze lästige Pension loszuwerden? Müßten wir wirklich noch die nächste Nacht abwarten?«

Das Schiff kam, die letzte Brise ausnutzend, immer weiter auf den »Alert« zu. Bald mußte aber auch ihm der Wind gänzlich fehlen.

Es war ein großer Dreimaster, der nach einer der

Antillen oder nach einem Hafen Mexikos bestimmt sein mochte.

Seine Nationalität war unmöglich zu erkennen, da er keine Flagge an der Gassel führte. Es schien aber, seiner Bauart und Takelage nach, ein amerikanisches Fahrzeug zu sein.

»Schwer ist es offenbar nicht beladen«, bemerkte Magnus Anders.

»Nein, gewiß nicht«, bestätigte Will Mitz. »Ich glaube eher, daß es nur mit Ballast fährt.«

Drei Viertelstunden später befand sich das Schiff vom »Alert« nur noch zwei Seemeilen entfernt.

Da die Strömung eine ihm günstige Richtung hatte, hoffte Harry Markel, daß es noch am »Alert« vorbeikommen werde. Hatte es sich zwischen ein und vier Uhr morgens nur fünf bis sechs Meilen von ihm entfernt, so konnte, selbst wenn es an Bord zu einem Kampfe kam, in dieser Entfernung doch kein Schrei mehr gehört werden.

Als eine halbe Stunde später die Dämmerung zu Ende war, ließ sich nicht der geringste Wind mehr spüren. Die beiden Fahrzeuge lagen, eine halbe Meile voneinander entfernt, vollkommen still.

Gegen neun Uhr rief dann Patterson, schon mit recht schläfriger Stimme:

»Nun aber auf, liebe Freunde; denkt denn niemand daran, die Kabine aufzusuchen?«

»Oh, es ist noch nicht spät, Herr Patterson«, antwortete Roger Hinsdale.

»Und von neun Uhr abends bis sieben Uhr morgens zu schlafen, das ist zuviel, Herr Patterson«, setzte Axel Wickborn hinzu.

»Und sie kämen da dick wie ein Klosterbruder nach Europa zurück, lieber Herr Patterson«, erklärte Tony Renault, indem er mit den Armen einen

Bogen um seinen Leib bildete.

»Darum braucht sich niemand zu sorgen«, erwiderte der Mentor, »ich werde mich stets innerhalb der gebotenen Grenzen zwischen Magerkeit und Fettleibigkeit zu halten wissen.«

»Herr Patterson, Sie kennen doch die Vorschrift, die von den Weisen des Altertums stammt?« ließ sich Louis Clodion vernehmen.

Und er begann die ersten Verse des bekannten Distichons aus der Schule von Salerno vorzutragen:

»Sex horas dormire sat est . . .«

»Juvenique senique«, fiel Hubert Perkins ein.

»Septem gigro . . .« fuhr John Howard fort.

»Nulli concedimus octo!« schloß Roger Hinsdale.

Daß Herr Horatio Patterson sich geschmeichelt fühlte, dieses lateinische Zitat nach und nach aus dem Munde der Preisträger hervorgehen zu sehen, bedarf wohl einer besonderen Versicherung. Ihn wandelte aber doch der Schlaf schon zu sehr an und er antwortete:

»So bleibt noch hier, wenn's euch gefällt, die Abendluft einzuatmen. Ich aber . . . ich werde jener piger, ja sogar jener nullus sein und mich niederlegen.«

»Gute Nacht, Herr Patterson!«

Der Mentor erhob sich und ging nach seiner Kabine hinunter. Nachdem er, um etwas frischere Luft einströmen zu lassen, das runde Fensterchen geöffnet und sich auf seinem Lager ausgestreckt hatte, fiel er bald in den Schlaf der Gerechten, doch kamen ihm vorher noch die Worte »Rosam . . . letorum . . . angelum« eigentlich unbewußt über die Lippen.

Louis Clodion und seine Kameraden verweilten noch eine Stunde in der freien Luft. Sie plauderten von der Fahrt nach den Antillen, von dem und jenem, das einen besonderen Eindruck auf sie gemacht hatte, und vergegenwärtigten sich, wenn sie erst zu ihren Familien zurückgekehrt wären, die Freude, alles zu erzählen, was sie getan, und alles, was sie seit ihrer Abreise gesehen hätten.

So wie Harry Markel ein weißes Licht am Stagseile des Fockmastes hatte anbringen lassen, hatte auch der Kapitän des unbekannten Schiffes ein solches an dessen Vorderteile in die Höhe ziehen lassen.

Das ist, vorzüglich in dunklen Nächten, sehr klug und weise, denn durch Strömungen und Gegenströmungen können sonst so leicht Zusammenstöße hervorgerufen werden. Vom Vorderkastell aus sah man das blinkende Licht des anderen Fahrzeuges, das, ohne seinen Platz zu ändern, auf der langen Dünung leicht hin und her schwankte.

Tony Renault nahm sich für heute fest vor, die von der Salerner Schule zugestandenen sex horas Schlaf nicht zu überschreiten. Vor fünf Uhr früh wollte er schon seine Kabine verlassen haben und auf das Deck gehen. Läge dann jenes Schiff noch seitwärts vom »Alert«, so sollte dieser seine Flagge hissen, um das andere Schiff zu veranlassen, ebenfalls seine Nationalität kundzutun.

Gegen zehn Uhr waren dann alle Passagiere – Will Mitz ausgenommen, der noch auf dem Deck hin und her ging – friedlich eingeschlummert.

Allerlei Gedanken gingen dem jungen Seemanne durch den Kopf. Er dachte an Barbados, wohin er vor Ablauf von drei bis vier Jahren schwerlich wieder kommen würde, an seine Einschiffung auf der »Elisa Warden«, an die Stellung, die er darauf einnehmen sollte, und an die bevorstehende Reise mit diesem Schiffe, die ihn nach ihm noch unbekannten Meeren führen würde.

Dann dachte er an den »Alert«, auf dem er Passage genommen hatte, an die jungen Leute, die ihm so schnell ans Herz gewachsen waren und von denen ihn Tony Renault und Magnus Anders wegen ihrer Vorliebe für das Seewesen besonders interessierten.

Ferner trat ihm die Mannschaft des »Alert« und dieser Kaptiän Paxton vor Augen, dessen Persönlichkeit auf ihn unwillkürlich abstoßend wirkte, sowie auch die Leute, die sich ihm gegenüber so zugeknöpft verhielten. Niemals hätte er sich von allen eine solche Vorstellung gemacht, und er fragte sich, ob der erste üble Eindruck auf ihn wohl noch einem besseren weichen werde.

Mit solchen Gedanken beschäftigt, ging Will Mitz vom Vorderkastell nach dem Deckhause hin und zurück. Längs der Schanzkleidung lagen mehrere Matrosen ausgestreckt, von denen die einen schliefen, die anderen sich noch mit gedämpfter Stimme unterhielten.

Harry Markel hatte sich, in der Überzeugung, daß diese Nachts nichts zu machen wäre, in seine Kabine zurückgezogen, nachdem er noch Auftrag gegeben hatte, ihn zu wecken, wenn sich etwa Wind erhöbe.

Auf dem Vorderkastell stehend, beobachteten John Carpenter und Wagah das Licht des Dreimasters, das langsam schwächer wurde, infolge eines leichten Nebels, der allmählich aufstieg. Heute war Neumond; nach und nach erblaßten die Sterne in dem Nebel und rings umher herrschte die tiefste Finsternis.

So kam es, daß das Schiff neben dem »Alert« bald

überhaupt nicht mehr sichtbar war. Es lag aber noch an seiner Stelle. Entstand auf dem »Alert« Lärmen und Geschrei, so setzte es gewiß seine Boote aus und rettete vielleicht einige der dem Tode geweihten Opfer.

Das andere Schiff mochte wohl eine Besatzung von fünfundzwanzig bis dreißig Mann haben, so daß der Ausgang eines etwaigen Kampfes vorauszusehen war. Harry Markel tat also recht daran, zu warten. Er hatte ja gesagt: Was diese Nacht nicht geschieht, wird in einer andern geschehen. Je weiter sich der »Alert« von den Antillen nach Südosten zu entfernte, desto seltener mußte eine Begegnung mit Schiffen werden. Sprang freilich am nächsten Tage der Passatwind wieder auf, so mußte Harry Markel nach Nordwesten steuern lassen, weil das Gegenteil Will Mitz sonst zu verdächtig erschienen wäre.

Während John Carpenter und Wagah auf dem Vorderkastell so miteinander sprachen, plauderten auch noch zwei der Leute an Backbord in ihrer Nähe.

Das waren Corty und Ranyah Cogh. Man sah diese überhaupt oft beisammen, denn Corty spazierte immer um die Kombüse herum, um ein gutes Stück zu erwischen, das der Koch für ihn zurückgelegt hatte.

Dabei sprachen beide jetzt in derselben Weise, wie zweifellos auch ihre Kameraden, die es nicht erwarten konnten, endlich die unbeschränkten Herren des »Alert« zu werden.

»Entschieden, Corty«, sagte Cogh, »Harry ist gar zu vorsichtig.«

»Mag sein, Cogh, vielleicht hat er aber doch damit recht. Könnte man sicher sein, sie in ihren Kabinen schlafend zu überfallen, so würden sie abgetan werden, ehe sie einen Schrei ausstoßen könnten ...«

»Ach was: das Messer fest an die Kehle gesetzt, das hindert einen schon, noch um Hilfe zu rufen.«

»Gewiß, Ranyah; doch es ist nicht ausgeschlossen, daß sie sich wehren, und kann sich das verwünschte Schiff da drüben uns im Nebel nicht noch mehr genähert haben? Gelänge es nur einem unserer Passagiere, ins Meer zu springen und das Schiff zu erreichen, so schickte dessen Kapitän gewiß sofort einige zwanzig Mann an Bord des ›Alert‹. Da wären wir nicht zahlreich genug, diesen zu widerstehen, und wir würden, unten im Frachtraum eingesperrt, erst nach den Antillen und dann nach England gebracht werden. Diesmal hielt man uns dann gewiß im Gefängnis fest, und was uns dann bevorsteht, Ranyah, das weißt du ja allein!«

»Da fahre der Teufel drein, Corty! Erst so viel Glück gehabt, und nun das Pech, daß uns jenes Schiff in die Quere kommt! Dazu noch die vermaledeite Windstille! Und wenn ich bedenke, daß es nur einer Stunde frischer Brise bedürfe, uns fünf bis sechs Meilen hinauszutreiben!«

»Das geschieht vielleicht noch vor Tagesanbruch«, erwiderte Corty. »Auf jeden Fall wollen wir Will Mitz im Auge behalten, der scheint mir nicht der Kerl dazu zu sein, sich überraschen zu lassen.«

Den überlaßt nur mir«, erklärte Ranyah Cogh, »ob in seiner Kabine oder auf dem Deck, gleichviel wo er sein mag ... Ein herzhafter Stich, so zwischen die Schulter hinein, da wird er's wohl bleibenlassen, sich erst noch umzudrehen, und dann ... rasch mit ihm über Bord!«

Ging er nicht eben noch auf dem Verdeck umher?« fragte Corty.

»Ja ... wahrhaftig ... ich sehe ihn aber nicht

mehr ... er müßte denn auf dem Vorderkastell sein ...«

»Nein, Ranyah, da steht nur John Carpenter mit dem Steward, und auch die kommen jetzt herunter.«

»Dann wird Will Mitz die Hauptkajüte aufgesucht haben«, antwortete Ranyah Cogh. Wenn jenes verwünschte Fahrzeug nicht in der Nähe läge ... jetzt wäre der richtige Augenblick ... nach wenigen Minuten hätten wir keinen Passagier mehr an Bord.«

»Da aber einmal nichts zu machen ist«, schloß Corty, wollen wir auch schlafen gehen.«

Beide begaben sich nach dem Volkslogis, während zwei Mann am Bug auf Wache blieben.

Will Mitz, der sich unter dem Vorderkastell befand, wo ihn niemand bemerken konnte, hatte dieses Gespräch mit angehört. Jetzt wußte er alles ... wußte, in welche Hände das Schiff gefallen war und daß dessen Führer der berüchtigte Harry Markel war. Er hatte gehört, daß die Schurken die Passagiere ins Meer werfen wollten, und daß diese Schandtat schon ausgeübt worden wäre, wenn nicht jener Dreimaster, von der Windstille zurückgehalten, zu nahe beim »Alert« gelegen hätte.

Neuntes Kapitel

Will Mitz

In der Nacht vom 22. zum 23. September glitt ein Boot etwas nach elf Uhr inmitten des Nebels auf dem Meere hin. Kaum schwankte es auf der schwachen Dünung, die von keinem Windhauch gestört wurde.

Geräuschlos trieben es zwei Ruder – wenigstens schätzungsweise – nach Nordosten hin, denn der von dem immer mehr verdichteten Nebel verhüllte Polarstern war nicht sichtbar.

Der Mann, der das Steuer führte, mochte es bedauern, daß das vorher drohende Gewitter nicht zum Ausbruch gekommen war. Hätte ihm zuweilen ein Blitz geleuchtet, so wäre es ihm möglich gewesen, geradenwegs auf sein Ziel loszusteuern, während er jetzt aufs Geratewohl hinausfuhr. Ehe das Meer durch eine sogenannte Eilung (den kurzen Sturm vor einem Gewitter) aufgeregt worden wäre, hätte er bequem die kurze Strecke zurückgelegt, die ihn von seinem Ziele trennte, und das Heil aller wäre gesichert gewesen.

Das Boot trug elf Personen, zwei Männer und neun junge Leute, von denen die ältesten die Ruder handhabten. Einer der Männer erhob sich zuweilen, bemühte sich, durch einen gelegentlichen Spalt in dem wallenden Nebel etwas zu erkennen, und lauschte aufmerksam hinaus ...

Es war das große Boot des »Alert«, das die Flüchtlinge davontrug, und worin Louis Clodion und Axel Wickborn ruderten, und Will Mitz war es, der am Steuer saß und in der Finsternis, die durch die Schwaden der warmen Nacht noch vermehrt wurde, seinen Weg zu finden suchte.

Den »Alert« hatten sie schon seit einer Viertelstunde aus dem Gesicht verloren, das weiße Licht des Dreimasters sahen sie aber nicht, obgleich die Entfernung bis zu ihm eine halbe Seemeile nicht übersteigen konnte und er bei der anhaltenden Windstille unzweifelhaft noch an derselben Stelle lag wie in der Dämmerstunde.

Der Verlauf der Dinge war nun folgender gewesen:

Nach dem von ihm belauschten Gespräche zwischen Corty und Ranyah Cogh war Will Mitz unbemerkt unter dem Vorderkastell hervorgeschlüpft und hatte sich in die gemeinschaftliche Kajüte begeben. Hier blieb er einige Minuten, um zu überlegen, was unter den gegebenen Verhältnissen am besten zu tun wäre.

Er hegte keinen Zweifel mehr: der Kapitän Paxton und seine Leute waren an Bord des »Alert« hingemordet worden, und als die Passagiere eintrafen, hatte sich das Schiff schon in den Händen Harry Markels und seiner Spießgesellen befunden.

Was die Verbrecher betraf, war Will Mitz von allem unterrichtet, was die Zeitungen auf den Antillen über die Räuberhorde des »Halifax« berichtet hatten, alles über ihre Verhaftung und ihre spätere Flucht aus dem Gefängnisse in Queenstown in Irland . . . eine Flucht, die mit dem Tage der Abfahrt des »Alert« zusammenfiel. Als sie sich dann des in der Farmarbucht verankerten Schiffes bemächtigt hatten, mußte der Mangel an Wind sie an der sofortigen Abfahrt gehindert haben. Am nächsten Tage erfolgte dann die Einschiffung des Herrn Patterson und der Pensionäre von der Antilian-School. Den Grund, warum Harry Markel sich ihrer nicht ebenso entledigt hatte, wie es mit dem Kapitän Paxton und seiner Mannschaft geschehen war, und warum er seine Pläne auch auf der Fahrt von England nach den Antillen nicht ausgeführt hatte... diesen Grund konnte sich Will Mitz nicht enträtseln.

Jetzt war aber keine Zeit zu grübeln. Gelang es den Passagieren nicht, den »Alert« zu verlassen, so waren sie verloren. Sobald sich etwas Wind erhob, mußten sich die beiden Schiffe voneinander entfernen, und dann blieb das Gemetzel nicht aus. War das nicht diese Nacht, dann geschah es in der folgenden, ja vielleicht schon morgen am hellen Tage, wenn weit und breit kein Schiff zu sehen war. Obwohl jetzt über alles unterrichtet, konnte Will Mitz doch keine erfolgversprechende Verteidigung ersinnen.

Da aber die Vorsehung selbst – man konnte wirklich so sagen – die Ausführung des grausigen Verbrechens verzögerte, galt es, aus diesem Umstande Nutzen zu ziehen und die Rettung da zu suchen, wo sie voraussichtlich zu finden war.

Jetzt hieß es also, von hier fortkommen, fortkommen, ohne überrascht zu werden. Harry Markel hatte sich in seine Kabine zurückgezogen und John Carpenter und Wagah hatten das Volkslogis aufgesucht, wo die andern schon schliefen. Vorn am Bug befand sich nur der wachthabende Matrose, dessen Aufmerksamkeit nach außen hin gerichtet war.

Zu dem andern, still liegenden Schiffe zu gelangen, war nun zum Glück das große Boot vorhanden, das nach dem heutigen Fischfange auf Harry Markels Befehl an einer Schleppleine liegengeblieben war.

Ein Mann von Wagemut und Findigkeit, beschloß Will Mitz alles zu versuchen, seine Gefährten und damit auch sich selbst vor dem drohenden Verderben zu retten. Die Seeräuber vom »Halifax« an Bord des »Alert« . . .! Das erklärte ja den Widerwillen, den ihm der angebliche Kapitän Paxton von der ersten Stunde an einflößte, das peinliche Gefühl, das ihn beim Erblicken der Mannschaft erfüllte, und die verletzende Zurückhaltung, die diese mit Verbrechen belasteten Leute ihm gegenüber an den Tag legten.

Jetzt war nun kein Augenblick zu verlieren, die günstigen Verhältnisse auszunützen.

Die Schnelligkeit des Witterungswechsels in der Tropengegend ist ja allgemein bekannt und jetzt genügte schon eine leichte Brise, den »Alert« weiterzutreiben, da weder die Mars- und das Briggsegel, noch das eine Klüversegel eingebunden worden waren, sich also schon beim ersten Lufthauch aufblähen konnten. Gleichzeitig entfernte sich dann, doch in entgegengesetzter Richtung, auch das andere Schiff, und dann schwand jede Aussicht, es aufzufinden, was ja schon jetzt wegen der undurchsichtigen Luft mit großen Schwierigkeiten verknüpft war.

Zunächst galt es nun, die Passagiere einen nach dem andern zu wecken, sie mit wenigen Worten über die Sachlage aufzuklären und sie dann von der Rückseite der Hauptkajüte aus in das Boot zu bringen, ohne die Aufmerksamkeit des wachthabenden Matrosen zu erregen.

Vor allem wollte Will Mitz sich überzeugen, ob Harry Markel noch in seiner Kabine lag. Jedes Geräusch hätte ihn erwecken können, und war es dann nicht möglich, ihn am Rufen zu verhindern, so konnte die geplante Flucht kaum gelingen.

Will Mitz schlich sich nach der Tür der Kabine, legte das Ohr dicht daran und lauschte einige Augenblicke.

Harry Markel schlief offenbar fest, da er wußte, daß diese Nacht nichts zu tun war.

Will Mitz ging nach der Hauptkabine zurück und öffnete, ohne die über dem Tische hängende Lampe anzuzünden, eines der beiden am Heck angebrachten Fenster, die etwa sechs Fuß über der Schwimmlinie des Fahrzeuges lagen.

Ob dieses Fenster wohl groß genug war, daß die Passagiere hindurch und in das darunter liegende Boot gelangen konnten?

Junge Leute ... ja ... doch etwas starke Männer ... nein.

Glücklicherweise war Patterson keineswegs korpulent. Die Strapazen der Seefahrt hatten ihn eher noch etwas abmagern lassen, trotz der Schmäuse, an denen er sich bei Gelegenheit der Empfänge zu Ehren der Pensionäre der Antilian-School immer mit vortrefflichem Appetit beteiligte.

Der schlanke und geschmeidige Will Mitz selbst konnte voraussichtlich durch das nicht gar so große Fenster schlüpfen.

Da die Flucht also möglich war, ohne dazu das Deck zu betreten, was sie wahrscheinlich unausführbar gemacht hätte, ging Will Mitz daran, seine Gefährten zu wecken.

Die erste Kabine, die er öffnete, war die Louis Clodions und Tony Renaults.

Beide schliefen, und Louis Clodion erwachte erst, als er eine Hand sich auf seine Schulter legen fühlte.

»Kein Wort« raunte Will Mitz ihm zu. »Ich bin's ...«

»Was wollen Sie hier?«

»Kein Wort! sag' ich. Wir schweben in schlimmster Gefahr!«

Eine kurze Mitteilung genügte zur Erklärung der Sachlage. Louis Clodion, der deren Ernst begriff, gelang es jedoch, an sich zu halten.

»Wecken Sie Ihren Kameraden«, sagte noch Will Mitz. Ich werde die anderen benachrichtigen.«

»Wie sollen wir aber entfliehen?«

»Mit dem Boote. Das liegt am Heck noch an seiner Leine; darauf gelangen wir nach jenem Dreimaster, der nicht fern von uns liegen kann.«

Louis Clodion verlangte keine weitere Erklärung, und während Will Mitz die Kabine verließ, weckte er Tony Renault, der sofort aufsprang, als er gehört hatte, um was es sich handelte.

Binnen wenigen Minuten waren alle jungen Pensionäre auf den Füßen, nur Patterson fehlte noch, da dieser erst zuletzt von der Sachlage unterrichtet werden sollte. Ihn wollte man nötigenfalls mit Gewalt in das Boot hinunterbefördern, ehe er zu weiterer Überlegung Zeit fand.

Zur Ehre der Antilian-School sei hier auch hervorgehoben, daß sich keiner der Pensionäre gegenüber der Gefahr mutlos zeigte. Kein Klagelaut, kein Schreckensruf kam über ihre Lippen, der die unter so schwierigen Verhältnissen versuchte Flucht hätte gefährden können.

Nur Niels Harboe, in dem ein gerechter Zorn aufwallte, sagte noch:

»Ich gehe nicht davon, ohne diesen elenden Schurken umgebracht zu haben.«

Damit wandte er sich schon der Kabine Harry Markels zu.

Will Mitz hielt ihn jedoch zurück.

»Sie werden das nicht tun, Herr Harboe«, warnte er den jungen Hitzkopf. »Harry Markel könnte erwachen, sobald Sie seine Kabine betreten; dann würde er um Unterstützung rufen, sich auch selbst wehren, und wir wären gewiß bald überwältigt...! Gehen wir lieber schnell und geräuschlos ins Boot. Einmal an Bord jenes Schiffes, zweifle ich nicht, daß sein Kapitän bereit sein wird, sich des »Alert« und der Banditen, die jetzt dessen Herrn sind, zu bemächtigen.«

Das war wohl auch das klügste, was sich tun ließ.

»Und unser Herr Patterson?« fragte Roger Hinsdale besorgt.

»Steigen Sie nur zuerst ins Boot hinunter«, antwortete Will Mitz, und wenn Sie Platz genommen haben, werden wir ihn schon nachbringen!«

Louis Clodion und seine Kameraden rafften noch einige warme Kleidungsstücke zusammen. Lebensmittel brauchten nicht mitgenommen zu werden, da es sich bis zu dem rettenden Schiffe ja nur um eine Fahrt von einer halben Seemeile handelte. Sollte das Boot auch das Aufsteigen des Nebels oder sogar den Anbruch des Tages abwarten müssen, so würde man jenes doch wenigstens dann sehen, und bemerkte sie dann auch die Mannschaft des »Alert«, so würden sie aufgenommen und in Sicherheit sein, ehe Harry Markel sie verfolgen lassen könnte.

Am meisten war nur ein plötzliches Aufspringen des Windes zu fürchten. In diesem Falle wäre das Schiff nach Westen, der »Alert« dagegen nach Osten davongesegelt, und dann wäre das Boot auf dem weiten, verlassenen Meere ohne Wasser und ohne Lebensmittel freilich in großer Gefahr gewesen.

Jedenfalls empfahl Hubert Perkins aber allen, ihren seidenen Sack mit den Guineen mitzunehmen. War der »Alert« beim Anbruch des Tages verschwunden, so könnte diese der Räuberbande entgangene Summe von siebentausend Pfund noch zur Heimreise der Flüchtlinge dienen.

Jetzt war der Augenblick gekommen.

Louis Clodion stellte sich an die Tür der Kapitänskabine und überzeugte sich, daß Harry Markel noch immer fest schlief. Durch die Treppenkappe behielt er gleichzeitig den wachthabenden Matrosen auf dem Vorderdeck im Auge.

Will Mitz beugte sich zum Heckfenster hinaus, ergriff die dort herabhängende Leine und zog das Boot damit ganz nahe heran.

Der Nebel schien sich eher noch verdichtet zu haben, denn das Boot war jetzt kaum wahrzunehmen. Man hörte nichts als ein schwaches Plätschern des Wassers gegen den Kupferbeschlag des »Alert«.

Einer nach dem andern, John Howard und Axel Wickborn als die ersten, Hubert Perkins und Niels Harboe als die Zweiten, Magnus Anders und Tony Renault als die dritten und Albertus Leuwen und Roger Hinsdale als die vierten, glitten an der von Will Mitz straff gehaltenen Leine hinunter. Jetzt befanden sich nur noch Will Mitz und Louis Clodion in der Kajüte.

»Achtung«, flüsterte dieser. »Dort nähert sich der Wachtposten!«

»Wir wollen warten«, sagte Will Mitz.

»Er hat eine Laterne in der Hand«, fuhr Louis Clodion fort.

»Schließen Sie vorsichtig die Tür, dann kann er nicht sehen, was in der Kajüte vorgeht.«

Der Matrose befand sich schon zwischen dem Fock- und dem Großmaste. Bestieg er auch das Hinterkastell, so verbarg ihm doch der Nebel wahrscheinlich das schon besetzte Boot, das in der nächsten Minute zum Abstoßen fertig sein sollte.

An dem unregelmäßigen hin- und herschwanken der Laterne erkannte Will Mitz jedoch, daß der Träger sich kaum auf den Füßen halten konnte. Jedenfalls hatte sich der Mann eine Flasche Brandy oder Gin zu verschaffen gewußt und hatte dieser dann übermäßig zugesprochen. Er mochte wohl ein Geräusch am Heck gehört haben und war dann ohne weitere Überlegung darauf zugeschwankt. Da jetzt aber alles still war, nahm er voraussichtlich seinen Platz am Bug des Schiffes bald wieder ein.

Das geschah denn auch; und sobald der Betrunkene zurückgetaumelt war, gingen Louis Clodion und Will Mitz daran, Herrn Patterson zu holen.

Der Mentor lag in tiefem Schlummer und schnarchte mächtig. Vielleicht war es auch das gewesen, was die Aufmerksamkeit des Wachtpostens erweckt hatte.

Jetzt hieß es, sich beeilen. Die bereits eingeschifften Passagiere wurden von Unruhe und Ungeduld fast verzehrt. Jeden Augenblick glaubten sie einen Alarmruf zu hören und die Matrosen auf dem Hinterkastell auftauchen zu sehen. Abfahren konnten sie doch nicht, so lange Patterson, Louis Clodion und Will Mitz noch nicht bei ihnen waren. Erwachte aber Harry Markel, rief er nach seinen Leuten, und folgten nur John Carpenter und Corty diesem Rufe, so waren die Flüchtlinge verloren. Die Nähe des anderen Schiffes hätte jetzt das geplante Gemetzel doch nicht mehr verhindert.

Louis Clodion betrat die Kabine Pattersons und berührte leise dessen Schulter. Das Schnarchen hörte sofort auf und dem Munde des Schlafenden entschlüpften die Worte:

»Madame Patterson . . . Trigonokephale . . . angelum . . . bald heiraten . . .«

Wovon mochte der würdige Mann träumen? Von der Schlange... von dem lateinischen Zitate... und auch von einer Heirat...! Doch von welcher Heirat?

Da er nicht erwachte, schüttelte ihn Louis Clodion etwas kräftiger an der Schulter, nachdem er ihm die Hand auf den Mund gelegt hatte, um ihn am Schreien zu verhindern, wenn er sich im Halbschlaf etwa noch von dem schrecklichen Reptil in den Wäldern Martiniques bedroht sähe.

Diesmal erhob sich Patterson jedoch und erkannte sofort die Stimme dessen, der auf ihn einsprach.

»Louis... Louis Clodion?« wiederholte er, verstand aber zuerst kaum die Mitteilung bezüglich des Kapitäns Paxton, der gar nicht der Kapitän Paxton wäre, ebensowenig, daß der »Alert« in Harry Markels Hände gefallen und daß es unbedingt nötig sei, sich schleunigst den Passagieren anzuschließen, die ihn unten im Boote erwarteten.

Eines begriff er aber doch: daß das Leben der jungen Leute und auch das seinige bedroht wäre, wenn sie an Bord des »Alert« blieben, daß alles zur sofortigen Flucht vorbereitet sei und daß man nur ihn noch erwarte, um sich dann auf dem anderen Schiffe in Sicherheit zu bringen.

Patterson kleidete sich deshalb ebenso schnell wie kaltblütig an. Er fuhr eiligst in die Beinkleider, die er jedoch unten noch sorgsam aufstreifte, legte die Weste an, in deren Tasche er die Uhr gleiten ließ, und zog seinen langen Rock darüber. Nachdem er sich dann noch mit dem Hute bedeckt hatte, sagte er zu dem ihn drängenden Will Mitz:

»Jetzt bin ich für Sie fertig, lieber Freund.«

Als Patterson aber das Reptil sah, das er zurücklassen mußte, wurde es ihm doch etwas schwer ums Herz. Er hoffte indes, es an derselben Stelle noch wiederzufinden, wenn der Harry Markel wieder abgenommene »Alert« in den nächsten Hafen Antiliens gebracht würde.

Nun blieb noch das Kunststück übrig, sich durch das schmale Fenster zu zwängen, die Leine zu ergreifen und daran in das Boot hinunterzugleiten, ohne eine falsche Bewegung zu machen oder Geräusch zu erregen.

Als er schon aus der Kabine heraustrat, fiel es ihm noch ein, das Säckchen mit den siebenhundert Pfund der Mistreß Kathlen Seymour mitzunehmen und auch das Taschenbuch, indem er alle Reiseausgaben eingetragen hatte, zwei Gegenstände, die in den großen Taschen seines Rockes bequem Platz fanden.

»Wer hätte sich so etwas von dem Kapitän Paxton träumen lassen!« murmelte er für sich hin.

In seiner Vorstellung flossen der Kapitän Paxton und Harry Markel noch immer zusammen; es war ihm noch nicht gelungen, die beiden einander so unähnlichen Persönlichkeiten auseinanderzuhalten.

Auf Geschwindigkeit und Geschicklichkeit war bei dem Mentor nicht viel zu rechnen. Die anderen mußten ihm helfen, als er an dem Seile hinabglitt. Am meisten fürchtete Will Mitz, daß er geräuschvoll ins Boot fallen könnte, denn das hätte trotz seines Rausches die Aufmerksamkeit des wachthabenden Matrosen erregen können.

Endlich erreichte Patterson mit dem einen Fuße eine der Bänke, und Axel Wickborn hielt ihn am Arme und führte ihn nach einem unbesetzten Platze.

Nun kam die Reihe an Louis Clodion, doch überzeugte dieser sich erst noch zum letzten Male, daß

Harry Markels Schlaf nicht unterbrochen worden und daß auf dem Schiffe alles still war.

Nach ihm wand sich Will Mitz durch das Fenster und kletterte in einem Augenblick hinunter. Um mit der Lösung des Knotens am Seile keine Zeit zu verlieren, zog er sein Messer hervor und schnitt dieses ab, wobei noch ein vier bis fünf Fuß langes Stück am Heck des Schiffes hängenblieb.

Jetzt stieß das Boot vom »Alert« ab.

Sollte es Will Mitz und seinen Gefährten gelingen, sich an Bord des anderen Fahrzeuges zu flüchten? Würden sie dieses in dem dunklen Nebel auffinden, bevor die Sonne wieder am Horizont heraufstieg? Lag es auch noch an seiner Stelle und trieb es nicht sogleich weiter, wenn sich eine Brise erhob, die ihm Fahrt zu machen ermöglichte?

Wenn die Passagiere aber dem Schicksal entgingen, das Harry Markel und seine Spießgesellen ihnen zugedacht hatten, so hatten sie das jedenfalls Will Mitz zu danken, und ein wenig auch der Mistreß Kathlen Seymour, durch deren Befürwortung dieser sich auf dem »Alert« einschiffen konnte.

Zehntes Kapitel

Mitten im Nebel

Inzwischen war es halb zwölf Uhr geworden.

Wäre es nicht gar so finster und der Nebel nicht so dicht gewesen, so hätte man das Licht am Stagseile des Fockmastes auf dem anderen Schiffe ein bis zwei Seemeilen weit recht gut sehen können.

Doch nichts war zu entdecken, weder der Rumpf

eines Fahrzeuges noch der Schein einer Laterne. Will Mitz wußte nur, daß das Schiff, als es zum Stillliegen kam, sich nördlich von ihnen befand. Das Boot wandte sich also dieser Seite zu, womit es sich auf jeden Fall vom »Alert« entfernte.

Der Nebel machte in Verbindung mit der Nacht die Flucht sehr schwierig. Bei dem Fehlen des Windes und dem spiegelblanken Meere hätte das Schiff in einer halben Stunde erreicht sein können, wenn Will Mitz nicht gezwungen gewesen wäre, sozusagen aufs Geratewohl hinauszusteuern.

Jetzt konnten sich die Flüchtlinge auch vom Anfang an das Drama ins Gedächtnis zurückrufen, dessen schreckliche Lösung heute so nahe gewesen war.

»Die Seeräuber vom »Halifax« also waren es«, sagte Hubert Perkins, »die sich des »Alert« bemächtigt hatten.«

»Und während man sie in der Umgebung des Hafens suchte«, fuhr Niels Harboe fort, »war es ihnen gelungen, nach der Farmarbucht zu entkommen.«

»Sie wußten also wahrscheinlich«, nahm Albertus Leuwen das Wort, daß der »Alert« zum Abfahren bereit war und nur seinen Kapitän und dessen Mannschaft an Bord hatte.«

»Ohne Zweifel«, antwortete Roger Hinsdale. »In den Tagesblättern stand seine Abfahrt für den dreißigsten Juni angekündigt, und gerade am Tage vorher waren sie aus dem Gefängnisse von Queenstown entflohen. Sie haben va banque gespielt, und das ist den Schurken leider gelungen!«

»Und in der Nacht, die unserer Einschiffung vorherging«, sagte Axel Wickborn, »ist es gewesen, wo der unglückliche Kapitän Paxton und seine Mannschaft überfallen, ermordet und ins Meer geworfen wurden.«

»Jawohl«, bestätigte John Howard, und die Leiche eines von diesen war es, die von der Strömung ans Ufer getragen und da gefunden wurde, wie nach Barbados berichtet worden war.«

»Entsinnt ihr euch wohl der Frechheit dieses Markel?« rief Tony Renault. »Hatte er nicht dem Offizier von der »Essex« gegenüber zugestanden, daß er einen seiner Leute in der Bai verloren habe, und nicht obendrein hinzugefügt, wenn man an dem armen Bob einen Dolchstich gefunden hätte, so werde ihm dieser wahrscheinlich von den Banditen der ›Halifax‹ beigebracht worden sein! Dieser Elende! Wenn er nur eingefangen, verurteilt und gehängt würde, und seine Leute mit ihm!«

Die hier wiedergegebenen Worte zeigten – während das Boot weiter gegen Norden hinglitt –, daß die Passagiere des »Alert« vollkommen die Umstände kannten, unter denen die Abschlachtung des Kapitäns Paxton und seiner Leute erfolgt war. Als sie an Bord kamen, waren Harry Markel und seine Spießgesellen bereits die Herren des Schiffes.

Da warf Hubert Perkins noch eine Frage auf.

»Warum«, sagte er, »ist aber der »Alert« nicht in See gegangen, ohne unser Eintreffen abzuwarten?«

»Weil er keinen Wind hatte«, antwortete Louis Clodion. Du erinnerst dich wohl, Hubert, daß die Luft damals schon zwei Tage ebenso ruhig war wie heute. Während unserer Überfahrt von Bristol nach Cork haben wir ja nicht das geringste von einer Brise verspürt. Nach dem Gelingen seines Anschlags wäre Harry Markel gewiß gern abgefahren, doch er konnte es einfach nicht.«

»Und der Elende«, bemerkte Roger Hinsdale, »hatte sich dann schnell entschlossen, eine falsche Rolle zu spielen. Er verwandelte sich zum Kapitän

Paxton und seine Mordgesellen zu Matrosen des ›Alert‹.«

»Und wenn man bedenkt«, rief Tony Renault, »daß wir uns über zwei Monate in der Gesellschaft dieser Schandbuben befunden haben ... dieser Räuber ... dieser Mörder ... die doch schlau genug waren, sich als ehrenwerte Leute aufzuspielen!«

»Oh«, entfuhr es Albertus Leuwen, »sie haben uns doch niemals die geringste Sympathie eingeflößt.«

»Nicht einmal jener Corty, der sich um unser Wohlbefinden so besorgt zeigte!« erklärte Axel Wickborn.

»Und noch weniger Harry Markel, der in uns keine gute Vorstellung von dem Kapitän Paxton erweckte!« fügte Hubertus Perkins hinzu.

Will Mitz hörte dem Gespräche zu. Die jungen Leute wußten alles, waren sich über alles klar. Sie erinnerten sich nicht ohne Beschämung und Ingrimm der Lobsprüche, die sie über den Kapitän und seine Mannschaft geäußert hatten, der Dankesbezeugungen, mit denen die Verbrecher fast überhäuft worden waren, und auch der besonderen Belohnung, die Mistreß Kathlen Seymour der Mörderhorde zugewendet hatte.

Und gerade Patterson hatte sich bei diesen Lobsprüchen, eine Folge seiner leicht auflodernden Begeisterung, in den überschwenglichsten Worten überboten!

Augenblicklich mochte der Mentor freilich nicht auf das Vergangene zurückkommen, noch auf das, was er zur Ehre des Kapitäns etwa gesagt hatte. Hinten im Boote sitzend, hörte er kaum auf das Gespräch der anderen; seine Gedanken weilten – wenn er überhaupt an jemand dachte – unzweifelhaft bei seiner fernen Gattin.

Tatsächlich dachte er aber an gar nichts.

Endlich wurde noch eine letzte Frage aufgeworfen, die eine entschieden annehmbare – und zwar die wirklich richtige – Antwort fand.

Warum mochte sich Harry Markel, nachdem er die Pensionäre der Antilian-School an Bord genommen hatte, dieser nicht gleich zu Anfang der Reise entledigt haben, da er doch dann sofort hätte nach den südlichen Meeren segeln können?

Louis Clodion gab darauf folgende Antwort:

»Ich glaube bestimmt, daß Harry Markel anfangs die Absicht gehegt hat, sich von uns zu befreien, sobald der ›Alert‹ auf hohem Meere war. Da er aber wegen Mangels an Wind gezwungen wurde, nahe der Küste beizulegen, wird er gehört haben, daß jeder der Passagiere auf Barbados eine Prämie erhalten sollte, und mit unglaublicher Tollkühnheit hat er sich deshalb mit dem ›Alert‹ nach den Antillen gewagt.«

»Jaja«, sagte Will Mitz, »ja, das wird der Grund gewesen sein, und das Verlangen, sich dieses Geldes zu bemächtigen, hat Ihnen das Leben gerettet ... vorausgesetzt, daß es nun gerettet ist«, murmelte er noch für sich, denn er wollte niemand seine Unruhe merken lassen, obgleich die Lage sich mehr und mehr verschlimmerte.

Seit vollen zwei Stunden irrte das Boot nun schon im Nebel umher, ohne das Schiff zu finden, von dem man doch gestern sah, wo es gelegen hatte.

Will Mitz hatte aber keinen Kompaß zur Hand, konnte sich nicht einmal nach den Sternen richten, und jetzt war schon weit mehr Zeit als nötig verflossen, auf das andere Schiff zu stoßen.

Wenn sie nun darüber hinausgefahren waren, was

dann . . .? Sollten sie nach Osten oder nach Westen umkehren . . .? Liefen sie damit nicht Gefahr, etwa gar wieder auf den »Alert« zu treffen . . .? Da erschien es doch ratsamer, draußen auf dem Meere zu warten, bis der Nebel sich zerstreute, was ja schon mit Sonnenaufgang, das heißt, nach vier bis fünf Stunden eintreten konnte. Dann steuerte das Boot geradenweges auf das Schiff zu, und selbst wenn die Flüchtlinge vom »Alert« aus bemerkt worden wären, würde es Harry Markel doch nicht wagen, sie zu verfolgen, denn das hätte für ihn und seine Leute voraussichtlich sehr schlecht ablaufen können.

Ehe es dahin kam, hätte der »Alert« freilich, wenn sich nur ein wenig Wind erhob, nach Südwesten absegeln können. Will Mitz verstand jetzt gut genug, warum Harry Markel diesen Kurs bisher eingehalten hatte. Leider wäre es aber dem anderen Schiffe dann ebenso leicht gewesen, in entgegengesetzter Richtung weiterzufahren, und am Morgen wäre es dann jedenfalls schon außer Sicht. Was sollte dann aus dem Boote mit seinen elf Insassen werden, wenn es hilflos dem Wind und Wellengange preisgegeben war?

Auf jeden Fall manövrierte Will Mitz so, daß er so weit wie möglich von dem »Alert« entfernt bliebe.

Eine Stunde nach Mitternacht hatte sich in der Sachlage noch nichts geändert. Einige der Flüchtlinge wurden schon von lebhafter Unruhe ergriffen. Hoffnungsvoll bei der Abfahrt, hatten sie angenommen, nach einer haben Stunde in Sicherheit zu sein, und jetzt irrten sie bei der Aufsuchung des anderen Schiffes schon zwei Stunden lang in tiefer Finsternis umher.

Louis Clodion und Roger Hinsdale, die überhaupt eine große Energie zeigten, sprachen ihren

Kameraden Mut zu, wenn diese eine Klage hören ließen und sich niedergeschlagen erwiesen. Patterson schien überhaupt das Bewußtsein verloren zu haben.

Will Mitz unterstützte die beiden jungen Leute in ihrer Bemühung.

»Nur guten Mut, meine jungen Herren«, sagte er. Noch hat sich kein Wind erhoben, das Schiff muß also noch an derselben Stelle liegen wie gestern abend. Sobald der Nebel sich mit Anbruch des Tages verzieht, werden wir, da unser Boot vom ›Alert‹ schon fern ist, es in der Nähe sehen, und dann erreichen wir es mit wenigen Ruderschlägen.«

Will Mitz war jetzt freilich auch selbst etwas ängstlicher, wenn er das auch nicht merken lassen wollte, ängstlicher, weil er an eine andere, nicht ausgeschlossene Möglichkeit dachte.

Einer der Räuber hatte ja die Flucht der Passagiere entdecken können, so daß Harry Markel wußte, was er zu tun habe, und er mit einigen seiner Leute in dem zweiten Boote des Dreimasters deren Verfolgung aufnahm.

Dem Schurken mußte doch alles daran liegen, die Flüchtlinge wieder in seine Gewalt zu bringen, da die Windstille den »Alert« hinderte, diese Gegend zu verlassen. Und selbst wenn er hätte weiter segeln können, lief er da nicht Gefahr, von dem anderen Schiffe verfolgt zu werden, das sicherlich schneller und stärker als das seinige war und dessen Kapitän dann jedenfalls über alles aufgeklärt worden war?

Will Mitz lauschte gespannt auf das leiseste Geräusch vom Meere her. Zuweilen glaubte er, in kurzer Entfernung regelmäßige Ruderschläge zu hören, was darauf hingewiesen hätte, daß ein Boot des »Alert« sie verfolgte.

Dann ließ er selbst die Ruder einziehen, so daß das still liegende Boot nur schwach auf der langen Dünung schwankte.

Wiederum verfloß eine Stunde. Louis Clodion und seine Kameraden lösten einander beim Rudern ab, nicht um vorwärtszukommen, sondern nur um sich an derselben Stelle zu erhalten. Will Mitz wollte sich nicht noch weiter entfernen, da er nicht wußte, welche Richtung er einschlagen sollte. Vor allem kam es ja darauf an, bei Sonnenaufgang nicht in zu großer Entfernung von dem Schiffe zu sein, entweder um ihm Signale zu geben oder um es noch zu erreichen, wenn es sich etwa in Bewegung setzte.

Jetzt zur Zeit der Tagundnachtgleiche in der zweiten Hälfte des Septembers bricht der Tag nicht vor sechs Uhr morgens an. Zerstreute sich der Nebel, so wäre ein Schiff jedoch schon von fünf Uhr an bis auf eine Entfernung von drei bis vier Seemeilen wohl zu erkennen gewesen.

Will Mitz wünschte deshalb dringend und sprach darüber mit Roger Hinsdale, Louis Clodion und Tony Renault, den beherztesten von allen, daß der Nebel noch vor Tagesanbruch verschwinden möchte.

»Doch nicht etwa durch eine frische Brise«, setzte er hinzu, denn dann würde nicht nur der »Alert« absegeln, sondern auch das andere Schiff, und wir trieben verlassen auf dem weiten Meere!«

Mit diesem unbedeckten und schwer belasteten Boote, auf dem man kein Segel hissen konnte, einem Boote, das schon ein geringer Wellenschlag zum Kentern bringen mußte, war die Hoffnung ausgeschlossen, einen Hafen der Antillen zu erreichen. Am ersten Reisetage mußte der »Alert«, nach der Schätzung des jungen Seemannes, in südöstlicher

Richtung von Barbados wenigstens sechzig Seemeilen zurückgelegt haben. Sechzig Meilen hätte das Boot, selbst mit Hilfe eines Segels und bei günstigem Winde und schlichtem Wasser, aber kaum in achtundvierzig Stunden hinter sich bringen können. Dabei fehlte es ihm an Proviant und an Wasser. Wenn der Tag graute und die Passagiere Hunger und Durst verspürten, wie hätte man diese stillen können?

Von Anstrengung und unwiderstehlicher Schlafsucht überwältigt, waren die meisten der jungen Leute nach einer weiteren Stunde auf den Bänken zusammengesunken und lagen da in tiefem Schlummer. Widerstanden dem Louis Clodion und Roger Hinsdale jetzt auch noch, so verging doch voraussichtlich die Nacht nicht, ohne daß auch sie der Übermüdung erlagen.

Dann mußte Will Mitz allein wachbleiben, und wer weiß, ob er, so vielen ungünstigen Umständen und so arg getäuschter Hoffnung gegenüber, nicht selbst zu verzweifeln anfing.

Dazu mußten auch immer noch die Ruder gebraucht werden, um sich gegen die Strömung zu halten, bis der Nebel sich auflöste oder der Tag anbrach.

Dann und wann strich jetzt ein schwacher Lufthauch durch die Dunstmassen, und wenn es nachher auch wieder ganz still wurde, deuteten doch gewisse Vorzeichen auf das Wiedererwachen des Windes, sobald der Tag graute.

Da erfolgte kurz nach vier Uhr plötzlich ein Stoß, das Boot war, wenn auch leicht, auf irgendein Hindernis getroffen, und das konnte hier nur der Rumpf eines Schiffes sein.

Sollte es das sein, das die Flüchtlinge nun schon

seit so langen Stunden suchten?

Die einen waren bei dem Anprall von selbst erwacht, die anderen von ihren Kameraden geweckt worden.

Will Mitz ergriff eines der Ruder, um das Boot neben die Schiffswand zu legen.

Das Boot war an dem Heck des Fahrzeuges angestoßen, denn Will Mitz fühlte genau den Eisenbeschlag des Steuerruders.

So lag es also unter dem ausgebauchten Teile des Fahrzeuges, und obgleich der Nebel jetzt etwas schwächer war, hatte es doch kein Wachtposten von diesem bemerken können.

Plötzlich kam Will Mitz ein Seilende in die Hand, das vier bis fünf Fuß lang vom Deck herunterhing.

Will Mitz erkannte das Seil sofort ...

Es war das Haltetau, das er selbst durchschnitten hatte, als sie vom »Alert« abstießen.

»Der ›Alert‹!« rief er leise, doch mit Verzweiflung in der Stimme.

Nachdem sie also die ganze Nacht umhergeirrt waren, hatte das Unglück sie wieder dem »Alert« zugeführt, wo sie bedroht waren, Harry Markel nochmals in die Hände zu fallen.

Allen sank jetzt der Mut und Tränen füllten ihre Augen.

Doch war es nicht noch immer Zeit, wieder zu entfliehen und das andere Schiff aufzusuchen? Schon färbte sich der Horizont im Osten mit dem ersten Tagesscheine. Es war bald fünf Uhr. Eine frische Morgenluft strich über das Wasser.

Plötzlich stiegen die Dunstmassen empor und legten die Oberfläche des Meeres frei, das nun im Umkreis von drei bis vier Seemeilen zu übersehen war.

Das andere Schiff benutzte den ersten Windhauch und entfernte sich schon nach Osten zu, so daß alle Hoffnung schwand, auf ihm Schutz zu suchen.

Vom Deck des »Alert« war nicht das geringste Geräusch zu vernehmen. Offenbar lagen Harry Markel und die Mannschaft noch in tiefem Schlafe. Selbst der wachthabende Matrose hatte das Wiedereinsetzen der Brise nicht bemerkt und die nicht richtig eingestellen Segel schlugen leise an die Masten.

Jetzt, wo die Passagiere keine Hoffnung auf andere Rettung mehr hatten, mußten sie versuchen, sich des »Alert« zu bemächtigen.

Will Mitz hatte darüber nachgedacht und war schon fest entschlossen, einen kühnen Handstreich zu wagen. Was er vorhatte, teilte er gedämpften Tones den andern mit. Louis Clodion, Tony Renault und Roger Hinsdale verstanden ihn. Das war noch die einzige Aussicht auf Rettung, da niemand das Boot hatte abfahren oder zurückkommen sehen.

»Wir folgen Ihnen, Will Mitz«, erklärte Magnus Anders.

»Sobald Sie wollen!« setzte Louis Clodion hinzu.

Da der Tag eben erst graute, galt es, den »Alert« zu überrumpeln, ehe darauf Alarm geschlagen wurde, und Harry Markel in seiner Kabine, die Mannschaft im Volkslogis einzusperren. Mit Unterstützung der jungen Leute gedachte dann Will Mitz so zu manövrieren, daß sie entweder wieder nach den Antillen kamen, oder sich an das erste Schiff anschließen könnten, das ihren Weg kreuzen würde.

Geräuschlos glitt das Boot längs des Schiffsrumpfes an Backbord und bis zu den Rüsten des Großmastes hin. Von hier mußte es unter Benützung der sogenannten Jungfern leicht sein, die Reling zu erklimmen und das Verdeck zu betreten. An den Rüsten des Besanmastes wäre das wegen der Höhe des Hinterkastells weit schwieriger gewesen.

Will Mitz stieg zuerst hinauf. Kaum war er mit dem Kopfe aber in der Höhe der Reling, als er anhielt und ein Zeichen gab, ganz still zu sein.

Harry Markel hatte seine Kabine verlassen und sah sich nach dem Wetter um. Da die Segel an die Masten schlugen, rief er nach seinen Leuten, diese richtig zu stellen.

Die Leute schliefen aber noch immer, wenigstens folgte keiner seinem Rufe, und er begab sich deshalb nach dem Volkslogis.

Will Mitz, der seine Bewegungen aufmerksam verfolgte, sah ihn an der nach diesem führenden Treppe verschwinden.

Jetzt war der Augenblick zum Handeln gekommen. Jedenfalls war es besser, Harry Markel nicht erst einschließen und sich dabei vielleicht auf einen Kampf einlassen zu müssen, dessen Lärm auch im Vorderteile des Schiffes hörbar gewesen wäre. Waren alle im Volkslogis eingesperrt, so würde man etwaige Ausbruchsversuche schon bis zum Eintreffen an den Antillen zu vereiteln wissen, und wenn der Passatwind anhielt, mußte Barbados binnen sechsunddreißig Stunden zu erreichen sein.

Will Mitz sprang zuerst auf das Verdeck. Die jungen Leute folgten ihm nach Festlegung des Bootes, worin Patterson zurückgeblieben war, und kletterten hinauf, ohne gehört oder gesehen zu werden.

In wenigen Sekunden hatten sie die Treppe zum Volkslogis erreicht und mit dem Lukendeckel geschlossen, der bei schlechtem Wetter darüber gelegt wurde. Dann bedeckten sie diesen schleunigst noch mit der dazugehörigen geteerten Persenning und befestigten diese an den Rändern mit schweren Spieren und Tauen.

Jetzt war die ganze Besatzung mit Einfluß Harry Markels gefangen und es war nur noch nötig, die Schurken zu überwachen, bis sie entweder an ein unterwegs angetroffenes Schiff oder im ersten Hafen, den der »Alert« anlief, ausgeliefert worden wären.

Allmählich wurde es nun heller, die Dunstmassen stiegen weiter in die Höhe und der Horizont erweiterte sich mit dem Morgenlichte.

Gleichzeitig frischte der Wind ein wenig auf, ohne aber stetig aus ein und derselben Richtung zu wehen. So wie die Segel jetzt eingestellt waren, konnten sie den Dreimaster nur an seiner Stelle halten.

Der Handstreich des kühnen Will Mitz war also gelungen. Seine Begleiter und er waren die Herren des »Alert«!

Das andere Schiff, auf dem sie Rettung zu finden gehofft hatten, lag schon fünf bis sechs Meilen draußen im Osten und mußte bald vollständig verschwinden.

Elftes Kapitel

Als Herren an Bord

Das Rettungswerk war also hauptsächlich dem kühnen und entschlossenen Will Mitz zu verdanken. Das Glück schien nun den Guten wieder zu lächeln, das Unglück die Schlechten getroffen zu haben. Das letzte Verbrechen, wodurch sie sich in der nächsten Nacht der Passagiere und des jungen Seemanns entledigen wollten, sollten diese nicht mehr ausführen können.

Jetzt waren vielmehr sie es, deren Greueltaten gesühnt, sie, die den Gerichten in einem beliebigen Hafen Antiliens oder des festländischen Amerikas ausgeliefert werden sollten, sobald der »Alert« Land erreicht hatte, wenn es ihnen nicht ein zweites Mal gelang, sich des Schiffes zu bemächtigen.

Im Volkslogis waren sie ihrer zehn eingeschlossen, zehn kräftige Männer, gegen die sich Will Mitz und seine Begleiter kaum hätten erfolgreich verteidigen können. Und wenn sie die Scheidewand zertrümmerten, die das Volkslogis vom Frachtraum trennte, konnten sie vielleicht durch die nach diesem führenden Luken auf das Verdeck gelangen. Jedenfalls versuchten sie gewiß alles mögliche, sich wieder zu befreien.

Zunächst brachte Will Mitz dem Herrn im Himmel seinen Dank dar und flehte ihn an, sie auch ferner zu beschützen.

Die jungen Leute vereinigten sich mit ihm zu innigem Gebete. Ein gläubiger und frommer Christ, hatte es der wackere Seemann hier nicht mit Undankbaren oder Ungläubigen zu tun ... nein, aller Herzen waren von aufrichtiger Dankbarkeit gegen Gott erfüllt.

Horatio Patterson hatte man, ohne daß dieser sich über das Vorgegangene klar wurde, mit sanfter Gewalt auf das Verdeck befördert. In dem Glauben, einen schlimmen Traum gehabt zu haben, schwankte er nach seiner Kabine und war hier nach fünf Minuten fest eingeschlafen.

Der Tag schritt weiter vor, und bald erhob sich die Sonne hinter einer dicken Wolkenbank, die von Nordosten bis Südwesten reichte. Will Mitz hätte den Horizont freilich lieber dunstfrei gesehen. Er befürchtete, daß der Wind nicht von dieser Seite kommen könnte, um so mehr als an der andern schon Vorzeichen am Himmel bemerkbar wurden, über die ihn sein seemännischer Instinkt nicht täuschen konnte.

Die ganze Frage spitzte sich darauf zu, ob der Passatwind stetig wehte, denn das würde die Fahrt des »Alert« nach den Antillen im Westen besonders begünstigen.

Bevor aber an die Abfahrt zu denken war, mußte abgewartet werden, daß die Brise von der einen oder anderen Seite einigermaßen beständig wehte. Vorläufig, wo sie immer wieder aussetzte, war an eine Entfaltung der Segel nicht zu denken.

Das Meer nahm weder im Osten noch im Westen seine gewöhnliche grüne Färbung an. Die Dünung, das Auf- und Abwogen des Wassers an derselben Stelle, brachte das Fahrzeug recht fühlbar zum Rollen.

Und doch war es von Wichtigkeit, die Fahrt in möglichst kurzer Zeit zu vollenden. Da der Frachtraum und die Kombüse jedoch Proviant für mehrere Wochen enthielten, brauchten die Passagiere keinen Mangel an Süßwasser und Nahrungsmitteln zu befürchten.

Eine offene Frage blieb es nur, wie die Gefangenen mit Nahrung versorgt werden sollten, wenn Windstillen oder schlechtes Wetter den »Alert« aufhielten. Schon an diesem ersten Tage mußten Harry Markel und seine Leute ja an Hunger und Durst zu leiden haben. Wollte man ihnen zu essen und zu trinken durch den Treppeneingang zukommen lassen, so hätten sie ja wieder auf das Verdeck heraufstürmen können.

Doch das wollte Will Mitz erst näher erwägen, wenn die Fahrt sich verlängerte. Es war ja recht gut möglich, daß die »Alert« die achtzig Seemeilen, die ihn etwa von Westindien trennten, binnen vierundzwanzig oder sechsunddreißig Stunden zurücklegte.

Da löste ein Zwischenfall die Frage der Ernährung der Gefangenen. Diese erschien danach gesichert, selbst wenn die Fahrt mehrere Wochen dauerte.

Es war gegen sieben Uhr, als Will Mitz, der mit Vorbereitungen zur Abfahrt beschäftigt war, durch einen Ruf Louis Clodions davon abgelenkt wurde.

»Hierher . . .! Hierher!« rief der junge Mann.

Will Mitz lief hinzu. Louis Clodion stemmte sich mit aller Gewalt gegen den Deckel der großen Luke, den man von unten her aufzuheben versuchte. Harry Markel und die anderen hatten die Wand des Volkslogis durchbrochen und waren in den Frachtraum gelangt, aus dem sie nun durch die Luke zu entkommen suchten, und das wäre ihnen ohne Zweifel geglückt, wenn es Louis Clodion nicht verhindert hätte.

Sofort kamen ihm Will Mitz, Roger Hinsdale und Axel Wickborn zu Hilfe. Der Lukendeckel wurde fest über seinen Scherstock gedrückt, und nachdem die dazugehörigen Eisenstangen darüber festgelegt waren, mußte es unmöglich sein, ihn abzuheben. Dasselbe geschah mit der Luke am Vorderdeck, durch die ja ebenfalls ein Entweichen möglich gewesen wäre.

Will Mitz trat darauf wieder an den Treppeneingang und rief laut:

»Hört auf mich da unten, und merkt, was ich sage!«

»Aus dem Volkslogis kam keine Antwort.

»Harry Markel, meine Worte gelten dir!«

Als Harry Markel das hörte, sah er ein, daß seine

Identität nachgewiesen war. Auf die eine oder andere Weise hatten die Passagiere alles erfahren und mußten wohl auch über seine letzten Absichten unterrichtet sein.

Entsetzliche Flüche bildeten die einzige Antwort, die Will Mitz erhielt.

»Harry Markel«, fuhr er darauf fort, »lass' dir's und auch deinen Leuten gesagt sein, daß wir bewaffnet sind. Dem ersten von euch, der versuchen möchte, das Volkslogis zu verlassen, zerschmettere ich den Schädel!«

Von Stund an wachten die jungen Leute, die sich von dem Waffengestell Revolver geholt hatten, an den bedrohten Stellen, stets bereit, Feuer zu geben, wenn einer im Treppeneingange sichtbar würde.

War es den Gefangenen also auch nicht möglich, zu entfliehen, so hatten sie doch, da sie sich einen Weg in den Frachtraum gebahnt hatten, Proviant in Form von konserviertem Fleisch und Schiffszwieback, sowie Bier, Brandy und Gin im Überfluß, und Harry Markel verlor gewiß alle Macht über sie, wenn sie sich hier nach Belieben berauschen konnten.

Die Elenden konnten sich über die Absicht des Will Mitz keiner Täuschung hingeben. Harry Markel wußte recht gut, daß sich der »Alert« nur siebzig bis achtzig Seemeilen von den Antillen befand. Bei dem vorherrschenden Winde war es leicht möglich, eine der Inseln in weniger als zwei Tagen anzulaufen. Auf dem hier viel befahrenen Meere begegnete der »Alert« auch voraussichtlich so manchem Schiffe, mit dem Will Mitz sich in Verbindung setzen konnte. Ob an Bord eines anderen Fahrzeuges oder in einem der Häfen Antiliens ... jedenfalls hatte die Räuberhorde vom »Halifax«, die so verwegen aus dem Gefängnisse in Queenstown entsprungen war, nur noch die Strafe für ihre Verbrechen zu erwarten.

Auch Harry Markel mußte einsehen, daß ihm keine Aussicht auf Rettung mehr winkte und daß er seine Spießgesellen nicht wieder befreien und noch einmal zu Herren an Bord machen konnte.

Nach der festen Verschließung der Luken und des Treppeneinganges bestand kein weiterer Verbindungsweg zwischen dem Frachtraume und dem Verdeck. An ein Durchbrechen des Schiffsrumpfes über der Schwimmlinie, sowie an eine Zerstörung der dikken Inhölzer oder an eine Durchlöcherung der Deckplanken war ohne Werkzeuge gar nicht zu denken. Das wäre auch nicht auszuführen gewesen, ohne Aufmerksamkeit zu erregen. Ebenso vergeblich hätten die Gefangenen sich bemüht, in das Hinterteil des Schiffes dadurch einzudringen, daß sie die dicke und feste Plankenwand der Kombüse zu durchbrechen versuchten. Zu der Kombüse gelangte man überhaupt nur durch eine Luke vor dem Kastell. Hatten die Passagiere jetzt auch nur die Vorräte in der Kombüse zur Verfügung, so reichten diese doch für acht bis zehn Tage ebensogut aus wie das Wasser in den Tonnen auf dem Verdeck. Binnen achtundvierzig Stunden aber sollte der »Alert« doch – so nahm man wenigstens an – eine der Inseln des Archipels erreicht haben.

Das Wetter klarte indes nicht auf, und wenn das andere Schiff hatte nach Osten absegeln können, kam das jedenfalls daher, daß es weiter nördlich gelegen hatte, wo der Passat sich schon beim Anbruche des Tages erhoben hatte.

In Erwartung des Windes, von wo er auch kommen mochte, und während Hubert Perkins und Axel

Wickborn auf dem Verdeck nahe der Treppenkappe Wache hielten, umringten die anderen Will Mitz, um auszuführen, was er ihnen aufzutragen hatte. Dabei äußerte Will Mitz:

»Das wichtigste ist und bleibt es für uns, sobald als möglich die Antillen anzulaufen . . .»

»Und da«, sagte Tony Renault, »diese Schurken der Polizei auszuliefern.«

»Zuerst wollen wir doch an uns selbst denken«, meinte der praktische Roger Hinsdale.

»Welchen Tag könnte der »Alert« wohl ankommen?« fragte Magnus Anders.

»Morgen nachmittag, wenn uns der Wind begünstigt«, antwortete Will Mitz.

»Glauben Sie, daß der Wind von dieser Seite kommen werde?« fragte Hubert Perkins, der dabei nach Osten hinwies.

»Das hoffe ich; er muß dann aber auch noch sechsunddreißig Stunden anhalten. Bei der jetzigen Neigung zu Gewittern weiß man freilich nie, woran man ist.«

»Und welche Richtung werden wir einschlagen«, erkundigte sich Louis Clodion.

»Die genau nach Westen.«

»Sind wir da sicher, auf die Antillen zu treffen?« fiel John Howard ein.

»Ganz gewiß«, versicherte Will Mitz. Der Archipel hat zwischen Antigoa und Tabago eine Länge von vierhundert Seemeilen, und auf welche Insel wir auch treffen mögen . . . in Sicherheit werden wir auf jeder sein.«

»Ohne Zweifel«, erklärte Roger Hinsdale, »gleichviel, ob das eine französische, englische, dänische oder holländische wäre, und selbst wenn wir durch ungünstige Winde aus unserem Kurs verschlagen würden und bei Guyana oder in einem Hafen der Vereinigten Staaten an Land kämen.«

»Was zum Kuckuck«, rief Tony Renault, »wir werden doch nicht an Nord- oder Südamerika zwischen Neuengland und dem Kap Horn vorübersegeln!«

»Nein, das nicht, lieber Tony«, schloß Will Mitz das Gespräch; »der »Alert« darf nur nicht durch Windstillen an diese Stelle gefesselt bleiben. Mag nur wieder Wind kommen und Gott es fügen, daß er uns günstig ist!«

Es genügte freilich nicht, daß der Wind günstig war, er durfte vorzüglich auch nicht zu heftig werden. Für Will Mitz wäre es eine gar zu schwierige Aufgabe gewesen, mit einer Mannschaft von jungen Leuten zu manövrieren, denen es an seemännischer Kenntnis fehlte oder die sich davon bei der ersten Überfahrt doch nur sehr wenig angeeignet hatten. Was sollte Will Mitz aber beginnen, wenn ein schnelles Zugreifen nötig wurde, wenn entweder gehalst oder über Stag gesegelt werden sollte, wenn man lavieren oder Reffe einbinden mußte oder wenn gar ein Orkan die Bemastung zu zerstören drohte? Wie würde er gegen alle Möglichkeiten gewappnet sein, denen man in diesem von Zyklonen und Stürmen so oft heimgesuchten Meeresteile ausgesetzt ist?

Harry Markel rechnete vielleicht noch auf die üble Lage, in die Will Mitz kommen könnte; dieser war ja nur ein erfahrener und tatkräftiger Matrose, doch außerstande, ein hinreichend genaues Besteck zu machen. Wurde die Lage kritisch, trieben wesentliche Winde den »Alert« aufs hohe Meer hinaus, drohte ein Sturm diesen zu entmasten oder völlig zu zerstören, so würde sich – meinte er – Will Mitz wohl genötigt sehen, Markel und dessen Leute um Hilfe anzugehen, und dann ...

Doch nein ... nimmermehr! Will Mitz hoffte, mit Hilfe der jungen Passagiere in jedem Falle auszukommen. Er wollte nur so viele Segel führen, daß sie leicht geborgen werden könnten, selbst wenn das die Fahrt des »Alert« etwas verlangsamte. Nein, eher zugrunde gehen, als die Unterstützung jener Elenden anrufen, als wieder in ihre Hände fallen!

Soweit war man jedoch noch nicht, und was verlangte denn Will Mitz? Sechsunddreißig, höchstens achtundvierzig Stunden einen mäßigen Ostwind mit halbwegs ruhigem Meere. War das zuviel gehofft in einer Gegend, wo doch gewöhnlich ein Passatwind herrscht?

Es war jetzt gegen acht Uhr. Beim Überwachen der Treppenkappe und der beiden Luken hörte man die Mannschaft im Frachtraume hin und her gehen und ihrer Wut in greulichen Flüchen und abscheulichen Verwünschungen Luft machen. Von den zur Ohnmacht verurteilten Burschen war indes nichts mehr zu fürchten.

Tony Renault schlug nun vor, endlich zu frühstükken. Nach der Anstrengung und Aufregung der vergangenen Nacht machte sich der Hunger mahnend fühlbar. Alles Nötige lieferten die Vorräte der Kombüse: Zwieback, konserviertes Fleisch und Eier, die der junge Mann in der Küche hartsott, wo er alle Kochgeräte und dergleichen vorfand. Der Kombüse entnahm man auch etwas Whisky und Gin, die dem Süßwasser aus den Fässern in geringer Menge zugesetzt wurden. Durch dieses erste Frühstück gewannen alle Teilnehmer wieder neue Kräfte.

Auch Patterson hatte sich nicht davon ausgeschlossen; trotz seiner gewohnten Redseligkeit kamen ihm jetzt jedoch nur wenige Worte über die Lippen. Er begriff wohl vollständig den Ernst der gegenwärtigen Sachlage, und die Gefahren des Meeres erschienen ihm jetzt in ihrer ganzen erdrückenden Schwere.

Gegen halb neun Uhr schien etwas Wind aufkommen zu wollen, und glücklicherweise ein solcher aus Osten. Auf dem Wasser zeigten sich lange Streifen kleiner Wellen, zwei Meilen von Backbord aber war zuweilen schon weißlicher Schaum zu sehen. Übrigens war alles ringsum öde und leer ... kein Schiff zu sehen, soweit der Blick reichte.

Will Mitz entschloß sich nun abzufahren. Die Bram- und Oberbramsegel, die bei starkem Winde gleich geborgen werden mußten, wollte er gar nicht führen. Das große und das kleine Marssegel, das Fock-, das Brigg- und die Klüversegel würden ja hinreichen, schnell genug vorwärtszukommen. Da alle diese Segel nur loszubinden, zu halsen und richtig einzustellen waren, mußte der »Alert« bald in westlicher Richtung davongleiten.

Will Mitz rief die jungen Leute zusammen. Er erklärte ihnen, was er von ihnen erwartete und wies jedem seinen Posten an.

Nachdem er Louis Clodion gesagt hatte, wie er das Steuer halten sollte, erstieg er die Marsen mit Tony Renault und Magnus Anders, die darin mehr geübt waren als ihre Kamerden.

»Oh ... das macht sich ...! Die Sache macht sich!« rief Tony Renault mit der bei seinem Alter so natürlichen Vertrauensseligkeit, die ihn zu allem fähig zu machen schien.

»Ich hoffe es ... mit Gottes Hilfe!« sagte Will Mitz.

Binnen einer Viertelstunde war der Dreimaster segelfertig und leicht geneigt glitt er dahin und ließ einen langen Streifen weißen Kielwassers hinter sich.

Bis ein Uhr wehte der Wind als leichte Brise, doch nicht ohne Unterbrechungen, die Will Mitz einige Unruhe verursachten. Im Westen türmten sich auch dicke, graublaue Wolken mit scharfem Rande auf, ein Beweis für den gewitterhaften Zustand der Atmosphäre.

»Was halten Sie vom Wetter, Will?« fragte Roger Hinsdale.

»Es ist nicht ganz so, wie ich wünschte. Wir haben wahrscheinlich ein Gewitter oder mindestens starken Wind zu erwarten.«

»Und wenn er von dieser Seite kommt?«

»Ja, mein junger Freund«, antwortete Will Mitz, wir haben einfach hinzunehmen, was uns beschert wird. Wir werden, bis der Passat wieder durchbricht, mehrfach kreuzen müssen, und wenn es nicht allzu-hart weht, wird die Sache gut ablaufen. Das wichtigste für uns bleibt es nach wie vor, in Sicht eines Landes zu kommen, und wenn es erst in drei Tagen statt nach zweien erfolgt, so müssen wir uns drein ergeben. Fünf bis sechs Seemeilen von den Antillen treffen wir sicherlich auf Lotsen, die dann an Bord kommen, und ein paar Stunden später liegt der ›Alert‹ ruhig vor Anker.«

Wie Will Mitz vorausgesehen hatte, hielt der Ostwind leider nicht lange an. Am Nachmittage wurde der »Alert« schon durch Gegenwellen gründlich geschaukelt, die der im fernen Westen aufgekommene starke Wind vor sich hertrieb.

Jetzt galt es also, scharf am Winde zu segeln, um nicht aufs hohe Meer hinaus verschlagen zu werden. Das dazu erforderliche Manöver gelang recht leicht, ohne die Halsen zu wechseln. Tony Renault trat ans

Steuer und hielt den Helmstock luvwärts. Will Mitz und die übrigen zogen die Trissen, die Schoten des Focksegels, der Mars-, der Klüversegel und des Briggsegels, an. Der »Alert« neigte sich etwas nach Steuerbord und trieb, zu dem ersten Schlage fertig, schnell nach Nordosten hin.

Im Frachtraume, worin sie eingesperrt waren, mußten es Harry Markel und seine Leute sicherlich bemerken, daß das Schiff sich jetzt mit Gegenwind von den Antillen entfernte. Diese dadurch bedingte Verzögerung konnte ihnen nur von Vorteil sein.

Gegen sechs Uhr abends meinte Will, der »Alert« sei nun nach Nordosten weit genug hinausgekommen, und zur besseren Ausnützung der Strömungen beschloß er, einen Schlag nach Südwesten machen zu lassen.

Das war das Segelmanöver, dem er mit der größten Besorgnis entgegensah. Um zu halsen ist ein Verfahren erforderlich, das die größte Sicherheit bei der Lagenveränderung der Rahen erfordert. Der »Alert« hätte zwar auch backstags segeln können, wäre dabei aber Gefahr gelaufen, schwere Sturzseen überzunehmen. Zum Glück war der Wogengang nicht gar so stark. So holte man denn, bei luvwärts gehaltenem Steuer, das Briggsegel an und fierte so weit wie nötig die Schoten, so daß das Fock- und das kleine Marssegel den Wind nun von Steuerbord erhielten. Die Wendung gelang bald, und mit seinen von neuem gerichteten Segeln steuerte das Schiff nach Südwesten hinunter.

»Gut gemacht . . .! Bravo, meine jungen Herren!« rief Will Mitz, als die Arbeit vollendet war. Sie haben hier manövriert wie echte, erfahrene Matrosen . . .«

»Unter der Leitung eines guten Kapitäns!« antwortete Louis Clodion im Namen aller seiner Kameraden.

Wenn da Herry Markel, John Karpenter und die übrigen im Frachtraume oder im Volkslogis zu der Überzeugung kamen, daß es ohne ihre Hilfe gelungen sei, das Schiff zu wenden, so konnte man sich wohl leicht denken, in welch tolle Wut sie das versetzen mußte.

Zum Mittagessen, das kaum mehr Zeit in Anspruch nahm als das Frühstück, hatte Tony Renault noch einige Tassen Tee zurechtgemacht.

Gleich nach dem Essen verschwand Patterson wieder in seine Kabine, da er ja doch nirgends von Nutzen sein konnte.

Will Mitz verteilte nun die Nachtwachen zwischen Louis Clodion und dessen Kameraden.

Fünf von den jungen Leuten sollten auf dem Verdeck bleiben, während die vier übrigen der Ruhe pflegten. Von vier zu vier Stunden hatten sie einander abzulösen, und wenn es vor Tagesanbruch nötig wurde, das Schiff abermals zu wenden, so sollten alle dabei mit Hand anlegen.

Übrigens wurde ihnen empfohlen, die Treppenkappe und die Luken sorgsam zu überwachen, um vor jeder Überraschung gesichert zu sein.

Nachdem das vereinbart war, begaben sich Roger Hinsdale, Niels Harboe, Albertus Leuwen und Louis Clodion nach der Kajüte und streckten sich völlig bekleidet auf ihren Lagerstätten aus. Am Steuer stehend, folgte Magnus Anders den Anweisungen, die Will Mitz ihm gab. Tony Renault und Hubert Perkins nahmen auf dem Vorderteile Platz, und Axel Wickborn hielt sich mit John Howard am Fuße des Großmastes auf.

Will Mitz ging überall umher, hatte ein Auge auf

alles, ließ die Schoten nachschießen oder holte sie an, je nachdem der Wind das erforderte, und ergriff auch die Ruderpinne, wenn diese einer festen und erfahrenen Hand bedurfte ... kurz, er war Kapitän, Bootsmann, Marsgast, Steuermann und Matrose, alles in einer Person.

Die Wachthabenden folgten einander, wie das bestimmt worden war. Die, die geschlafen hatten, traten auf dem Vorder- und Hinterdeck an die Stelle ihrer Kameraden.

Nur Will Mitz bestand darauf, bis zum Morgen auf den Füßen zu bleiben.

Nach einer ungestört verlaufenen Nacht – auch das vorher aufgestiegene Gewitter hatte sich zerstreut – wehte nur noch eine leichte Brise. Die Segelfläche brauchte also nicht verkleinert zu werden, eine Arbeit, die in der Finsternis doch recht schwierig gewesen wäre.

Im Volkslogis und Frachtraum ging es zwar wiederholt laut zu, doch unterließen Harry Markel und seine Leute jeden weiteren Versuch, das Schiff wieder in ihre Gewalt zu bekommen. Sie mochten wohl wissen, daß ein solcher, selbst in der Nacht, hätte scheitern müssen. Zuweilen drang nur ein Wutschrei durch die Luken nach oben, und man hörte gelegentlich das Gepolter der Betrunkenen, das sich aber auch nach und nach legte.

Am Morgen hatte der »Alert« nun drei Schläge nach Westen gemacht. Die Entfernung, die ihn von den Antillen trennte, mochte sich jedoch kaum um zehn bis zwölf Seemeilen verkleinert haben.

Zwölftes Kapitel

Die drei nächsten Tage

Die über einem von zerrissenen Dunstmassen begrenzten Horizonte aufsteigende Sonne verkündigte keine durchgreifende Veränderung der Atmosphäre. Der aus Westen kommende Wind schien sogar Neigung zu haben, etwas aufzufrischen.

Die Wolken stiegen übrigens bald bis zum Zenit empor, und ohne Zweifel blieb das Wetter den Tag über bedeckt und regnerisch. Der Regen aber hatte vielleicht eine Abschwächung der Brise zur Folge, die von einigen heftigen Windstößen unterbrochen werden mochte ... ein Umstand, den Will Mitz besonders fürchtete.

Mußte der »Alert« bis zum Abend lavieren, so war anzunehmen, daß er den Antillen nur um weniges näher kommen würde. Das stellte also eine Verzögerung in Aussicht, deren Dauer sich nicht abschätzen ließ, und gewiß war es höchst beklagenswert, daß der Ostwind nicht achtundvierzig Stunden länger angehalten hatte.

Als das Schiff unter dem Befehle Harry Markels Barbados verließ, hatte es der Passatwind in seiner Fahrt aufgehalten, andernfalls wäre es schon hundert Seemeilen weiter draußen auf dem atlantischen Meere gewesen, und jetzt mußte es wieder gegen den Westwind aufkreuzen, um nach den Antillen zurückzukehren.

Gegen sechs Uhr morgens gesellte sich Louis Clodion wieder zu Will Mitz.

»Nun ... nichts Neues?« fragte er.

»Gar nichts, Herr Clodion.«

»Ist denn noch keine Aussicht auf einen Umschlag des Windes?«

Das kann ich nicht sagen; doch wenn er nicht stark auffrischt, können wir wenigstens die jetzige Segelfläche beibehalten.«

»Das bedeutet für uns aber eine Verzögerung, nicht wahr?«

»Nun ja, eine kleine. Darum braucht sich indes niemand zu beunruhigen und wir kommen trotzdem am Ziele an. Übrigens rechne ich auch darauf, einem Schiffe zu begegnen.«

»Das hoffen Sie?«

»Gewiß.«

»Wollen Sie nun nicht ein wenig ausruhen?«

»Nein, ich fühle mich nicht ermüdet. Sollte ich später ein Bedürfnis zu ruhen empfinden, dann werden ein oder zwei Stunden Schlaf für mich genügen.«

Wenn Will Mitz so wie jetzt sprach, geschah es, weil er die Passagiere nicht beunruhigen wollte. Im Grunde aber konnte er sich einer gewissen Besorgnis doch nicht erwehren. Wenn er das Meer schärfer beobachtete, schien es ihm, als ob »es etwas fühlte«, da es stärker bewegt war, als es dem jetzigen Winde entsprach.

Möglich war es ja immerhin, daß weiter im Westen rauhes Wetter herrschte. Im Juni oder Juli hätte solches nicht länger als vierundzwanzig, höchstens achtundvierzig Stunden angehalten; jetzt, zur Zeit der Äquinoktien, konnte es aber ein bis zwei Wochen fortdauern. Gerade zu dieser Jahreszeit sind ja die Antillen wiederholt von den schrecklichsten Zyklonen verherrt worden.

Aber selbst wenn der Wind nicht zum Sturme ausartete, konnten die jungen Leute doch voraussichtlich die Anstrengungen einer Tag und Nacht nicht aussetzenden Tätigkeit kaum aushalten.

Gegen sieben Uhr erschien Patterson auf dem Verdeck, trat an Will Mitz heran und schüttelte ihm die Hand.

»Nun ... immer noch kein Land zu sehen?« fragte er.

»Leider keines, Herr Patterson.«

»Es liegt aber doch in dieser Richtung?« setzte er nach Westen zeigend hinzu.

»Ja ... gewiß.«

Mit dieser immerhin tröstlichen Antwort mußte sich Patterson begnügen, wenn ihn seine überreizte Phantasie auch beträchtliche Verzögerungen ahnen ließ. Wenn das Schiff nun überhaupt nicht nach Barbados oder einer anderen Insel Antiliens käme, wenn es weit aufs Meer hinaus verschlagen oder von einem Sturme überrascht würde, was sollte dann aus seinem »Kapitän« und seiner »Besatzung« werden ...? Der arme Mann sah sich schon nach den äußersten Grenzen des Weltmeeres verschlagen, an eine menschenleere Küste Afrikas geworfen und Monate, vielleicht Jahre lang verlassen. Er gedachte seiner Gattin, die, in dem Glauben, Witwe geworden zu sein, um ihn gewiß lange trauern und weinen würde ... Ja, solche peinigenden Gedanken stiegen in ihm auf, und weder bei Horaz noch bei Virgil fand er einen Trostspruch für seinen Schmerz. Er dachte sogar gar nicht mehr daran, Tony Renaults merkwürdiges lateinisches Zitat zu übersetzen.

Am Vormittag trat keine Änderung der Windrichtung ein. Zu Mittag entschloß sich Will Mitz, wieder zu lavieren. Da der Seegang jetzt aber stärker war, konnte der »Alert« nicht durch einfaches Halsen wenden, sondern mußte dazu über Stag segeln.

Als das Manöver endlich gelungen war, legte sich

Will Mitz, von der Anstrengung übermannt, auf dem Hinterkastell nahe dem Kompaßhäuschen nieder, während Louis Clodion das Steuer führte.

Kaum hatte er eine Stunde geschlafen, als er durch Rufe vom Vordeck her, wo Roger Hinsdale und Axel Wickborn auf Ausguck standen, schon wieder geweckt wurde.

»Ein Schiff . . .! Ein Schiff in Sicht!« wiederholte der junge Däne, während er die Hand nach Osten ausstreckte.

Wirklich zeigte sich auf dieser Seite ein Schiff, das den gleichen Kurs wie der »Alert« einhielt. Es war ein Dampfer, von dem man vorläufig nur den Rauch sah. Er fuhr sehr schnell und bald erhob sich auch sein Rumpf über den Horizont. Aus seinen beiden Schornsteinen wirbelten dicke, schwarze Wolken, er mochte also sehr scharfe Feuer haben.

Die Aufregung unter den jungen Leuten bei der Annäherung dieses Schiffes kann man sich wohl leicht vorstellen. vielleicht wurde dadurch das Ende einer Lage herbeigeführt, die sich durch die Ausdauer widriger Winde schon ernstlich verschlimmert hatte.

Alle Fernrohre richteten sich auf den Dampfer, dessen Bewegungen keiner aus dem Auge ließ.

Will Mitz achtete vorzüglich auf die Richtung, der er nach Westen hin folgte. Er überzeugte sich dabei aber, daß jener, wenn er seinen Kurs beibehielt, den des »Alert« nicht kreuzen und wenigstens in der Entfernung von vier Seemeilen an ihm vorüberfahren würde. Er beschloß deshalb sich treiben zu lassen, um dem Schiffe nahe genug zu kommen, daß seine Signale bemerkt werden könnten. Man braßte also die Rahen der beiden Marssegel und des Focksegels, ließ auch die Schoten des Briggsegels und der

Klüversegel nach, und der »Alert« drehte danach um mehrere Viertel in den Wind.

Eine halbe Stunde später war der Dampfer noch drei Meilen entfernt. Nach dessen Form und Größe mußte es ein französisches oder englisches transatlantisches Packetschiff sein. Luvte es jetzt nicht weiter an, so müßten die beiden Fahrzeuge bald miteinander in Verbindung treten können.

Auf Anordnung des jungen Seemanns hißte Tony Renault am Fockmaste die blau und weiße Lotsenflagge, und gleichzeitig stieg an der Gaffel des Besanmastes die britische Flagge empor.

Eine Viertelstunde verging, der »Alert«, der jetzt Rückenwind hatte, konnte nichts weiter tun, sich noch mehr dem Dampfer zu nähern, der von ihm immer drei Meilen im Norden entfernt blieb. Da sie auf ihre Signale keine Antwort erhalten hatten, holten Roger Hinsdale und Louis Clodion zwei Gewehre aus der Kajüte und gaben mehrere Schüsse ab. Da der Wind nach dem Dampfer zu stand, konnten sie auf diesem vielleicht gehört werden.

Harry Markel, John Carpenter und die übrigen hatten ohne Zweifel erraten, was da vorging, der Dreimaster hatte seinen Kurs gewechselt und rollte mehr als vorher, wo er scharf am Winde segelte. Dann krachten an Bord auch noch mehrere Gewehrschüsse.

Jedenfalls war also ein Schiff in Sicht, mit dem der »Alert« sprechen wollte.

Da sie sich nun verloren glaubten, verdoppelten die Gefangenen ihre Bemühungen, aus dem Frachtraum zu entkommen, und donnerten mit aller Gewalt an die Wände des Volkslogis und an die Deckluken. Dabei brüllten sie vor Wut. Übrigens hätte Will Mitz dem ersten, der etwa sichtbar wurde, gleich eine Kugel in den Kopf gejagt.

Leider nahm der so froh begrüßte Zwischenfall für den »Alert« ein klägliches Ende. Auf dem Dampfer hatte man weder die Signale gesehen, noch die Schüsse gehört. Eine halbe Stunde später lag dieser schon fünf bis sechs Meilen weit entfernt und verschwand dann bald unter dem Horizonte.

Will Mitz ließ wieder gegen den Wind anlaufen und aufs neue einen Schlag nach Südwesten machen.

Den ganzen Nachmittag lavierte dann der »Alert«, ohne merkbar vorwärts zu kommen. Das Aussehen des Himmels war etwas bedrohlicher geworden. Im Westen ballten sich immer mehr Wolken zusammen, der Wind frischte auf, das Meer wurde unruhiger und dann und wann schäumten schon die Wellen zum Vorderkastell hinauf. Ließ der Wind nicht bald nach, so konnte Will Mitz die bisherige Richtung nicht länger einhalten, ohne die Segelfläche zu verkleinern. Er wurde allmählich unruhiger, bemühte sich aber, es niemand merken zu lassen. Louis Clodion und Roger Hinsdale, die gesetztesten der Passagiere, fühlten jedoch recht gut mit, was in ihm vorging. Als sie ihn ansahen, und mit dem Blicke fragten, wendete Will Mitz den Kopf zur Seite.

Die herankommende Nacht drohte recht schlimm zu werden. Man mußte eiligst zwei Reffe in die Marssegel und eines in das Fock- und Briggsegel schlagen. Diese für eine improvisierte Mannschaft schon am hellen Tage schwierige Arbeit wäre im Dunkeln kaum auszuführen gewesen. Jetzt galt es vor allem, so zu manövrieren, daß man nicht überrascht würde und sich in der steifen, mit Sturmwindstößen einhergehenden Brise halten könnte.

Was wäre auch aus dem »Alert« geworden, wenn er noch weiter nach Osten hinaustrieb? Wohin konnte ihn ein Sturm verschlagen, der voraussichtlich mehrere Tage dauerte...? Und kein Land in der Nähe, höchstens weiter draußen im Nordosten die gefährlichen Bermudasinseln, wo der Dreimaster schon ein schweres Wetter durchgemacht hatte, das ihn damals zwang, vor dem Sturme zu fliehen. Sollte er jetzt gar über den ganzen Atlantischen Ozean verschlagen und etwa auf die Riffe der afrikanischen Küste geworfen werden?

Es blieb also nichts übrig, als das Schiff, gleichviel ob scharf am Winde oder diesem gerade entgegen, in der Nähe der Antillen zu halten. Nach Vorübergang des Sturmes gewann ja der Passat jedenfalls wieder die Oberhand und der »Alert« konnte dann die wenigen verlorenen Tage wieder einbringen.

Will Mitz erklärte, was nun zu tun sei. Da die Segel oft wie ein Geschützdonner anschlugen, wollte man sich zuerst mit dem kleinen und dann mit dem großen Marssegel beschäftigen. Magnus Anders, Tony Renault, Louis Clodion und Axel Wickborn sollten Will Mitz nach den Rahen folgen, doch wohl achtgeben, daß sie sich tüchtig festhielten, und wenn dann die Leinwand herangezogen wäre, sollten die Seisinge darüber gebunden werden.

Nach dem Wiederhinabsteigen sollten alle an die Trissen gehen und die Rahen fest anziehen.

Albertus Leuwen und Hubert Perkins war einstweilen das Steuer anvertraut, und Will Mitz erklärte ihnen, wie sie es handhaben sollten.

Nun ging es an die gefährliche Arbeit. Mit großer Mühe wurde das kleine Marssegel zweimal gerefft und, nachdem es von unten her gehißt war, scharf gegen den Wind eingestellt.

Dasselbe geschah mit dem großen Marssegel. Wegen des Briggsegels brauchte man den Besanmast nicht zu erklettern, sondern man hatte nur seinen unteren Teil um den Gickbaum zu wickeln.

Was das Focksegel betraf, begnügte man sich, es aufzugeien, um es sofort wieder entfalten zu können, im Fall der Wind gegen Morgen schwächer würde.

Mit dieser Beseglung rauschte der »Alert« nun über den Ozean hin. Zuweilen neigte er sich so stark zur Seite, daß das Wasser heraufschäumte und das Verdeck weithin überschwemmte. Am Steuer stehend, richtete Will Mitz mit starker Hand und von einem oder dem andern der jungen Leute unterstützt, das Schiff wieder auf.

In dieser Weise ging es die ganze Nacht weiter, und Will Mitz glaubte, vor Sonnenaufgang keinen neuen Schlag – zum Lavieren – machen zu müssen.

Während Will Mitz das Deck bis zum Anbruch des Tages nicht verließ, hatten die jungen Leute einander nach je vier Stunden abgelöst und sich dann für einige Stunden zum Ausruhen niedergelegt.

Sobald der Horizont an der Windseite übersehbar wurde, prüfte ihn Will Mitz aufmerksamen Blickes. Nur von dorther drohte eine Gefahr. Der Anblick des Himmels befriedigte ihn leider nicht im mindesten. War der Wind im Laufe der Nacht auch nicht noch stärker geworden und hatte er nur als steife Brise angehalten, so war doch auch kein Zeichen einer bevorstehenden Besserung zu entdecken. Im Gegenteil drohten noch heftige Regengüsse und schwere Sturmböen, die noch weitere Vorsichtsmaßregeln erforderten. Vielleicht wurde es gar nötig, ganz beizulegen und das Schiff den Wogen gerade entgegenzustellen. Statt vorwärts zu kommen, würde der »Alert« sich dann freilich von den Antillen nur noch mehr entfernen.

Bald brach nun der Sturmwind los, daß die Marssegel klatschten und in Fetzen gerissen zu werden drohten. Patterson konnte die Kajüte natürlich nicht verlassen, die andern aber blieben, in Wachsleinwandjacken und den Südwester auf dem Kopfe, auf dem Verdeck, um Will Mitz stets zur Hand zu sein. Das in Strömen herabstürzende Wasser fingen sie in Baljen auf, um an solchem keinen Mangel zu leiden, wenn der vor dem Sturme fliehende »Alert« noch viel weiter aufs Meer hinaus verschlagen würde.

Am Vormittag gelang es Will Mitz mit unerhörter Anstrengung, einen Schlag nach Südwesten zu erzwingen, was ihn wenigstens in der Breite der Antillen, und seiner Schätzung nach auf der Höhe von Barbados im mittleren Teile des Archipels hielt.

Er hoffte schon, die zweimal gerefften Marssegel, das Brigg- und das große Klüversegel auch weiter beibehalten zu können, als der Wind am Nachmittage an Stärke zunahm und etwas nach Nordwesten schralte.

Der »Alert« neigte sich manchmal so weit zur Seite, daß das Ende der großen Rah die Wellenkämme streifte und er große Mengen von Wasser übernahm.

Harry Markel und seine Leute unten mußten sich sagen, daß es oben schlecht stehe und dem Schiffe vom Sturm so arg mitgespielt werde, daß Will Mitz die Herrschaft darüber verlieren müsse. Wenn es zerstört zu werden drohe, werde man sich schon noch an sie wenden müssen.

Sie täuschten sich, und wenn der »Alert« zerstört würde, sollte er eher mit Mann und Maus verschlungen werden, als den Verbrechern nochmals in die

Hände fallen!

Will Mitz erlahmte auch unter diesen grauenvollen Verhältnissen nicht, und es schien, als ob die jungen Passagiere die Gefahr nicht sehen wollten.

Allen Befehlen kamen sie mit ebensoviel Mut wie Geschicklichkeit nach, wenn es sich darum handelte, die Segelfläche zu verringern.

Das große Marssegel wurde, ebenso wie das Briggsegel, eingezogen und festgebunden. Der »Alert« lief nur noch unter dem kleinen Marssegel, das zweimal gerefft wurde, eine Arbeit, die durch das Vorhandensein doppelter Rahen auf dem Schiffe erleichtert wurde. Am Vorderteile ließ Will Mitz nur ein Klüversegel, und am Hinterteile, am Besan, ein dreieckiges Sturmsegel stehen, das fest genug war, auch den stärksten Winddruck auszuhalten.

Und noch immer alles ringsum öde und leer! Kein Schiff zu sehen! Obendrein wäre es ja auch ganz unmöglich gewesen, ein solches anzulaufen, da man jetzt kein Boot aufs Meer setzen konnte.

Will Mitz sah bald ein, daß er darauf verzichten mußte, gegen den Sturm anzukämpfen. Es verbot sich unbedingt, scharf dagegen anzusegeln oder sich ihm gerade gegenüberzustellen. Der »Alert« hatte aber »Flucht vor sich«, wie die Seeleute sagen, und lief nicht Gefahr, an eine Küste zu treiben, von der er nicht wieder hätte loskommen können. Vor ihm lag ja der ganze Atlantische Ozean, und in kurzer Zeit trennten ihn wahrscheinlich mehrere tausend Seemeilen von Westindien.

Bei luvwärts gelegtem Steuer drehte das Schiff unter dem furchtbarsten Schwanken, und nachdem es in die Richtung der Wellen gekommen war, schoß es mit Rückenwind pfeilschnell dahin.

Das ist aber besonders gefährlich, wenn ein Schiff nicht noch schneller läuft als die Wellen und dann immer einen Schwall von Wasser übernimmt. Die Handhabung des Steuers wird ebenfalls sehr gefährlich, und die dabei stehenden Leute müssen sich anseilen, um nicht über Bord gespült zu werden.

Trotz ihres Widerspruches veranlaßte Will Mitz die jungen Leute, sich in die Kajüte zurückzuziehen. Er werde sie schon rufen, wenn er ihrer bedürfte.

Und in der Kajüte, deren Wände knarrten und krachten, auf den Bänken zusammengekauert, wiederholt durchnäßt vom Wasser, das vom Vordeck aus hereinsprudelte, so wie darauf beschränkt, sich mit Schiffszwieback und Konserven zu sättigen, verbrachten die jungen Leute den 25. September, den schrecklichsten Tag, den sie bisher erlebt hatten.

Dann kam die Nacht mit ihrer Finsternis und dem entsetzlichsten Getöse ringsumher. Der Orkan wuchs zu unvergleichlicher Heftigkeit an. Da drängte sich jedem die Frage auf, ob der »Alert« ihm wohl noch vierundzwanzig Stunden widerstehen, ob man nicht gezwungen sein werde, die Masten zu kappen, wenn das überhaupt gelang, um ihn vor dem Kentern zu bewahren, oder ob er nun nicht bald werde in die Tiefe gerissen werden.

Will Mitz stand jetzt allein am Steuer. Mit Gewalt bekämpfte er seine Müdigkeit und hielt den »Alert« bei den furchtbaren Schwankungen, die ihn quer gegen die Wellen zu werfen drohten.

Gegen Mitternacht bäumte sich eine Sturzwelle fünf bis sechs Fuß hoch über die Schanzkleidung auf und schlug mit solcher Gewalt auf das Deck, daß dieses zu bersten drohte. Weiter riß sie das am Heck hängende kleine Boot weg und zertrümmerte alles, was sie traf, mehrere Baljen ebenso wie die am

Großmaste befestigten Wassertonnen. Dann riß sie das zweite Boot aus seinen Davits und schleuderte es weit aufs Meer hinaus.

Nun war nur noch ein einziges Boot übrig, das, in dem die Passagiere das erstemal zu entfliehen versucht hatten. Auch das hätte ihnen jetzt nichts nützen können, da es doch von dem Wogenschwalle im ersten Augenblick verschlungen worden wäre.

Bei den Stößen, die das Schiff bis zu den Mastspitzen erzittern machten, stürmten Louis Clodion und einige andere wieder auf das Verdeck hinaus.

Da übertönte aber noch die Stimme des jungen Seemanns das Geheul des Sturmes.

»Zurück . . . Zurück!« rief er.

»Ist denn keine Aussicht mehr auf Rettung?« fragte Roger Hinsdale.

»Oh, mit Gottes Hilfe doch noch«, antwortete Will Mitz. »Aber er allein kann uns jetzt retten!«

In diesem Augenblick ließ sich ein kreischendes Geräusch vernehmen. Eine weißliche Masse flatterte gleich einem Riesenvogel zwischen der Takelage. Das kleine Marssegel war von seiner Rah abgerissen worden und nur noch seine Leiken waren davon übrig.

Der »Alert« war hiermit in der Hauptsache ohne Segel, und da auch sein Steuer nicht mehr wirkte, wurde er, ein Spiel des Windes und der Wellen, mit entsetzlicher Geschwindigkeit nach Osten hin fortgerissen.

In welcher Entfernung von den Antillen mochte sich nun der »Alert« beim Tagesgrauen befinden? Da er vor dem Sturme hatte fliehen müssen, war diese gewiß auf mehrere hundert Seemeilen zu schätzen. Und wenn jetzt auch der Wind nach Osten umschlug und man Reservesegel setzen konnte, mußten doch viele Tage vergehen, ehe diese Strecke wieder zurückgelegt werden konnte.

Der Sturm schien indes nachlassen zu wollen. Der Wind räumte auch so unvermittelt, wie man das nur in Tropengegenden beobachtet hat.

Will Mitz schien anfänglich erstaunt über das Aussehen des Himmels. In den letzten Stunden war der Horizont im Osten reingefegt worden von den dicken Wolkenmassen, die ihn seit dem vorigen Tage bedeckt hatten.

Louis Clodion und seine Kameraden erschienen wieder auf dem Verdeck. Der Sturm schien offenbar seinem Ende nahe. Das Meer war freilich noch gewaltig aufgeregt und es mochte wohl kaum ein Tag hinreichen, die jetzt noch mit weißem Schaum bedeckten, brodelnden Wellen zu beruhigen.

»Ja . . . ja . . . endlich erlöst!« sagte Will Mitz.

Voll Vertrauen und neuer Hoffnung hob er dabei die Hände gen Himmel, und die jungen Leute folgten dankerfüllt seinem Beispiele.

Jetzt galt es, sofort den geraden Weg nach Westen wieder einzuschlagen. Wo das Land auch lag, es mußte doch gefunden werden.

Übrigens war der »Alert« ja nur von der Zeit an weiter hinausgetrieben worden, wo er bei der Unmöglichkeit, noch länger zu kreuzen, hatte vor dem Sturme fliehen müssen.

Gegen Mittag war der Wind soweit gemäßigt, daß ein Schiff die Reffe losbinden und seine Marssegel nebst den unteren Segeln führen konnte.

Gleichzeitig mit dem Abflauen lief er mehr nach Süden um und begünstigte damit die Fahrt des »Alert«.

Daraufhin wurden nun das kleine und das große Marssegel, das Brigg- und das Focksegel sowie die

Klüversegel von neuem gehißt.

Damit verstrich die Zeit bis fünf Uhr nachmittags, denn es war keine leichte Arbeit, für das vom Sturm zerrissene Segel ein neues einzulegen, das man der Segelkoje auf dem Hinterdeck entnommen hatte.

In diesem Augenblick hörte man aus dem Frauchtraume gellende Schreie und gleichzeitig dröhnten Schläge gegen die Luken und die Wände des Volkslogis, als wollten Markel und seine Spießgesellen noch einmal einen Durchbruch nach außen zu erzwingen suchen.

Die jungen Leute eilten nach ihren Waffen und hielten sich bereit, sie gegen jeden zu gebrauchen, der etwas sichtbar werden würde.

Fast gleichzeitig rief aber auch Louis Clodion:

»Feuer im Schiffe!«

Wirklich drang schon aus dem Inneren Rauch empor, der bald das Deck einhüllte.

Jedenfalls hatten – wahrscheinlich aus Unvorsichtigkeit – einige von Brandy und Gin berauschte Gefangene verschiedene Frachtstücke in Brand gesetzt.

Schon hörte man das Holzwerk im Raume knisternd und krachend zerspringen.

War diese Feuersbrunst noch zu löschen . . .? Vielleicht . . . wenn man die Luken öffnete und den Frachtraum überschwemmte. Damit wäre aber Harry Markel mit seiner Bande befreit worden und hätte sich des »Alert« wieder bemächtigen können. Statt die Flammen zu unterdrücken, hätten die Schurken die Passagiere abgeschlachtet und ins Meer geworfen.

Inmitten zunehmenden Geschreis wälzten sich immer dickere Rauchwolken über das Verdeck, dessen ausgepichte Fugen schon auseinanderzuweichen anfingen.

Gleichzeitig donnerten einige Explosionen, mehr unter dem Vorderteile, wo verschiedene Tonnen mit Alkohol lagerten. Die Gefangenen mußten in dem von der Luft abgeschlossenen Frachtraum schon halb erstickt sein.

»Will, Will!« riefen John Howard, Tony Renault und Albertus Leuwen, indem sie diesem die Arme entgegenstreckten.

Es schien fast, als ob sie ihn um Erbarmen für Harry Markel und dessen Leute anflehen wollten.

Doch nein ... das Wohl aller duldete hier keine Schwäche, kein menschliches Mitleid!

Außerdem war auch kein Augenblick zu verlieren gegenüber einer Feuersbrunst, die man nicht mehr bewältigen konnte und die in kurzer Zeit das ganze Schiff zu verzehren drohte. Jetzt galt es nur noch, den »Alert« zu verlassen, dessen frühere Besatzung mochte mit ihm zu Grunde gehen.

Das zweite Boot und die sonst am Heck hängende Jolle waren vom Sturm entführt worden; nur das an Steuerbord untergebrachte große Boot war noch übrig.

Will Mitz warf einen Blick auf das Meer, das sich schon etwas beruhigt hatte. Dann sah er auf den von züngelnden Flammen umringten »Alert« ... noch ein Blick auf die von Schreck erstarrten jungen Leute, und dann rief er:

»Sofort ... alle ins Boot!«

Dreizehntes Kapitel

Aufs Geratewohl hinaus

Diesmal handelte es sich nicht mehr darum, ein Schiff aufzusuchen, das einige Kabellängen oder wenige Seemeilen entfernt läge. Jetzt galt es nur, ein über und über brennendes Schiff zu verlassen. Mit der unsicheren Hoffnung, auf dem weiten Meere von einem anderen Fahrzeuge aufgenommen zu werden, sollte ein gebrechliches Boot allen etwaigen Gefahren zu trotzen versuchen.

Will Mitz traf in größter Eile alle Vorbereitungen zur Abfahrt und half, das letzte Boot über Bord zu schaffen und aufs Wasser zu setzen.

Im Frachtraum ertönte das Wut- und Angstgeschrei der zum Tode Verurteilten. Unaufhörlich hämmerten und rüttelten sie an den Luken und der Treppenkappe des Volkslogis. Es war auch nicht ausgeschlossen, daß die Gefangenen die Hindernisse doch noch durchbrechen oder sich durch eine Öffnung am Schiffsrumpfe ins Meer stürzen und dann wieder das Deck erklimmen konnten.

Was die Ursache der Feuersbrunst betraf, so mochte diese darin zu suchen sein, daß ein Faß mit Alkohol geborsten war und Morden oder ein anderer, der nicht recht bei Sinnen war, den Inhalt aus Unvorsichtigkeit entzündet hatte. Jetzt loderte das Feuer schon im ganzen Frachtraume vom Vorderteile bis zu der Scheidewand, die diesen vom Hinterteile trennte. Selbst wenn diese Wand nicht durchbrannte, mußte das Schiff doch soweit zerstört werden, daß von ihm nur noch verkohlte Trümmer auf dem Wasser umherschwammen.

Als das Boot niedergefiert und längs der Schiffswand angeseilt war, ließ Will Mitz alles hineinschaffen, was bei einer vielleicht längeren Irrfahrt gebraucht werden konnte. Louis Clodion und Albertus Leuwen, die schon hinuntergestiegen waren, reichte man zwei Kisten mit Konserven und Schiffszwieback aus der Kombüse zu, ferner der letzte Fäßchen Alkohol, zwei Tönnchen Süßwasser, einen tragbaren Kochofen, zwei Säcke Steinkohle, eine kleine Menge Tee, einige Waffen nebst Munition, und endlich wurden noch verschiedene Geräte aus der Küche und der Zeugkammer ins Boot verladen.

Gleichzeitig schafften Tony Renault und die anderen dessen Ausrüstung herbei, nämlich einen Mast mit Trissen, ein Segel mit der dazugehörigen Stange, ein Klüversegel, vier Ruder, ein Steuer, einen Kompaß und eine Übersichtskarte der Antillen. Dazu kamen noch mehrere Angelschnüre, da ja der Fall eintreten konnte, den vorhandenen Proviant durch den Fischfang zu ergänzen.

Nun stieg Patterson als erster in das Boot ein. Der arme, von soviel Ungemach ganz zusammengebrochene Mann dachte nicht mehr an seine Triognocephale, die von den Flammen vernichtet werden sollte, und auch nicht mehr an die unübersetzbaren Worte des lateinischen Zitates. Ihn erfüllte nur die Angst, sich dem Meere in einem Boote anvertrauen zu müssen, in das Will Mitz noch Kleidungsstücke zum Wachseln, Wachsleinwandjacken, Decken und eine Persenning hinabwarf, mit der man eine Art Zelt oder Schutzplane herstellen konnte.

Diese Vorbereitungen waren binnen einer Viertelstunde beendet, während sich das Geschreí unten verdoppelte und die Flammen schon an den Masten und der Takelage emporzüngelten.

Jeden Augenblick fürchtete man einen aus dem

brennenden Raume Entwichenen auftauchen zu sehen, ein halb verbranntes Gespenst, das sich aus der Glut gerettet hatte.

Es war jetzt die höchste Zeit, den »Alert« zu verlassen. Nichts war vergessen worden, doch rief Niels Harboe, als Will Mitz eben als letzter einsteigen wollte:

»Aber die Prämien . . . das Geld?«

»Ja«, antwortete Will Mitz, »das Geld ist das von unserer Wohltäterin. Das müssen wir mitnehmen, sonst geht es verloren mit dem Schiffe, von dem nichts übrigbleiben wird.«

Nach der Kajüte zurückeilend, ergriff er das Pakket mit dem Gelde, das in der Kabine des Mentors niedergelegt worden war. Dann kletterte er gewandt über die Reling, ließ sich ins Boot hinab und rief:

»Abstoßen!«

Das Seil wurde losgeworfen und das Boot entfernte sich in der Richtung nach Westen.

Kaum war es davongefahren, da erfolgte eine Explosion infolge des Druckes der im Frachtraume übermäßig erhitzten Luft. Sie war so heftig, daß der aus seiner Spur gehobene Fockmast mit der ganzen Takelage des Vorderteiles nach Backbord umstürzte. Gleichzeitig neigte sich der »Alert« sehr stark zur Seite, richtete sich aber sofort wieder auf, so daß das Wasser, das die Flammen vielleicht gelöscht hätte, nicht in das Innere des Schiffes einströmen konnte.

Noch wurde keiner der Leute Harry Markels auf dem Verdecke sichtbar. Entweder waren sie bereits erstickt oder sie hatten sich durch den Rauch und die Flammen noch nicht Bahn brechen können.

Es war jetzt halb sechs Uhr abends, der Wind wehte so gleichmäßig, daß man das Segel des Bootes hissen konnte, das bei dessen Auffrischen ja leicht wieder zu bergen war. Tony Renault setzte es also ebenso wie das Klüversegel bei. Will Mitz bediente das Steuer, die Ruder wurden aus den Pflöcken gehoben und hereingenommen. Um die größtmögliche Schnelligkeit noch ohne Gefährdung der Sicherheit zu erreichen, ließ man die Schote des Segels etwas nach und das Boot glitt nun geschwind auf der Oberfläche des Meeres hin.

Will Mitz befand sich erst eine halbe Meile von dem »Alert« entfernt, als auch dessen beide anderen Maste umbrachen, nachdem das Feuer deren Wanten und Pardunen zerstört hatte. Das jetzt einem Ponton ähnlichen Schiff neigte sich tief zur Seite, richtete sich diesmal aber nicht wieder auf. Nach und nach drang immer mehr Wasser durch die Schanzkleidung ein. An der höherstehenden Seite zeigten sich jetzt mehrere Leute, darunter auch Harry Markel, und noch einmal flammte ein wütender Blick in seinen Augen auf, als er das Boot so fern sah, daß es auf keine Weise erreicht werden konnte.

Endlich senkte sich der »Alert« weiter und verschwand bald in der Tiefe. Gott hatte die Piraten vom »Halifax« gerichtet, die der irdischen Gerechtigkeit entgangen waren. Von dem Fahrzeuge war nichts mehr übrig, als unförmige Stücke der Maste, die hier- und dorthin trieben.

Als die jungen Passagiere den »Alert« untergehen sahen, bemächtigte sich ihrer eine tiefe Erregung, so daß sich aller Augen mit Tränen füllten.

Hatte sich der Sturm nun auch schon seit zwölf Stunden gelegt, so war die Lage jetzt doch kaum minder gefährlich.

Das vom Bug bis zum Heck dreißig Fuß lange und in der Mitte fünf Fuß breite Boot reichte zwar für die elf Insassen aus, da es aber kein Verdeck hatte, bot es nicht den geringsten Schutz gegen Regen und Wind und konnte sich gar zu leicht mit Wasser füllen.

Will Mitz breitete deshalb zwischen dem Maste und dem Hintersteven die Persenning von einem Rande zum anderen so aus, daß sie, von einigen Spieren gehalten, ein Dach bildete, worunter drei Personen Platz fanden.

Louis Clodion und Roger Hinsdale bemühten sich gleichzeitig, dem Kompaß und den Kisten mit Zwieback und Konserven auf dem Boden des Fahrzeuges einigen Schutz zu beschaffen.

Der mitgenommene Proviant reiche, von der Ausbeute durch Fischfang abgesehen, gut für zehn Tage, und an Süßwasser war für eine Woche genug vorhanden, wenn inzwischen auch kein Regenfall eine Ergänzung des Vorrates lieferte.

War nun zu erwarten, daß man in dieser Zeit auf ein Land, auf die Antillen oder die Bermudainseln traf?

Nein, das wohl kaum. Der »Alert« war mehr nach Südosten zu aufs offene Meer und damit nur weiter von den Bermudasinseln verschlagen worden. Will Mitz beabsichtigte auch, eher nach einer der Inseln Antiliens oder nach der festländischen Küste von Brasilien, Venezuela oder Guyana zu steuern.

Mehr Hoffnung setzte er jedoch noch darauf, durch ein ihm begegnendes Schiff gerettet zu werden.

So war also die Lage der Dinge am Abend des 26. Septembers. Die Nacht kam heran und bald mußte es ganz dunkel werden. Nach Sonnenuntergang hatte der Himmel sein freundliches Aussehen behalten; nur ein schwacher Nebelschleier lag auf dem

Wasser, Wolken zeigten sich dagegen weder im Osten noch im Westen. Das Meer glättete sich noch weiter, so daß jetzt nur eine lange Dünung bemerkbar war. Dazu wehte ein mäßiger Passat, der das Segel beizubehalten erlaubte. Da gerade Neumond war, würde es in der Nacht zwar recht dunkel bleiben, dafür schimmerte aber im Norden der Polarstern wenige Grade über dem Horizonte.

Anfangs hatten sich Louis Clodion und seine Kameraden zu rudern erboten, wobei sie sich Stunde für Stunde ablösen wollten; Will Mitz bedeutete sie aber, daß das jetzt unnötig sei und daß sie ihre Kräfte für dringendere Fälle sparen sollten.

»Der Wind ist stetig«, sagte er, »und verspricht das auch noch längere Zeit zu bleiben. Zum Rudern wird es Zweit sein, wenn eine Windstille eintritt, wo wir darauf halten müssen, von der Stelle zu kommen, um bald einem Schiffe zu begegnen.«

»Sagen Sie, Will«, fragte Roger Hinsdale, »wie weit sind wir jetzt wohl von dem nächsten Lande entfernt?«

»Mindestens vierhundert Seemeilen.«

»Und wie viel kann unser Boot bei mittlerer Windstärke zurücklegen?« setzte Louis Clodion hinzu.

»In vierundzwanzig Stunden etwa sechzig Meilen.«

»Dann hätten wir also sechs bis sieben Tage lang zu segeln?« sagte Albertus Leuwen.

»Jawohl«, bestätigte Will Mitz, »wenn wir nicht vorher an Bord eines Schiffes Aufnahme gefunden haben.«

Das wäre freilich die glücklichste Lösung gewesen und auch die, auf die am meisten zu rechnen war.

»Auf jeden Fall, Will«, nahm Louis Clodion wieder das Wort, schonen Sie uns nicht! Wir stehen Ihnen zur Verfügung, sobald der Wind zu schwach werden sollte.«

»Das weiß ich, liebe junge Herren«, antwortete Will Mitz, und ich verzweifle auch keineswegs daran, Sie noch alle retten zu können. Es ist aber nutzlos, sich ohne Notwendigkeit anzustrengen. Strecken Sie sich im Boote unter der Persenning aus und schlafen Sie ruhig. Wenn ich Sie brauche, werd' ich Sie schon wecken. Ich hoffe übrigens, die Nacht werde ganz ruhig verlaufen.«

»Sie wünschen also nicht, daß einer von uns an der Schote des Segels bleibt?« ließ sich Axel Wickborn vernehmen.

»Das ist nicht unbedingt nötig, Herr Axel, ich werde schon alles besorgen. Ich wiederhole Ihnen, wenn der Wind gänzlich aufhören und das uns zwingen sollte, nach den Rudern zu greifen, so rufe ich Sie. Folgen Sie mir nur: hüllen Sie sich in die Dekken und schlafen Sie bis morgen früh!«

Die jungen Leute taten, was Will Mitz empfohlen hatte. Zwei von ihnen schlüpften unter die Plane, wo Patterson lag, die anderen streckten sich, so gut es anging, auf den Bänken aus, und bald schliefen alle an Bord.

Will Mitz, der nun allein im Hinterteile stand, hielt mit der einen Hand das Steuer und war mit der anderen bereit, die Schoten des Segels und des Klüvers anzuziehen oder nachzulassen. Eine kleine, vor ihm stehende Laterne beleuchtete den Kompaß, so daß er es sehen konnte, wenn das Boot aus dem richtigen Kurse wich.

So vergingen die langen Stunden, ohne daß Will Mitz auch nur eine Minute die Augen zugetan hatte.

Zu viele Gedanken, zu viele Sorgen erfüllten den wackeren jungen Seemann. Sein unerschütterliches Vertrauen auf Gott ließ ihn aber nicht verzweifeln. Er stand jetzt am Heck des Bootes ebenso, wie vergangene Nacht auf dem Hinterkastell des »Alert«, und lenkte das eine mit fester Hand, wie er den andern gelenkt hatte. An die Stelle des festen Fahrzeuges, das ihn und seine Begleiter vorher trug, war jetzt ein gebrechliches Boot getreten, mit einem Proviantvorrat, den eine Woche erschöpfen mußte, ein Boot, worin sie allen Zufälligkeiten der Schiffahrt, allen Gefahren des Meeres preisgegeben waren.

Da die Brise leicht und regelmäßig blieb, hatte Will Mitz keine Ursache, seine kleine Welt zu wekken. Dann und wann richtete sich davon wohl einer auf und fragte, wie es stände.

»Alles gut . . . alles nach Wunsch«, antwortete er dann ruhig.

Dann streckten sich die Frager wieder in ihre Dekken gehüllt aus und überließen sich einem friedlichen Schlummer.

Mit dem Morgenrote waren alle auf den Füßen, selbst Patterson, der unter dem Schutzdache hervorkroch und sich im Vorderteile des Bootes niedersetzte.

Der Tag versprach schön zu werden. Die Sonne erhob sich über einem von leichtem Nebel verdeckten Horizonte, den ihre ersten Strahlen davon befreien mußten. Ein leichtes Wellenkräuseln lag auf der Meeresfläche und wie schmeichelnd klatschte das Wasser an die Längswand des Bootes.

Seiner Gewohnheit entsprechend machte sich Tony Renault sofort an die Zubereitung des Frühstückes, wie er das auf dem »Alert« immer getan hatte, und sorgte für Tee, den er auf dem tragbaren

Ofen kochte. Dann entnahm er einer Kiste den nötigen Schiffszwieback und auch ein wenig Brandy, der dem Trinkwasser beigemischt wurde.

Jetzt wandte sich Roger Hinsdale an Will Mitz.

»Nun müssen Sie aber schlafen«, sagte er, »das ist notwendig, vor allem, wenn Sie die nächste Nacht wieder am Steuer bleiben wollen.«

»Ja, es ist unbedingt nötig«, setzte Louis Clodion hinzu.

Will Mitz ließ die Blicke über den Horizont schweifen, und da er das Meer so ruhig und den Wind so stetig sah, antwortete er:

»Gut; ich werde zwei Stunden schlafen.«

Damit überließ er das Steuer an Magnus Anders, nachdem er ihm noch einige Anweisungen gegeben hatte, und dann begab er sich unter das Schutzdach.

Zwei Stunden später erschien er, seinen Worten getreu, schon wieder und trat an das Heck des Bootes.

Sobald er sich hier überzeugt hatte, daß dieses richtig steuerte, beobachtete er aufmerksam den Himmel und das Meer.

Der Zustand der Atmosphäre hatte sich nicht geändert. An reinem Himmel stieg die Sonne dem Zenit entgegen. Die Temperatur wäre, im Verein mit der Spiegelung der Sonnenstrahlen auf dem Wasser, recht unerträglich gewesen, wenn die frische Seeluft sie nicht einigermaßen gemildert hätte.

Soweit man aber auch sehen konnte, nirgends zeigte sich weder die weiße Silhouette eines Segels, noch die schwarze Rauchsäule eines Dampfers. Vergeblich durchmaßen die Fernrohre die ungeheure Kreisfläche.

Zu dieser Jahreszeit befahren gewöhnlich zahlreiche englische, französische, amerikanische oder deutsche Schiffe die Meeresteile zwischen den Bermudainseln im Norden und dem Archipel von Westindien im Westen. Nur selten vergeht da ein Tag, wo nicht Schiffe einander begegnen.

Will Mitz fragte sich jetzt auch, ob der Sturm den »Alert« nicht viel weiter hinaus, als er es annahm, und bis in eine Entfernung verschlagen habe, die vielleicht erst in zwei bis drei Wochen zu durchmessen war. Dann würde der Proviant aber lange vorher schon erschöpft sein, und bezüglich der Nahrung wären sie ausschließlich auf den Ertrag des Fischfangs, ihren Durst zu löschen aber auf den gelegentlichen Regen angewiesen gewesen.

Diese beunruhigenden Gedanken behielt Will Mitz jedoch für sich und heuchelte vielmehr eine Vertrauensseligkeit, die ihn doch mehr und mehr verließ.

Der Morgen verging ohne jede Veränderung der Sachlage, nur war noch eine Art Leesegel beigesetzt worden, wodurch der Rückenwind den Lauf des Bootes noch etwas beschleunigte.

Das zweite, etwas reichlichere Frühstück bestand aus Schiffszwieback, Dörrfleisch und konserviertem Gemüse, das nur aufgewärmt zu werden brauchte, und als Getränk gab es dazu noch Tee. Patterson gewöhnte sich an die jetzige Lage und aß schon mit einigem Appetit. Die jungen Leute entwickelten einen wahren Heißhunger, Will Mitz krampfte sich aber das Herz zusammen, wenn er die Leiden bedachte, die bei einer größeren Verzögerung der Fahrt allen noch bevorständen.

Am Nachmittage lieferten die nachgeschleppten Angelschnüre einige Fische, die, in Seewasser abgekocht, die Abendspeisekarte vervollständigten.

Dann kam die Nacht. Vor Sonnenuntergang war

noch kein Segel zu sehen gewesen. Will Mitz, der bis zum Morgen am Steuer bleiben wollte, nötigte Louis Clodion und dessen Kameraden, wie in der letzten Nacht, ruhig zu schlafen.

Am nächsten Tage, am 28. September, frischte der Wind, der zwischen Untergang und Aufgang der Sonne etwas schwächer geworden war, nach und nach wieder auf, so daß das Leesegel im Laufe des Vormittags wieder eingezogen werden mußte. Das Boot schnitt bei seiner Geschwindigkeit ziemlich tief ins Wasser ein und es wurde immer schwieriger, gelegentliche Gierschläge zu vermeiden. In der Voraussicht, daß es nötig werden würde, die Segelfläche noch mehr zu verkleinern, gönnte sich Will Mitz nicht einmal zwei Stunden Schlaf.

Der Wind schien um so mehr stetig zu bleiben, als der tiefblaue Himmel jetzt vollständig wolkenlos war. Obgleich die Sonne nach dem Äquinoktium einen kürzeren Tagesbogen beschrieb, erzeugten ihre schrägen Strahlen doch noch eine sehr starke Hitze. Dabei mußte an Süßwasser möglichst gespart werden, da der schon zur Hälfte erschöpfte Vorrat an solchem nur durch Regenfälle ergänzt werden konnte. Das Wasser konnte also nur noch in Rationen abgegeben werden, doch nahm das jeder ohne zu klagen hin.

An diesem Tage erschien gegen drei Uhr nachmittags im Nordosten wieder ein langer Rauchstreifen, der die Hoffnung erweckte, einem Schiffe zu begegnen.

Leider sollte die Hoffnung nur kurz sein. Wohl tauchte bald ein großer Dampfer auf, doch vom Boote in der Entfernung von zehn Seemeilen. Seine Aufmerksamkeit zu erregen, erwies sich als unmöglich, und Will Mitz überzeugte sich auch, daß der

Dampfer ihren Weg nicht kreuzen werde.

Nach einer Stunde hatte dieser das Boot auch schon weit überholt, und bald sah man von ihm nur noch die letzten, vom Winde weitergetragenen Rauchwirbel.

Vor dem Abendessen fingen Tony Renault, Hubert Perkins und Albertus Leuwen noch einige Fische, die wie vorher zubereitet wurden. Jetzt mußte man auch schon mit dem Kohlenvorrat sparsam umgehen.

Am nächsten Tage ging die Fahrt fast ganz unter gleichen Verhältnissen weiter, nur war der Wind etwas mehr nach Norden umgeschlagen, so daß man die Schoten anziehen und nun mit Seitenwind segeln mußte.

Die Geschwindigkeit des Bootes wurde dadurch zwar nicht verändert, es legte sich aber wiederholt so stark auf die Seite, daß sein Rand in gleicher Ebene mit dem Wasser lag.

Will Mitz blieb am Steuer und sorgte dafür, daß es kein Wasser übernahm, während Tony Renault die Schote nach Bedarf nachschießen ließ.

Am meisten beunruhigte es Will Mitz, daß die jungen Leute, seine Besorgnis, die er doch immer zu verbergen suchte, zu erraten und zu teilen anfingen.

Vor allem schien der minder ausdauernde Patterson sich nicht mehr so aufrecht zu erhalten, wie bisher. An der Seekrankheit litt er zar nicht, dagegen schüttelte ihn ein leichtes Fieber mit wahrhaft verzehrendem Durste. Diesen zu befriedigen war jeder gern bereit, ihm seine schon knapp bemessene Wasserration abzutreten. Was hätte man auch beginnen sollen, wenn er schwerer erkrankte und etwa gar delirierte ... eine naheligende Befürchtung, da er schon jetzt ganz unzusammenhängende Worte murmelte.

Auch Axel Wickborn und Hubert Perkins wurden zuweilen von einer solchen Schwäche befallen, daß sie sich nicht mehr auf den Bänken halten konnten. Ihr blasses Gesicht, ihre hohlen Augen und etwas irren Blicke verrieten, daß es mit ihrer Kraft zu Ende war, und man mußte ihnen neben Patterson ein Lager bereiten.

Die Nacht vom 28. zum 29. September brachte Will Mitz noch mehr Angst und Sorge. Roger Hinsdale, Tony Renault und Magnus Anders, die bisher die größte Energie bewiesen hatten, schienen das Schicksal der Erstgenannten teilen zu sollen. Obendrein zeigte der Wind, der bis jetzt der Fahrt des Bootes günstig gewesen war, entschieden Neigung abzuflauen.

Am meisten zu fürchten war jetzt eine Windstille, deren Ende niemand absehen konnte. Das gab neue Verzögerungen, wo der Proviant sich doch jeden Tag verminderte und das Trinkwasser, von dem nur noch wenige Pinten übrig war, bald gänzlich fehlen mußte.

Das Boot hatte den »Alert« am Abend des 26. verlassen. Seit vier Tagen irrte es nun aufs Geratewohl auf dem öden Meere umher, und als Louis Clodion fragte, wie viele Meilen es nach Westen hin wohl zurückgelegt haben mochte, antwortete Will Mitz:

»Vielleicht hundertfünfzig . . .«

»Hundertfünfzig Meilen«, rief John Howard, »und wir sehen noch immer kein Land!«

»Liegt denn überhaupt kein Land nach dieser Seite?« murmelte Niels Harboe.

Will Mitz war um eine Antwort verlegen. Land gab es in jener Richtung, doch in welcher Entfernung, ließ sich unmöglich abschätzen.

Waren jetzt Lebensmittel noch für einige Tage vorhanden, so mußte das Trinkwasser schon nach achtundvierzig Stunden zu Ende gehen, wenn inzwischen kein Regen kam.

Bei dem durchweg heiteren Himmel war darauf leider wenig Aussicht. Der nach Norden umgeschlagene Wind brachte nicht das kleinste Wölkchen. Das Boot trieb dabei auch mehr nach Süden ab, und da konnte es nicht auf die amerikanische Küste treffen, denn nach dieser Seite lag vor ihm der ungeheure Ozean bis hinunter zum antarktischen Meere.

In der Nacht vom 29. zum 30. September legte sich der Wind noch weiter und bei Tagesanbruch schlug das schlaff hängende Segel gegen den Mast.

Mit Verzweiflung im Blicke starrten auch die Mutigsten auf die Wasserwüste hinaus.

Selbst Will Mitz konnte, die Hände faltend, nur noch die Vorsehung um Hilfe anrufen:

»»Herr, mein Gott«, flehte er, »erbarme Dich unser!«

Der Tag verging ohne jede Veränderung, und trotz der glühenden Hitze mußte unausgesetzt gerudert werden. Dazu waren nur noch vier, Louis Clodion, Tony Renault, John Howard und Magnus Anders, einigermaßen fähig. Von den Strapazen erschöpft und vom Fieber gepackt, lagen ihre Kameraden auf dem Grunde des Bootes, und nun sollte es ihnen obendrein an Trinkwasser fehlen . . .

Will Mitz bewahrte sich jedoch seine Tatkraft, um auch seine jungen Begleiter zu ermutigen. Er verließ nur das Steuer, wenn er selbst zum Ruder griff. Vergebens hoffte er auf den Wiedereintritt des Windes. Die wenigen Wolken am Horizonte lösten sich stets sofort wieder auf. Das Segel hing ganz schlaff herunter und wurde nur nicht abgenommen, weil es wenigstens einigen Schutz gegen die brennenden Sonnenstrahlen gewährte.

In dieser Weise konnte es nicht mehr lange fortgehen.

Schon in der Nacht vom 1. zum zweiten Oktober fingen einige der armen jungen Leute an, irre zu reden. Sie weinten ... riefen nach ihrer Mutter, und wenn Will Mitz sie nicht scharf im Auge behalten hätte, wären sie, eine Beute der schrecklichsten Wahnvorstellungen, wohl ins Meer gesprungen ...

Endlich kam der Tag ... sollte es für den und jenen von ihnen vielleicht der sein, der sie von ihren Leiden für immer erlöste?

Plötzlich ertönte ein Ausruf, ein Freudenschrei, der über Louis Clodions Lippen kam:

»Ein Schiff in Sicht!«

Vierzehntes Kapitel

Das Ende der Reise

Der auf der Fahrt von Dominique nach Liverpool befindliche Dampfer »Viktoria« glitt eben in dreihundertfünfzig Seemeilen Entfernung von den Antillen dahin, als seine Wachtposten das Boot des »Alert« bemerkten.

Der davon unterrichtete Kapitän John Davis gab sofort Befehl, auf das kleine Fahrzeug zuzusteuern, ob dieses nun ausgesetzt worden wäre oder Unglückliche trüge, die sich aus einem Schiffbruche gerettet hätten.

In dem Augenblicke, wo Louis Clodion den Ruf »Ein Schiff!« ausstieß, hatten sich auch schon Will

Mitz und zwei oder drei andere aufgerichtet und streckten die Arme nach dem Dampfer hin aus.

Selbst die Geschwächtesten gewannen einige Kräfte wieder, und der Kapitän der »Viktoria« brauchte nicht erst ein Boot auszusetzen, sie aufzunehmen. Mit Will Mitz und Louis Clodion an den Rudern und Tony Renault am Steuer, lag das Boot bald an der Längsseite des Dampfers. Man warf ihm ein Seil zu und ließ die Fallreepstreppe hinunter. Fünf Minuten später waren alle Passagiere des »Alert« an Bord der »Viktoria«, wo sie höchst freundlich aufgenommen wurden und die ihnen so nötige Pflege fanden.

Endlich sahen sie sich also gerettet, die Pensionäre der Antilian-School, die Stipendiaten der Mistreß Kathlen Seymour, mit ihnen auch Herr Horatio Patterson und Will Mitz, dem sie so viel zu verdanken hatten.

Louis Clodion berichtete, was sich seit der Abreise von Barbados zugetragen hatte. Der Kapitän der »Viktoria« erfuhr auch, unter welchen Verhältnissen die erste Überfahrt erfolgt war, als sich der »Alert« noch in den Händen Harry Markels und seiner Verbrecherrotte befand. Er hörte ferner von der Besuchsreise durch die kleinen Antillen und wie Will Mitz die Pläne der Schurken entdeckt habe, wie seine Begleiter und er von dem brennenden Schiffe hatten fliehen müssen, und endlich wie die Fahrt des Bootes in den letzten Tagen verlaufen war.

Der »Alert«, den man an diesem Datum schon im zweiten Drittel seiner Rückfahrt glaubte, war also mit den Piraten vom »Halifax«, den aus dem Gefängnis in Queenstown entwichenen Verbrechern, im Atlantischen Meere untergegangen.

Im Namen seiner Kameraden und mit tief erregter Stimme dankte Louis Clodion dann dem jungen Seemanne für alles, was er für sie getan hatte. Alle drückten auch, mit Tränen des Dankes im Auge, Will Mitz innig in die Arme.

Die »Viktoria« war ein Kohlenschiff von zweitausendfünfhundert Tonnen, das, nach Ablieferung einer Ladung Steinkohlen in Dominique, eben auf der Rückfahrt nach Liverpool begriffen war. Die Passagiere sollten mit ihm also geradenweges nach England kommen. Da die »Viktoria« bequem ihre fünfzehn Seemeilen in der Stunde zurücklegte, erfuhr die Rückkehr Pattersons und der jungen Preisträger voraussichtlich kaum eine Verzögerung um eine Woche.

Es braucht wohl nicht hervorgehoben zu werden, daß von diesem Tage an keiner von ihnen bei der vortrefflichen Pflege, die sie genossen, noch etwas von den Seelenqualen und den physischen Leiden, von den schrecklichen Prüfungen verspürte, die sie zu bestehen gehabt hatten. Das verblich schon fast in ihrer Erinnerung. Alle fühlten sich schon so befriedigt, so glücklich, den Gefahren der zweiten Fahrt und den Leiden nicht länger ausgesetzt zu sein, die sie an Bord des Bootes auf dem Atlantischen Ozean hatten erdulden müssen.

Bei einem längeren und interessanten Gespräche Pattersons mit dem Kapitän der »Viktoria«, in dem die Erscheinungen der beiden Ungeheuer, Harry Markels und der Schlange von Martinique, ineinanderflossen, äußerte sich der Mentor folgendermaßen:

»Entschieden, Herr Kapitän, tut man immer gut daran, die peinlichsten Vorsichtsmaßregeln zu treffen, ehe man eine Reise antritt...! Suave mari magno, es ist wohltuend, wie Lukrez sagt, wohltuend, wenn das Meer unruhig ist, sich zu erinnern, daß man seiner Pflicht genügt hat. Was in aller Welt wäre geschehen, wenn ich in die Tiefe des Ozeans versunken ... wenn ich nicht nach dem Heimathafen zurückgekehrt wäre ... wenn man lange Jahre nichts von dem Verwalter der Antilian-School gehört hätte ...? Meine Gattin freilich hätte von den letzten, von mir getroffenen Verfügungen Gebrauch machen können, doch Gott sei Dank, nun komme ich ja rechtzeitig zurück und jene Verfügungen brauchen nicht rechtskräftig zu werden! Finis coronat opus!«

Wahrscheinlich begriff der Kapitän der »Viktoria« nicht ganz, was ihm der Mentor, lateinisch und in seiner Muttersprache, bezüglich der Frau Patterson sagte; er verzichtete jedoch auf eine nähere Erklärung und beglückwünschte nur seinen neuen Passagier, über so viele Unfälle triumphiert zu haben.

Patterson war jetzt offenbar, geistig und leiblich, wieder der alte. Da erinnerte er sich nun auch des berühmten lateinischen Zitats, dessen Übersetzung ihm immer noch nicht gelungen war. Tony Renault wollte ihm die Sache aber nicht schenken und brach am nächsten Tage eine Gelegenheit, darauf zurückzukommen, vom Zaune.

»Na, Herr Patterson, wie stehts denn mit Ihrer Übersetzung?« begann er.

»Mit der Ihres lateinischen Satzes?«

»Jawohl ... mit dieser.«

»Letorum rosam angelum?«

»Nein, nein«, korrigierte ihn Tony Renault, »rosam angelum letorum.«

»Auf die Stellung der Worte kommt doch nichts an ...«

»Oh, bitte, Herr Patterson, sogar sehr viel!«

»Nun, das ist spaßhaft!

»Ja ... wie Sie sagen. Sie haben die Lösung also nicht gefunden?«

»Ich habe gefunden, daß die Worte überhaupt nichts bedeuten.«

»Ein Irrtum ...! Freilich habe ich Ihnen zu sagen vergessen, daß sie nur ins Französische übersetzt werden können.«

»Nun, werden Sie mir endlich deren Sinn erklären?«

»Nicht eher, als bis wir in Sicht der englischen Küste sind!«

In den folgenden Tagen mühte sich Patterson emsig mit den wahrhaft kabalistischen Worten ab. Ein Lateiner wie er in Verlegenheit ...!

Sobald der Ruf »Land!« erscholl, forderte der gequälte Gelehrte Tony Renault auf, ihm die unverständlichen Worte zu erklären.

»Das ist sehr einfach«, erwiderte der junge Witzbold der Antilian-School.

»Nun also ...?«

»Rosam angelum letorum bedeutet in gutem Französisch genau: Rose a mangé l'omette au rhum.« (Rosa hat die Omelette mit Rum gegessen).

Patterson verstand das nicht sofort, doch als ihm ein Licht aufging, schnellte er, wie von einem elektrischen Schlage getroffen, mit allen Zeichen des Schreckens in die Höhe.

Nach einer glücklichen Überfahrt lief die »Viktoria« am 22. Oktober in den Sankt-Georgskanal ein, und noch an demselben Abend legte sie bei dem Dock in Liverpool an.

An den Direktor der Antilian-School und an die Familien der jungen Pensionäre wurden sofort Depeschen mit der Meldung ihrer Rückkehr abgesendet.

Noch am Abend berichteten mehrere Zeitungen die Vorgänge, deren Schauplatz der »Alert« gewesen war, und schilderten, unter welchen Umständen Horatio Patterson und die junge Preisträger nach England zurückgekehrt wären.

Diese Mitteilungen fanden einen weiten Widerhall und eine große Erregung rief es hervor, als man die Einzelheiten dieses Dramas erfuhr, das in der Bai von Cork mit der Ermordung des Kapitäns Paxton und seiner Mannschaft begonnen und weit draußen auf dem Ozean mit dem Untergange Harry Markels und seiner Spießgesellen seine Lösung gefunden hatte.

Gleichzeitig wurde durch Herrn Ardagh auch Mistreß Kathlen Seymour von den Vorfällen in Kenntnis gesetzt, und man kann sich ja leicht vorstellen, was die freigebige, edle Dame empfand, als sie alles erfuhr. Was wäre ja geschehen, wenn sie nicht den Gedanken gehabt hätte, die Überfahrt des wackern Will Mitz an Bord des »Alert« zu vermitteln! Und wie dankerfüllt war sie für den jungen Seemann, der jetzt zum Helden des Tages geworden war! Jetzt, in Liverpool, hatte Will Mitz nun nur noch seine Stellung als Obersteuermann auf der »Elisa Warden« anzutreten.

Nachdem Patterson und seine Pensionäre dem Kapitän der »Viktoria« nochmals den herzlichsten Dank für seine Menschenfreundlichkeit abgestattet hatten, benutzten sie den nächsten Nachtzug und trafen am anderen Tage in der Antilian-School ein.

An diesem Tage schlossen gerade die Ferien, und nun vergegenwärtige man sich den Empfang, den die Zurückgekehrten nach ihrer abenteuerreichen Reise fanden. Jeder wollte alles haarklein erfahren, und noch lange Zeit, in den Erholungsstunden vielleicht immer, sprach man von dieser gefährlichen Fahrt. Doch trotz der vielen Gefahren, denen die Passagiere des »Alert« mit großer Not entgangen waren, bedauerten sehr viele ihrer Kameraden, diese nicht haben teilen zu können. Wenn noch einmal ein Wettbewerb mit der Aussicht auf Reisestipendien veranstaltet würde, fehlte es diesem an Teilnehmern gewiß nicht.

Freilich war es ja ausgeschlossen, daß gleich wieder eine Bande von Seeräubern bei der Hand wäre, sich des Schiffes zu bemächtigen, das dann zur Beförderung der jungen Preisträger bestimmt wäre.

Jetzt drängte es natürlich alle, ihre Familien wiederzusehen, von denen sie ja sehnsüchtig erwartet wurden, und wie wenig hätte daran gefehlt, daß sie von den Antillen überhaupt niemals zurückgekehrt wären!

Abgesehen von Hubert Perkins, dessen Eltern auf Antigoa waren, und von Roger Hinsdale, dessen Familie in London wohnte, fuhren John Howard, Louis Clodion, Tony Renault, Niels Harboe, Axel Wickborn, Albertus Leuwen und Magnus Anders mit der ersten Gelegenheit nach Manchester, Paris, Nantes, Kopenhagen, Rotterdam und Gothenburg ab, um daselbst einige Tage vor ihrem Wiedereintritt in die Antilian-School zu verbringen.

Diese Geschichte hätte keinen richtigen Abschluß, wenn sie nicht ein letztesmal auf Horatio Patterson zurückkäme.

Selbstverständlich war der Augenblick, wo die beiden Gatten einander in die Arme fielen, höchst rührender Natur. Oh, Frau Patterson konnte sich gar nicht vorstellen, daß ihr Ehegatte, dieser ordnungsliebende, gesetzte, allen schlimmen Möglichkeiten aus dem Wege gehende Mann, derartigen Fährnissen ausgesetzt gewesen und doch so glücklich davongekommen wäre! Jedenfalls erklärte aber der vortreffliche Verwalter, daß er niemals wieder eine solche Reise mit ihren tausend Gefahren wagen werde. Vielleicht wäre er dann zuletzt nicht ebenso vom Glück begünstigt ... non bis in idem, und Frau Patterson erkannte die Richtigkeit dieses juristischen Grundsatzes widerspruchslos an.

Als Patterson seiner Frau die siebenhundert Pfund einhändigte, die er auf Barbados als Prämie erhalten hatte, gab er seinem lebhaften Bedauern Ausdruck, diesen nicht auch die berühmte Trigonocephale beifügen zu können, die nun in der dunklen Tiefe des Atlantischen Ozeans ruhte. Welch herrliche Wirkung hätte die große Schlange, wenn auch nicht in dem Salon des Verwalters, so doch im naturwissenschaftlichen Kabinett der Antilian-School hervorgebracht!

»Wir haben nun«, schloß Patterson seine Worte, »bloß noch dem hochwürdigen Herrn Finbook von dem Kirchspiele, zu dem die Oxfordstreet gehört, Nachricht zu geben.«

Frau Patterson konnte sich eines Lächelns nicht erwehren.

»Das ist wohl unnötig, lieber Horatio.«

»Wieso ... unnötig!« rief Patterson ebenso verwundert wie verblüfft.

Dieser kleine Zwischenfall bedarf einer Erklärung, die hier folgen mag.

Aus übertriebener Vorsicht und in seinem maßlosen Eifer, in allem die peinlichste Ordnung zu halten, war der ängstliche Verwalter der Antilian-School, dem im vorliegenden Falle sein Testament noch nicht ausreichend schien, auf den barocken

Gedanken gekommen, sich vor der Abreise ... von seiner Frau scheiden zu lassen. Wenn dann keine Nachricht von ihm eintraf und er vielleicht niemals wiederkehrte, brauchte Frau Patterson nicht jahre- und jahrelang zu warten, ehe sie jede Bevormundung von sich abschütteln konnte, wie das manche Frauen großer Reisender zu ihrem Leidwesen erfahren haben. Patterson konnte es nicht über sich gewinnen, daß seine Nachlaßangelegenheiten nicht auch schon während seiner Abwesenheit bis aufs kleinste geregelt wären und daß seine teure Lebensgefährtin, als Lohn für ihre Liebe und Treue, nicht sofort über ihre Person und ihr kleines Vermögen vergügen könnte, wie das jeder rechtschaffenen Witwe erlaubt ist.

Hatte sich Patterson aber so sehr in seinen Gedankengang verbissen, daß jeder, und auch ein noch so begründeter Widerspruch vergeblich gewesen wäre, so war doch seine würdige Gattin ebenso fest entschlossen, ihren Willen durchzusetzten und auch unter den vorliegenden außergewöhnlichen Verhältnissen auf keine Ehescheidung einzugehen. Neben der Starrsinnigkeit des Verwalters zeichnete diesen aber auch eine gute Portion Zerstreutheit aus – was aus unserer Erzählung ja vielfach hervorgeht –, und darauf rechnete Frau Patterson, alles nach ihrem Wunsche ablaufen zu sehen. Im Einverständnis mit einem Rechtsanwalte, einem bewährten alten Hausfreunde, hatte sie vorgetäuscht, sich dem Verlangen ihres Gatten zu fügen. Bei der erklärlichen Seelenerregung, die ihm die Scheidungsformalitäten verursachten und die Frau Patterson voraussah, hatte ihr Gatte auf die Vorgänge dabei aber gar nicht geachtet.

»Nein, lieber Patterson, ich habe den Vertrag

nicht unterzeichnet, wir sind niemals durch einen Scheidungsprozeß getrennt gewesen, unser Ehekontrakt besteht noch jetzt und für immer, wie er einst abgeschlossen wurde.«

»Ne varietur!« antwortete Herr Patterson und schloß die treue Lebensgefährtin zärtlich in die Arme.

COLLECTION JULES VERNE

1. Von der Erde zum Mond
Direkte Fahrt in 97 Stunden 20 Minuten
2. Reise um den Mond
3. Reise um die Erde in 80 Tagen
4. Reise zum Mittelpunkt der Erde
5. Fünf Wochen im Ballon
6./7. Zwanzigtausend Meilen unter dem Meer
8. Abenteuer von drei Russen und drei Engländern in Süd-Afrika
9./10. Abenteuer des Kapitän Hatteras
11./12./13. Die Kinder des Kapitän Grant
14./15./16. Die geheimnisvolle Insel
17./18. Das Land der Pelze
19. Eine schwimmende Stadt
Die Blockadebrecher
20. Eine Idee des Doktor Ox
Meister Zacharius
Ein Drama in den Lüften
Eine Überwinterung im Eis
Eine Mont-Blanc-Besteigung
21. Der Chancellor
Tagebuch des Passagier J. R. Kazallon
22./23. Der Kurier des Zaren
Michael Strogoff
24. Schwarz Indien
25./26. Reise durch die Sonnenwelt
27./28. Ein Kapitän von 15 Jahren
29./30./31. Die Entdeckung der Erde
32. Die fünfhundert Millionen der Begum
33. Die Leiden eines Chinesen in China
34./35. Die großen Seefahrer des 18. Jahrhunderts
36./37. Das Dampfhaus

38./39. Der Triumph des 19. Jahrhunderts
40./41. Die Jangada
42. Die Schule der Robinsons
43. Der grüne Strahl
44./45. Keraban der Starrkopf
46. Der Südstern oder das Land der Diamanten
47. Der Archipel in Flammen
48./49./50. Mathias Sandorf
51. Robur der Sieger
52. Ein Lotterie-Los
53./54. Nord gegen Süd
55./56. Zwei Jahre Ferien
57. Kein Durcheinander
58./59. Die Familie ohne Namen
60./61 Mistreß Branican
62. Das Karpatenschloß
63. Claudius Bombarnac
Notizbuch eines Reporters
64./65. Der Findling
66./67. Meister Antisers wunderbare Abenteuer
68./69. Die Propeller-Insel
70. Vor der Flagge des Vaterlandes
71. Clovis Dardentor
72./73. Die Eissphinx
74./75. Der stolze Orinoco
76./77. Das Testament eines Exzentrischen
78./79. Das zweite Vaterland
80. Das Dorf in den Lüften
81. Die Historien von Jean-Marie Cabidoulin
82./83. Die Gebrüder Kip
84./85. Reisestipendien
86. Ein Drama in Livland
87. Der Herr der Welt
88. Der Einbruch des Meeres
89. Der Leuchtturm am Ende der Welt
90./91. Der Goldvulkan
92./93. Reisebüro Thompson & Co.
94. Die Jagd nach dem Meteor
95. Der Pilot von der Donau
96./97. Die Schiffbrüchigen der Jonathan
98. Wilhelm Storitz' Geheimnis
99./100. Cäsar Cascabel